主编　凌翔　　　　　　　　　当代作家作品精选·小说卷

飞过梅园

周俊芳　著

北京日报出版社

图书在版编目（CIP）数据

飞过梅园 / 周俊梅著. —— 北京：北京日报出版社，2022.4

ISBN 978-7-5477-4209-9

Ⅰ.①飞… Ⅱ.①周… Ⅲ.①长篇小说—中国—当代 Ⅳ.①I247.5

中国版本图书馆CIP数据核字（2021）第255471号

飞过梅园

出版发行：	北京日报出版社
地　　址：	北京市东城区东单三条 8-16 号东方广场东配楼四层
邮　　编：	100005
电　　话：	发行部：（010）65255876
	总编室：（010）65252135
印　　刷：	北京军迪印刷有限责任公司
经　　销：	各地新华书店
版　　次：	2022 年 4 月第 1 版
	2022 年 4 月第 1 次印刷
开　　本：	710 毫米 × 1000 毫米　1/16
印　　张：	17
字　　数：	210 千字
定　　价：	78.00 元

版权所有，侵权必究，未经许可，不得转载

目录

引子		001
第一章	初露端倪	006
第二章	童年伤痛	024
第三章	一地鸡毛	038
第四章	报社风波	052
第五章	夫妻有隙	068
第六章	志同道合	084
第七章	家有考生	097
第八章	祸兮福兮	131
第九章	琐事缠身	154
第十章	风起云涌	165
第十一章	送别父亲	180
第十二章	京城谋生	210
第十三章	新年快乐	221
第十四章	八卦的心	245
第十五章	各安天命	257
后记	那年冬天	267

引子

　　草长莺飞二月天，拂堤杨柳醉春烟。儿童散学归来早，忙趁东风放纸鸢。——高鼎《村居》

　　纸鸢？林梅婷摇着头，自己是断了线的那只吧。没人牵着线，到底是一种自由还是惶恐？她常常进入一种虚无的思考中，无力自拔。怎么会走着走着，就走到了山穷水尽的地步。剥离得只剩下自己孤单单一个人，只有事业，没有家庭，没有婚姻，没有负累，连想付出的人都没有。优越的生活，并没有给她多少安慰。心，有时空得就像风能够穿堂而过……

　　林梅婷早就过了想入非非的年龄。奔五十的人了，她对自己的现状非常清楚，单身十年，享受高品质的生活，身份地位都有，唯一不能满足的是内心的空虚。她需要的不是一个家，而是一个人，一个能给她全部爱的男人。

　　男人，林梅婷的身边从来就不缺。缺的是爱她、对她死心塌地的那种。那些诱惑少妇的把戏，她一眼就能看穿——鄙夷。到了她这个年纪，早已收了那份露水夫妻、一夜情的心思。她不仅骄傲，还对爱情一直存着一份幻想。一位中年大妈，常常被孩子称作奶奶的女人，竟然还对爱情不死心，莫不是中琼瑶剧的毒太深？她越活越觉得只有爱才是她一生的渴望。这种在世人眼里被视为不成熟、幼稚的想法，她却奉为圭臬，她极力克制和压抑，隐藏着对男性世界的觊觎。

无论如何，她更愿意相信，这个世界上是有"爱情"这种东西的。

爱情，是件难以觅得的奢侈品。林梅婷不是没有过爱情。

上大学那阵子，正是金庸、琼瑶、三毛风靡之际，学汉语言文学专业的，不看点钱锺书、阎连科、路遥的书，都不敢和人谈文学；不看港台小说、港台电影，都不敢和人聊时尚和娱乐。

林梅婷看遍了琼瑶几乎所有的书，买了三毛几乎所有的书，还有亦舒、席慕蓉、梁凤仪的作品。她和很多学子一样，在大学阶段像个巨大的海绵，阅读吸取，让自己逐渐从青涩到成熟，从小县城来的局促，变得骄傲而自信满满。

张斌，与林梅婷是同乡，大她两岁。他个子很高，颜值中等，但心眼少，最为实诚。虽然高林梅婷一届，学工程机械，典型的理工男。但囿于情商，在大学期间学生会、社团、系里均无建树，在学生和老师眼中没啥存在感。

林梅婷从来不会默默无闻。她的父亲在小县城里，算得上是个文化人，任马首县中学的校长多年。林梅婷文艺、体育都是拔尖的，在中学阶段就备受瞩目。上了大学，她低调了一些，只在喜欢的话剧社和文学社有些名气。比起那些混得风生水起的同学，林梅婷更喜欢自得其乐，享受踏实自在的感觉。

张斌就是喜欢林梅婷这种，优秀但不张狂，聪慧且不小气。从入大学第一天，他就充当林梅婷的"守护神"，嘴上说是高中同校的老师拜托要他照顾她，无非创造机会，大家多接触而已。林梅婷心知肚明，但不点破，被人照顾从来都让人愉悦。时间一长，两人相处得很融洽，周围人都认为他和她是一对,他笑而不答,只用眼睛看她,她也不答,这点小心思谁能不懂?不说,不否认,就是最好的结果。

张斌是林梅婷的初恋,或者也不算,上中学就早恋过几回。被老师棒打鸳鸯,被家长扼杀在摇篮里,被其他女生"撬"了,有点小傲娇的林梅婷从来都很淡然。那怎么能算初恋?更不能称其为早恋。

恋爱这种事,是水到渠成的,情窦初开就不该被理解?被一群无关的人横加干涉,真是可气可叹,这才是最有伤风化的事了。

当然,能被阻拦的,被轻易就打败的,怎么算作真的爱情。林梅婷有着爱情洁癖,她将性和爱,友谊与好感,从来都敏感接纳分类。爱情,是崇高而孤独的事,可遇而不可求。

朦胧、青涩、暧昧……这世上,若什么事都能讲清楚,说明白,那会少了多少故事,泯灭了多少爱情,又剪断了多少有情人?

虽然,张斌不是她的菜,但他也不是那么令人讨厌,最主要的是他所求并不多,这一点最令林梅婷满意!

在非恋爱的状态下,能相处得舒服,相当重要。而恋爱中,最当紧的不是彼此舒服,而是看有没有激情。太过平静固然可以长久,但往往很容易走到尽头,离分手也就不远矣。婚姻,则恰恰相反,不能单凭着一腔激情,还要有细水长流的能力,让彼此舒服。

自小,大人们都说她心大,再难过的事,只要一有美食诱惑,就抛到九霄云外。天下,还有比吃更令人愉悦忘怀的事?何以解忧,唯有美食!"不妨去吃碗羊肉泡馍?"每次觉察到林梅婷的气场不对,张斌总能想到好吃的地方,好吃的东西,令她愤怒的心平静下来。

林梅婷觉得能遇到张彬,是她此生最庆幸的事情。后来的事情也证明,他就如同贵人一般存在于林梅婷的生活。可惜,不是爱人。林梅婷觉得,他们之间就差那么一点点冥冥中的缘分。

与张斌的"爱情",是吃吃喝喝的交情,他愿意成全林梅婷吃货的名声,更全盘接受林梅婷对自己的若即若离。快乐时,他俩要用美食庆祝,郁闷时,更需要饕餮填补。即便过去很多年,林梅婷对食物,不能说有多少爱,就是一种求得安慰,方能平静满足的方式。

减压排解的方式,人各有不同。林梅婷大学室友徐玉就是购物狂人,多少麻烦郁结,逛趟街回来就云开雾散。有时症结太深,就改日再逛,东城转了还有西城,如此往复,不疲不累。

可张斌的发小杨秀,则是另一种情形,喜欢用自虐来排解烦恼。经常打球打到半夜三更,累到瘫倒在地才肯罢休。张斌带林梅婷去劝过一回,那小子愣是一天不吃饭,带去的美食全被他拨拉到地上,"拿开拿开,饿死算逑了"。对自己都这么狠的人,不是用情太深,就是冷酷无情。后来听说此人辞职去了广州,扔了所学专业,从一家家推销医疗器械开始,创办了自己的医疗器械公司,他说自己天生就做不了员工,就是做老板的命。老板的命,不是人人都能承受。据说,杨秀后来将生意做到南美,一年有半年在外头飞。20多年过去了,不知他还打不打球。

人走着走着就散了,感情走着走着就淡了,曾经的亲密、缠绵、争吵,都好比是坐了同一辆公交,到一站,有人上车有人下车。缘分就是,你和我不过是在车上,多坐了几站,坐得比较近,多聊了几句而已。有的缘浅,走走就混入人群,根本不记得还有这交情。不是贵人多忘事,是真的缘分天注定。

张斌是那个为了与林梅婷缘分拉长,宁肯陪她,错过站迟迟不下车的人。他们在一起的岁月,林梅婷能真切地感觉到,他总是心甘情愿站在不远处,安静地看着林梅婷,护她周全。而见她有困难,就会飞扑过来,不惜遍体鳞伤。

爱有代价,有人不计后果,甘之如饴。过了不惑之年,林梅婷深以为然。这种感情才值得托付终身。然而，青春，是用来犯错，不是用来留后手的。直到张斌毕业工作两年了，考取德国的研究生后，他才死心，才明白，有些关系不是时间长了，就能水到渠成。没有相处不会有感情，但只有相处没有缘分也是徒劳。

缘分哪怕就一点，对一段关系而言，也至关重要。林梅婷为此大哭了一场。她不是心狠，是和他好得跟哥们儿、闺密似的，怎么去谈恋爱？

林梅婷固执地宁愿去趟一段浑水，看看能否捞到一条大鱼，而不愿走清澈见底的池塘。这段爱情来得太轻而易举，张斌根本不像琼瑶剧中为爱你死我活的主角，而林梅婷对爱情的奢望远不止这些。她要得更多，她想要更多的爱。

张斌并不吃惊，更不气恼，他笑着安慰林梅婷："这样分开就好，不是所有的爱都有结局，也不是所有的结局都尽如人意。在最美好的时光遇到，给予彼此最好的情感，在适当的时候，给对方最想要的空间，是最珍惜的表现。"

不必遗憾，更无纠结，他们约定，有生之年在德国相聚，他请她喝最昂贵的咖啡，吃最大的比萨。

这是他给林梅婷最好的承诺，用情至深，善始善终！

第一章　初露端倪

1

　　生活就是这样，靠一点点冥冥中的缘分，你再次遇到我，并且多年相识后，终于眼睛对着眼睛，可以坐在一起说话，吃饭，吹牛，可以与其他人一起侃大山，说心里话，可以做从前不敢想的事，就是默默地，在心里积攒下，对彼此的好感，从对方的眼睛里看到越来越亮的光芒……

　　那夜竟然风平浪静，仿佛什么也没有发生。其实，陆雨对林梅婷的了解不算少，可他在林梅婷面前总是被动的，甚至有些羞赧，林梅婷喜欢漫不经心，略略有些紧张的撩拨，而陆雨的眼神却躲闪，不敢直视。要放在年轻那会儿，林梅婷冷冷一笑，会不屑一顾。

　　年轻那会儿，她自信骄傲，就看不惯男人的躲闪飘忽，无论身体还是眼神。眼神闪烁，要么是缺乏自信，要么就是心术不正。反正不是啥好东西。男人如此，注定不堪大任。以貌取人谈不上，最低限度长得周正点，做人大气点。

林梅婷是那种眼睛向上，心也向上的人。有人会说这叫势利，但谁又不势利呢？势利的感觉如果是 UP（向上的，上升的），在林梅婷而言，就是正能量，就是积极的工作态度，甚至可以说好运气的代名词。谁又会青睐一个阴郁的颓废的自怨自艾的家伙？这样的家伙想让林梅婷多看一眼，怎么可能？

在很多人眼中，林梅婷很有教养，平易近人，待人和气，从不颐指气使。她以君子之交淡如水的宗旨，摈弃一些不入眼的人，让他们占据自己的时间，占据自己的眼睛，怎么有空间去看更好的人，说白了，有些人的客气，与其说是修养家教，不如理解为不想相处。那些以为别人客气几句，就是知己的人，请别多想，人家哪里要这许多知己？

知己，就是可以一起玩乐，一起说别人坏话，可以一起放屁放肆大笑的几个人。以工作关系造就的亲密度，仅仅限于职场上的微笑点头，工作互动中的表面和谐，让同事成为知己，是一件需要智慧，同时暗藏危机的事情。无他，同事知道得太多，倘若翻脸，被出卖的时候，也是最伤人，最能一语中的的。要想在单位立于不败之地，林梅婷的经验是，尽量不要把同事当闺密。能够伤害自己的，多是貌似亲密的身边人。

闺密，如今成了最险恶的词。说到底，不是闺密不靠谱，而是你再铜墙铁壁，架不住不是所有人都无懈可击，人性的弱点，在职场当中，最突出明显，更何况报业集团这样知识分子云集，混合了官场、文坛、娱乐、商人等圈子特质的地方。林子大了，什么鸟都有，正应了那句，"就怕流氓有文化"，一些所谓的文化人的生存手段，花样翻新，层出不穷，不能不让林梅婷警惕。活着是一门学问，有时极简，有时极为繁杂。

2

记者与过去几十年相比,无冕之王的桂冠,有些褪色,有些倾斜,但余威仍在,不乏个别记者生出邪念,伎俩频仍。有的老记者干了几十年,仍是普通记者一员,写不痛不痒的稿子,做日复一日相似的事情,但其背后积攒的人脉、能耐,因长期浸淫于某一行业、某一领域,其能量不可小觑。

这就是这个职业怪异而神奇的特质!

自视甚高的林梅婷,显然不屑做这样的事,那些所谓能被摆平的事,有几件事能摆上台面?能堂而皇之去讨论?谁家姑娘走后门上了重点中学,谁家弟弟去了某某报纸当校对,谁家的亲戚通过关系承包了煤矿,谁靠吃拿卡要拉来十万块广告,用提成换了辆新车,谁敲诈勒索,屡试不爽……林梅婷不是没有羡慕过,但她不屑,想想都觉得掉价,觉得有悖自己投身新闻事业的初衷。

她的初衷是什么?是骄傲地活着。记者,是个能让人骄傲活着的职业,大多数时候,没人会在乎你一个月赚多少钱,没人问你累到晕倒是什么滋味。与其说,人们在乎你笔下的文字,不如说,人们更看重你所在的媒体,所处的平台。这难道不是势利?但就像一个台阶,你站在这个台阶,就是天然的,比站在平地和洼地的同行受关注,得到的客套和尊重更多,就连给的车马费,每家媒体都不尽相同。这些约定俗成,说不好听的就是"潜规则",就是套路。

林梅婷并不反感这些,这些"规则"如同空气,是我们生活的原色,无可选择。明知逃不开就告诫自己接受,并且自觉而欣然地接受!

有时,我们是规则的制定者,也是执行者,也是被约束的受害者。

是的，做了记者，总让人有种欲罢不能的感觉，一面痛恨记者的低收入，一面享受着记者的荣光和成就感，一面抱有文字工作者的自豪，一面蠢蠢欲动，想升职想要更多的人脉资源……其实人与人没有啥不同，内心的优越感和人性的自私相互交融，像极了此刻，陆雨搭在林梅婷臀部的那只手……

酒精的化学反应，让一向高傲的林梅婷有些把持不住，有些饥渴难耐，渴望那只手不要停下来，继续，更有力，勇往直前，充满激情。

陆雨还是犹豫着，试探着，在林梅婷身后的手时重时轻，林梅婷何等聪明的人，觉察出对方的怯懦闪躲。"我这厢心急如焚，你那厢却开了小差，这比被捉奸更让人难堪。"林梅婷心思开始动了起来。"我又不是找鸭子，搞得你跟被强迫似的。忍耐，再忍耐，时间不是在流淌，像在测试我的耐心。"终于，忍无可忍，索然无味，林梅婷礼貌地，温柔而坚决地推开那双手，勉强挤出笑意，清清嗓子低声说，"时候不早了，我们还是回去吧。"

陆雨这时才如睡醒一般，尴尬地搓着双手，"今夜的月光真好，不如再待会儿吧。"语气中带着祈求的成分，林梅婷感到羞愧，心想：让你的难堪见鬼去吧，撩拨起我的情绪，却毫无进展，莫非在试探我？

"不必了，明天还要早起。"边说，她边转过身，走出两步停下来，扭过头说，"上午有三场座谈会，你分派其他记者跟进，你重点参加十点半那场，张厅长会亲自主持，他喜欢临时加戏，不可轻视，做足准备……"

话至此，言尽语涩。前面的戏码一笔勾销，陆雨在身后，心里再呼唤和纠缠都是枉然。所谓情，有时就是一念，一念对缘分，恨不得一亲芳泽，转一念，就是陌路，不过擦肩的点头交情。何况，陆雨是林梅婷的下属，一个来路不明的家伙。

身后的陆雨如何尴尬，林梅婷都懒得理会。他一定困惑，女人的脸如翻书一般，前一刻缠绵，一言不合，就拿出上司的款儿，拒人于千里之外。

唯女人与小人难养也，他一定恨得牙根痒痒。那又如何？你个瓜娃子！林梅婷酒醒心明，有些尴尬和难堪，好在夜深灯光扑朔迷离，遮盖了这人世间的不堪和丑陋。

3

这件事真不能怨林梅婷！

陆雨明明知道，厅局级的活动，自己本不该来参加，勉强来了也只能是林梅婷的跟班。有专门的经济报道记者跟随这场商贸洽谈会，按照惯例，陆雨可以派其他记者来，可他鬼使神差，想来，无非就是那点不能与人说的念头。

他与林梅婷，虽说在一座大楼里工作十几年了，可不在一家报纸，平时工作上基本没有交集，顶多就是见面能叫上名字的熟悉程度。可这一次，他鼓了百分的勇气主动打电话，表示新闻部的记者都忙，人手不富余……他结结巴巴的语气，应当能被林梅婷看穿，但她也没有说破，也不接茬，她很想看看，他葫芦里卖的什么药。

活到这个年纪，她早已学会了以静制动，学会了后发制人，她不想让手下人觉得，自己太善解人意。你的善会惯坏对方，继而得寸进尺。

静默，有时不是冷漠，而是策略。作为上级，她觉得真没有必要对下属太过宽厚，适当的拿捏和冷淡，会省掉很多麻烦，减少很多无谓的口舌。

陆雨话到嘴边，无非想让听者顺水推舟，接着自己的话头说，"不如你来，去武汉采访之余，三镇景色还是值得一看。"但话筒那头，静悄悄的，林梅婷等他自己把话说完。

隔着话筒，林梅婷能觉察到语音中黏稠的感觉，有人走进办公室，说了下午碰头会请假的事，林梅婷略略将话筒放低，说，"稍等！"已经是给了陆雨机会和缓和的余地，陆雨自然明白。

"我想，不如让我跟着您去，这次报道很重要，派记者去……"陆雨在话筒里说得有点艰难，林梅婷没有动心，只是觉得这个人醉翁之意不在酒。武汉三镇再美，也犯不着如此明显地讨好林梅婷，让办公室打个电话，报个名字，林梅婷断然不会去追究谁去合适。集团那么多家子报，怎么运作，各种报道派谁去，都是自己可以确定的事，林梅婷带队就是领个头，表明集团对省政府重大活动的支持和重视。

林梅婷有些狐疑，这个人刻意要同行一定有他的目的。但目的是什么，却不得而知，说到底，两人并不熟。

葫芦里卖的什么药？

陆雨穿了一件咖啡色西服，布料上有暗纹的那种，两边纹路略微突出，颜色深浅也有变化，正是林梅婷喜欢的那种。如今做了宣传部副部长的王青云，以前就爱穿这种面料的衣服，低调有质感，丰富而有层次，不像有些单色衣服，寡淡而平整，留不住人的目光，容易让人视觉疲劳。是因为林梅婷爱目不转睛盯着王青云看，被他发现了？还是林梅婷年轻时颜值高，吸引了男人的目光？或者趣味相投，彼此惺惺相惜？

反正，林梅婷深知，一定不会是全靠才华取胜，也许有才华，但没有被相中的那些人，才华未必不如自己。可以说，林梅婷真是运气好。运气是啥，努力？还是福报？佛家说因果，那就是有来生，她的前世是救助了穷书生呢，还是被钓上来的小鲤鱼？

陆雨的衣服，吸引林梅婷多看了几眼。这是陆雨的幸，还是林梅婷的幸？潜意识里，他俩都在揣测，一个为何要跟来，一个为何揣着明白装糊涂。最直接的理由，陆雨要通过这次外出采访的机会，与上级搭上关系，这个理由非常浅显，林梅婷岂能不知，纳闷在于，为何两人相安无事多年，陆雨好歹也混上子报编委，也算在报业集团小有地位，但他还是来了，愿意跟着其他记者，在人潮拥挤的展会现场采访。

碰到林梅婷时，陆雨正一头汗，商务厅厅长和经贸委主任在接受媒体集中采访。在一大群摄像机和照相机镜头下，捏着黑色采访本的纸媒记者，多少有些尴尬。

陆雨在人群中看到林梅婷，林梅婷也注意到了，是的，她也在看这个男人。

大批量的采访，总是让人兴奋，代表省委省政府来的是省人大常委会副主任，除了被本省记者采访，武汉当地的记者更是轮番上阵，对北方大省青山，显出格外在意。这个细节不知陆雨可否提到，作为老媒体人，这点很重要。

林梅婷招手让陆雨过来，看着他帅气地跑过来，林梅婷竟有些不自在，缓缓地站起来，附在他耳边说，多留心湖北媒体关注哪些点。陆雨心领神会，点着头，嘴角动了动没有说话，眼中的光芒让林梅婷略有些诧异。

去揣测，很费心智。张厅长应付完一波记者，长舒着气在林梅婷右侧沙发坐下来。有工作人员递过来保温杯，他喝了一大口，笑着说："这次湖北当地媒体太热情，大大出乎我们预料。"林梅婷回过神，笑着说："这不是好事吗？我们三年来走南闯北，不就是想开拓这样的局面。张厅长劳苦功高，为青山人民鞠躬尽瘁，让人佩服。"

厅长一边擦汗，一边笑着摆手，说："省委省政府这么重视，给了最大的支持和便利，我们这些具体操作者，怎么能不殚精竭虑？没点成绩，上对不起领导信任，下对不起这些商家期盼。"

陆雨走过来，坐在厅长右侧，抓起一瓶水拧开，咕咚咕咚喝了起来。"这样的活动，太令人兴奋了！"陆雨对厅长说。

林梅婷接过话茬，"张厅长，陆主任可是大笔杆子，这次亲自出马，足见我们集团重视了。"厅长开怀一笑，"那是自然，我们唱戏搭台，没有你们这些宣传媒体广播，再好的事也会打折扣，这次我们除了请传统的报纸和电视台，还请了几家自媒体参与，立体化多渠道宣传，才能达到集中火力，全面开花的效果。"

"听说，陆主任还帮忙推荐了几个当地媒体有点名气的记者？"张厅长转头问过来添水的秘书。"是啊，宣传组的刘姐说，前期宣传需要联系擅长财经类的记者，都是陆主任帮忙联系的，出了不少力呢。"

林梅婷更加纳闷，这个陆雨葫芦里卖的什么药？

无利不起早，陆雨无事献殷勤，到底有着怎样的居心？林梅婷的胃口被吊了起来，好奇心爆棚，忍不住多看了陆雨几眼。

当晚，为了给大家鼓劲加油，组委会开了小型的欢迎会。陆雨灼热的眼光，给了林梅婷一丝暗示，借着酒劲盖脸，她与陆雨不约而同地远离人群，走到酒店后花园……

夜色是最好的遮羞布，两个成年人，在夜色阑珊，酒气壮胆下，一个插曲就这样翻过去了，没有痕迹，恍如梦幻。

4

次日的洽谈会吸引了更多的商家，可见媒体对一件事的渲染推动，其力量看似无形，却可能无限放大。

睡到自然醒，林梅婷觉得头有些沉。她清楚，此刻随团大部分记者都已按原计划，分别进入不同分会场。从9点开始，商贸团租用的酒店大小会议室，分类、分时段召集参会商家、政府机关、外地客户、专家学者、媒体等进行活动。

参与哪个会对林梅婷而言，已然不重要，到下午甚至晚上，记者的稿子陆续过来，才轮到她来处理。注定今夜不同前夜的举杯欢笑，轻松应酬。从来大战来临，都有一些表面平静安详的前奏，是来麻痹人们呢，还是慰藉即将承载的压力？

昨夜！想起来林梅婷就心头索然，以为是一个暧昧时刻，偷得片刻欢愉，不想陆雨是个煞风景的货，哪有走路半段就折回？"可恶，首鼠两端，犹疑摇摆，足见小人秉性。"林梅婷腹诽几句，解解气，并不曾放在心上。

下楼去餐厅，寥寥无几人，先灌了杯咖啡。开始有力气搜罗食物，一大盘水果，两颗煎鸡蛋，三块烤面包，蔬菜若干。用食物摆脱烦恼，是林梅婷屡试不爽的方法。

红红绿绿，焦黄脆香，看着就有食欲，人生妙不可言！

"林总好胃口啊，昨晚睡得怎样？"身后传来并不熟悉的声音。这个点，还有人没吃早餐。

回头，是《金山晨报》的孟总。这个老色鬼！林梅婷早对此人做派有所耳闻，心里有些不屑，脸上还是含笑。"孟总早啊，昨晚辛苦了。"

看孟总在对面坐下来，林梅婷低头再看面前的食物，方才的豪情，像被泼了盆凉水，索然寡味。

"昨天我们报纸发了4篇稿子，都配了图片。效果应该还好，我们地市报纸，比不得你们省里头的大报……"孟总不停地絮叨，并不计较林梅婷的懒散冷淡。

别看孟总年纪不大，背景还是有的，据说有个战争年代当县长的伯父，父辈都是河西市的官员，哥哥如今在省政府还是个副秘书长。此人原先在省商业局干过，后来看别人下海，去南方也下海折腾了多年，一无所获又回来。下海这种事，有同行没同利，有人发财就有人倒霉。不是有勇气跳，就能学会游泳。

这位孟总铩羽而归，后来借着裙带关系，东移西挪，竟然被安排到报社当总编。

林梅婷暗下苦笑一番，抬头对着孟总油乎乎的脸，言不由衷地说："都是为了青山，省委省政府高度重视，我们这些吹鼓手，自然不可懈怠。放心，张厅长心里有数，孟总的辛苦不会白费。你就等着年底表彰吧。"

"岂敢岂敢，都是分内事，林总都亲自到了，我们这些下面的兵怎么做都是应该的。"孟总嘴上客气着，见林梅婷低头全心对付食物，借口说去后面再看看，端着盘子走了。

林梅婷并不虚留，长出了一口气，挺了挺背，换了个舒服的姿势，预备大干一场。"丁零……"手机铃声由弱变强。看来这顿饭是吃不好了，她皱着眉接起来。是陆雨打来的，说张厅长主持的商家媒体对接沟通会，还有一刻钟开始，他现在就在会场，问林梅婷何时过去。

"稍等！我现在过去。"林梅婷站起身答了一句，挂了电话。边往嘴里塞食物，边回复了几条微信，都是报社的公事，她飞快处理完毕，拿起手抓包走出餐厅。

会议室在主楼的三层，穿过一段玻璃幕墙的甬道，尽头拐个弯第三会议厅就是。陆雨在电话里强调，他会在会议厅门外等。

这次洽谈会，组织方除了媒体，还邀请了省内知名的作家、书法家、画家。在会展现场，画家浓墨重彩，书法家挥毫泼墨，作家没有展示的机会，看来今天的沟通会，是要听听他们的感受。

张厅长做事说话，干脆利落，雷厉风行，本来没有记者现场发言的环节，见作家谈得火热，转头看着林梅婷，"让记者也谈谈感受吧，有的人跟着洽谈会走了很多站，不妨说说，三年下来，总有要说的吧。大胆讲，有则改之无则加勉。对我们这个活动接下来的安排，肯定有所促进。"

好意外，没准备就被点名。但似乎该说几句，毕竟这趟报道任务林梅婷总负责。林梅婷微微一笑，打开话筒："好吧，没准备，我就简单谈几点。第一，活动深得商家欢迎，扩大了本土商业品牌的知名度，人数越来越多，受益呢，在座的商家代表最有体会；第二，在商言商没错，但眼光若还放在就商品谈利润，路子就窄了，升值空间就不会大。怎么办？就是要挖文化，讲好文化的故事；第三，希望商家能重视宣传，与媒体拜为兄弟，结为姐妹，相互扶持，共同发展提升……我谨代表青山日报集团向各位保证，需要我们的时候，尽管开口，各子报更灵活，欢迎大家尝试各种形式的合作模式。"

掌声响起，张厅长望着林梅婷，"林总，你看还让哪个记者发表一下此次洽谈会的感言？"

林梅婷望向会议厅一隅的陆雨。他并不吃惊，随着众人扫视的目光，镇定地站起来，走到圆桌的前排，扶着话筒，准备站着说。

"还是坐下吧，陆主任声音可以大一点，都是我们自己人，不妨事。"张厅长的话让略略紧张的陆雨放松了下来，在林梅婷近旁的椅子上坐下来。

他提出几条具体的合作模式，供受邀前来的 20 位商家代表参考。谈得很实际，没有空话套话，还是可操作的。显然，他是有备而来，并非临时抱佛脚。

接下来的两个记者也谈了自己报社的现状和想法，希望能打动商家，在随后的报企运营中，形成互帮互利的合作方式。

5

传统媒体从高高在上、被人求的位子，已然被拉下来，开始形成服务型媒体的局面。体制上，媒体还是事业单位，是省直、市直的机关。但实质上，早就自负盈亏，自收自支，除了为数不多的"老人"执行老办法，所谓"老人"不是指年龄，是进入集团的时间，2000 年是个分界线，之前的算"老人"，执行原有的财政工资，其他聘用制的人员，虽说也是集团正式人员，但工资非财政拨款，都需要各家报纸自己支付养活。

随着印刷、纸张、发行等成本增加，媒体日渐感觉入不敷出，人力成本更是压得一些没有家底的报纸，入不敷出，饿得嗷嗷直叫。

林梅婷突然想到，陆雨主动来这次洽谈会，莫不是与报社经营有关？或许什么都不为呢。鬼知道。

在武汉的最后一天，因为返程的火车票买到了下午，上午有半天可以自由活动。同行的媒体记者三三两两相约去逛街、游览三镇风光。林梅婷以前出差，来武汉逛了很多回，但还是想去江汉路看看，每次来必定要去，"天下第一步行街"可不是浪得虚名。这里鳞次栉比的民国建筑，让喜爱怀旧的林梅婷流连忘返。不远处的吉庆街、铭新街，都有很多大排档，好吃的让人走不动。走到路的尽头，就是武汉客运港，可以坐轮渡，吹吹江风，听听音乐，都很惬意。江滩周围全是酒吧，若晚上去，别提有多热闹了。年轻那阵子，林梅婷没少和朋友们去。这次来的时间短，不打算联络朋友了。匆匆来去，全成了告别。

下楼走到大厅，陆雨迎上来，"林总出去啊，我们一起转转吧，那些年轻人都走了。"陆雨急急忙忙地自说自话，唯恐林梅婷会拒绝。

"我很乏味，你不如和年轻人逛有趣。"林梅婷边走边说，分明还恨前天晚上的插曲。但大庭广众之下，也不能太让陆雨难堪。她确定陆雨没心没肺地跟着，有些不忍，回身问："武汉熟悉吗？想做什么？购物还是吃饭，逛风景还是坐轮渡？"

陆雨忙说："不要管我，你做什么我跟着就行。"

林梅婷并不多言语，两个人打了出租车，林梅婷要去江滩码头。她没有再问陆雨，应该说，他还欠她一个交代。虽然林梅婷觉得已无必要。

到江滩，人不多，风很大。早春的武汉，又潮又冷，江风一吹，透心凉，像身上没穿衣服一样。林梅婷不说话，兀自朝公园另一端走去，陆雨也不吭声，静静跟着。大约10分钟，林梅婷回身，陆雨怡然自得，抬头愉快地看着风筝，没有一丝不悦。四下并无人，林梅婷站定问："你这次跟来，所求为何？"陆雨突然被问，略带紧张，脸竟有些红，看着江水，悠悠说："我就是想找个机会，待在你身边。"

林梅婷不能确定，看着他，等待下半句。"其实我暗恋你很久了，5年前我们报社去鹅城县扶贫，你带队去给扶贫点送粮油副食，给当地学校送书本和课外书，还有找农林部门送去了文冠果树苗，我一直带摄影记者跟着报道……"

陆雨干咳了一声，"那时，我就想一直待在你身边，暗暗地观察你，我没来由地喜欢你的所有,说话的声音,走路的姿态,发型、语气、眼神,我都说不出的喜欢。"陆雨并不想结束自己的表白,但呼呼的江风,淹没了他的话头。林梅婷浑然忘我,这个场景太不真实。她想过陆雨接近自己的种种可能,比如想升副总,需要她的选票,比如想与商家建立关系,而她是个桥梁纽带。比如想在大报发些稿件,需要林梅婷开绿灯……但现在的桥段,远远出乎她的想象。

林梅婷糊里糊涂被陆雨拉进了江滩公园的咖啡屋,温暖的感觉和咖啡的香气,让她周身舒畅。咖啡店的文艺气氛,悠扬的钢琴曲,以及一杯暖暖的热饮,都令林梅婷心情大好。对面的陆雨眼睛直直地盯着她,送着秋波温情。她一时还无法入戏,捂着嘴,摇头,"你怎么会?编故事了吧。我可不是少女,这样的伎俩别想蒙我。"

陆雨并不急于申辩,一边小口嘬着咖啡,一边不疾不徐,情话连篇。"你去年夏天爱穿一条连体碎花裙,前年秋天爱穿驼色宽体毛衣,前一段时间,你去医院拔了两颗智齿,前后两个月,你每周都要去省人民医院。找的是秦副社长的爱人,她是省人民医院口腔科主任,对吧?去年冬天,你的大衣是黑色的,搭配一条黄色丝巾,还有月亮形胸针。你喜欢天蓝色的皮鞋,高跟为主,连高腰靴子都是蓝色的,走入人群,一眼就能认出来。还有,你爱喝龙井茶,配菊花、枸杞,讨厌男人抽烟,不喜欢别人动你的东西,也极少借人东西,不和同事做闺密……"

"你等等,你是怎么知道这么多,你别告诉我,你是克格勃?"林梅婷努力回忆,陆雨说的的确不错。但他说的暗恋就是暗地里观察她。这个奸诈的家伙!林梅婷摆出嗔怒的样子,想吓吓陆雨,人家不搭茬,依然故我地盯着她看,完全不理会她的情绪变化。

"我还有好多呢,这次来武汉,我就是想和你摊牌。我等得太久,就是期待这样一个机会,与你面对面的机会。前天晚上,我太紧张,一直在走神。让你误解了,生气了吧。"陆雨抿着嘴笑起来。"我就知道你不会讨厌我。我了解你喜欢什么颜色、什么款式的西服,知道你爱吃的菜,连你讨厌自己的虎牙我都知道,你曾在一篇微博里写过,我都一篇不落全看过。我是你的超级粉丝……"

林梅婷又喜又恼,"你简直就是个窥视狂。"她虚张声势地低声吼。

"才不是,你可别冤枉我,我就是留心,我的观察全部都是公众场合,微博也算是公开日记,不算隐私啊。我就是喜欢你,你的性格、长相、衣着品味,我全爱!"陆雨说得真真切切,言之凿凿。"你喜欢不喜欢,反正我要坦白,不能老这样暗恋下去,太折磨人,主动权反正在你,这次来,我就是想让你知道。说开了,我心里就舒服了。"

林梅婷莫名地眩晕。在柔和的灯光和甜腻的味道里,就这样下去多好!

6

暧昧,无可抵挡地释放。陆雨和林梅婷互视对方,静静的,充斥在一个眼眸,一个笑靥,一个看似不经意的小动作。两人在酒精的作用下,端着杯子,摇摇晃晃走出人群,喜欢上室外的寂寥,爱上没有月亮的天空。陆雨不说话,林梅婷也能感受到他身上的激情,她不言语,陆雨也能了解到林梅婷想要拥抱……

林梅婷在那天的日记中写道:

你猛然回头,我猝不及防,又渴望已久,喘息着,等待着,好像多年的约定,我们莫非是来赴约的,在上一辈子,我们有一段缘分,见面,爱情,纠结,爱,我不记得,你呢?

我猜,你也不记得,但我们都相信,这一定是真的,是命运的安排。那是一双大手,无形而有力,拨弄着芸芸众生,而我此刻,欣喜若狂,感念于你的出现。

是啊,你是上天给我的礼物,没有人能打断,没有什么能阻止你的到来,我急促地呼吸,期待下一刻快点到来。你在想什么,亲爱的,和我一样企盼下一刻?

你笑着,有些激动,我看得出,那是男女之间常有的情绪。我们不是年轻人,都过了不惑之年,你我彼此的孩子都到了谈恋爱的年龄。你懂得,和我懂得,是我们这个年纪最简便的方式。我觉得你该下定决心做点什么。

比如拉我的手,抚摸着说点情话,或者直接壁咚,摸着我中午刚刚洗过的长发,赞美它清新的味道,哪怕你的亲吻不够热烈,我想我可以主动,只要你迈出一步,我不会让你失望,我渴望这样的情形,就像韩剧中的烂俗桥段,我背了几千遍,才能有机会遇到你,在这样无月的夜,这般幽暗寂静的林荫路,与眼中有光的你邂逅,你怎么就不明白?

……

但那时那刻,即便是在耍流氓,林梅婷也无法断然终止,更何况,陆雨肯定不是流氓,其才华林梅婷是看得到的。陆雨在都市报干了20年,从编辑到记者,从办公室主任到编委,林梅婷非常清楚其中的努力,写了几篇响当当的好调查,无论选题、文字、采访,都非常到位。外行看热闹,内行看门道。新闻这个东西,最骗不得人,下到功夫的稿子就像揉到的面，光滑劲道没毛病。为此，林梅婷在日报碰头会上，曾大大方方赞扬过一番，虽然作为子报编委，陆雨不可能参与这个会，但林梅婷明白，一定有好事之徒传播开来。关键是，林梅婷虽不是刻意讨好，但对陆雨的认可和欣赏，显而易见。是一种没有因由，不求回报的，发自内心的中肯评价。对方知道也好，不知也罢，与自己而言，就只是一点公道。

要说林梅婷从来没有私心，那是高看她了，但说她有什么明确的企图，那倒也没有……

林梅婷能在报业集团做到副总的位子，也是自己一点点干出来，只是赶的时间恰恰好，20世纪80年代末，林梅婷跑的经济口非常受各级领导重视，几篇关于国有企业盘活资金，实现扭亏增盈的报道，让时任市委宣传部部长，现任省委宣传部副部长的王青云看中，大会小会表扬。一个名不见经传的小记者，一跃成为新闻记者学习的楷模。名气之大，堪比如今的"网红"。有点像当年朱总理召开记者招待会，说了一句"让凤凰卫视的吴小莉提问"，一夕之间，大江南北，人人皆知吴小莉是何许人。

到如今林梅婷都不得不说，王青云是她一生的大贵人。

人这一生不仅要靠自己拼命，更要拼运气，王青云就是林梅婷的运气，他在林梅婷发表的文章上的几个批示，让她在5年内从普通记者，成为工商部副主任，继而顺理成章，在大主任退居二线后，坐稳了主任的位子。这可是很多记者10年都修不来的。

林梅婷就是新闻行业的幸运儿，漂亮干练的外表，扎实的文字功底，敢说实干的作风，赢得了上至市委、省委领导，下至部门记者的认同，意气风发。

当了中层干部，不用满世界去跑，好新闻都是靠两条腿跑出来的，以前没车，全靠自行车，偶尔方便才坐公交，风雨无阻，殚精竭虑。人们只看见记者的风光，看不到起早贪黑的辛劳，夙夜不眠爬格子的艰难。没有一种风光，是不必付出得来的。

不做记者开始坐办公室，只是偶尔被市领导点名去参加重大活动，时间久了，林梅婷还会带记者去写，她只负责把关修改。工作量小了很多，但荣誉并不少。人真是运气来了，啥也挡不住，省内的新闻奖全得过，后来高风亮节，不和后辈争抢，林梅婷被评为青山省优秀新闻工作者，出席人民大会堂的百名优秀新闻工作者大会……

这些经历陆雨不可能不知道，林梅婷的事迹可是报业圈的新闻，顺带的，也会听到关于诋毁和嫉妒的难听话。这都难免，树大招风，既然做了出头鸟，就要想到可能会被人打，做了出头的橡子，就难免被雨水侵蚀。谁的一辈子，能不被人议论？嫉妒或者同情，赞美或者诅咒，本质上并无区别。

其实，同等条件下，大家难免不平衡，不自觉生出不公平的念头，将自身的不足归结于他人的打压。而这些怨愤，在你高于他人一大截时，反而会消失，因为彼此不在一个层面，少了竞争，多了敬畏，倒没来由地冰释前嫌，连评价都全然不同，岂不知，人还是原来那个人，并不曾有丝毫改变！

要想使自己免于周遭嫉恨，不是曲意迎合，而是跳出泥淖，让自己更出色、更优秀！

第二章　童年伤痛

7

　　记者，是新闻工作者，是上传下达的传声筒。他们下基层，接地气，是与社会的各个群体接触最广泛的职业。劳心劳力，代表社会正义公平良知的一群人。他们执舆论监督之利剑，传社会各界之民情，心系苍生，兼具情怀，是党和人民群众的顺风耳、千里眼、传声筒。

　　但生存问题，依然令人无法逾越。做记者二十年了，陆雨最不能原谅自己的是，在母亲脑出血的时候，他竟然不在身边。他怎么也不会想到，刚刚69岁的母亲，会突然发病，庆幸的是，正好有邻居发现，打了120，抢救及时，母亲捡回来一条命，但一直处于昏迷状态。与儿子相依为命的母亲，此时正躺在重症监护室……

　　而此刻，陆雨正在带队走基层采访，对有关抗战的村庄和人物进行走访。在太行山的深处，树高林密，景致幽美，民风淳朴，吃住在村民家，条件差点但自然环保，陆雨的小组带了两个记者，按照计划，在一周的时间里，走村串乡，走得疲惫辛苦，但收获满满……他们白天采访，晚上写稿，问题是，信号差不能及时传回报社，手机信号更是时断时续。

等他从山里出来，母亲入院已经3天，妻子把儿子托付给邻居，独自去照顾婆婆，接通电话，边哭边数落："你怎么就不打电话回家？万一妈有个三长两短，我看你下半辈子怎么活？你干脆没有老婆孩子算了，活该打光棍……"

被骂得一头雾水，待听明白是母亲病重，还没有过危险期，陆雨耳朵失聪一般，泪水夺眶而出，他怎么能让母亲出事？撂下手头一切工作，他一刻不耽搁，赶到老家平陶县。

父亲离开他和母亲那年，他不过10岁，刚放学回来，没有进家门，一排房的邻居聚拢在他家门口，屋子里发出很大的声响。然后是母亲的哭骂声。或许是因为紧张，声音很大却听不清内容。他躲在人群中，胆怯和丢脸，令他踟蹰，不敢近前也不肯离开。平房隔音不好，一排住着10户人家。陆雨家在院门正数第三家，是母亲所在的纺织厂的宿舍，从他出生，一家人就住在这里。邻居都是老邻居，陆雨喜爱这个院子，更依赖这些邻居。此刻，母亲尖锐的哭声和屋子里的响动，令他难堪和愤怒。

躲在人群里，是他保护自尊心的唯一方式。他能猜到，父亲又与母亲打架了。但他没有想到，父亲这次，是要抛弃他，与母亲决裂了。

终于，母亲的嗓子哑了，声音渐歇，但突然尖叫起来，房门被人狠命地拉开，又被狠命地摔上。父亲提着一个旅行袋，愤怒令他的脸变成了红紫色，五官挪移，不发一语。

正准备拨开人群冲出去，看到人群中的儿子，停顿下来，露出错愕茫然的神情。停下脚步的父亲，站在人群前面，还是没有讲话，张了张嘴，眼睛闪向别处。房门接着被拉开，母亲披头散发地跑出来，伸长了手，去抓父亲手里的包……这是童年最漫长的两分钟。

母亲也看到儿子，长得白净瘦弱的儿子，她的命一样的儿子，此时惊弓之鸟一般，忍着泪，躲在围观邻居的身后。母亲收了声，泪瞬间也止住，伸向父亲旅行袋的手也松开。她迅速擦去脸上的泪，用手梳理乱发，立时，换了一副笑脸，讪讪地走近，伸手去拉怯生生惊慌的儿子……

父亲愣了片刻，盯了陆雨片刻，一跺脚，分开人群，决绝地拎着行李，头也不回地走了。陆雨倔强地别过头，憋着欲流下来的泪，死死盯着父亲高大健硕的身影，渐渐远去……这个场景定格在陆雨心中，以后许多年，他时常会做梦，梦到父亲离开时的样子，怎么也弄不明白，为何他没有丝毫留恋？

就这样，他没了父亲，在他成年之前，再没有看见过父亲。母亲与他都很小心不去讨论那个人，曾经把他举上房顶的父亲，就这样抛弃了他，这令他无法原谅父亲，更无法原谅自己——一定是自己做错了什么，让父亲用逃离惩罚他。

童年，他再没有刻意打听过父亲，但还是敏感地听邻居议论，父亲调动工作离开平陶，去了50公里外的蒲城。而且再婚，与以前那个相好的结了婚，生了一儿一女……

陆雨无法想象，父亲爱上另一个女子的快乐，更无法想象，父亲抛弃亲生儿子是否会思念。他没有从母亲口中听到对父亲的咒骂，但他能感受到一种怨气，流淌在小小的平房里，浸泡了他的童年和生活。那是属于他的苦难，是无法启齿的难堪。

他恨父亲，但从不言说。说什么？那毕竟是自己的父亲，给过他那么多的疼爱，那么慈爱的眼神，那么高大威猛的身姿，那么无所畏惧的神情，是他对英雄全部的期许。

他可怜母亲，有时也有些抱怨母亲，怎么就退缩了，让父亲离开，应当紧紧抓住，抓住他的身体和心？无论用美貌还是美食，无论用撒娇还是伎俩，能够抓住男人，不就是女人天生的本领？他常常恼怒，显然，母亲不是一个有能力的女人。

亲情，没有什么可以替代。那是天然的，由血脉而来的感情，愿意或者不愿意，都紧紧连接，无法用是非对错来分割。陆雨爱着母亲，这一点母亲与他都从不怀疑。

下了火车打车飞奔医院，重症监护室在三楼，家属在附近的楼道或坐着，或靠着，或蹲着，病人还在观察当中，家属心急如焚，却不能近前照料，也不肯远离，怕医生随时有吩咐。漫长的等待，是煎熬，每个人脸上的焦虑、烦躁、疲惫，都无形中传染了陆雨，他径自向监护室的门口冲去，明知此刻不会开门，他还是觉得，这样的行为，会让他离母亲近些。

他想，母亲一定可以感受到他的到来。那种只有他与母亲能懂的感应，是相濡以沫40余年的印记，刻骨铭心，天地可鉴！

8

男人？到底何为男人？是生理上的睾丸、喉结，是行为上的力量、英勇，是心理上的进攻和占有，还是人性上的自尊、自私、无情无义？

陆雨常常困惑，若男人真的不是东西，那么自己又是什么？温柔善良，甚至有些懦弱无能的母亲，都无法留住父亲，他儿时乖巧聪慧也没有让父亲眷恋。走后再无联系，直到他大学毕业分配到报社，有一天，一个声称他父亲的人在报社门口等他。

他开始不信，然后烦躁，接着开始收拾东西，拖延时间，他怎么去见父亲，要摆出何种姿态面对父亲。父亲，一个儿子要如何与父亲相处？他通通不知道。但还是要去见，他不能不去见，他本能地渴望见到他，想要看看父亲，也想让父亲看看长大后的自己。再刻薄的诅咒，都不能改变他是父亲的事实。

隔着监护室厚重的门，陆雨仿佛能听到打点滴的声音，周遭的凝重与嘈杂，对他而言，都能被屏蔽，而母亲才是天地间与他相通的唯一。妻子苏瑾眼睛红通通的，没有睡好的脸显得憔悴而略带怒气，她不耐烦地狠狠瞪着他，做出扭开头的姿势，那是要他去安抚的意思，陆雨勉强地挤出一丝笑容，搂搂她的肩膀，低声说声"辛苦你了"，权当安慰。

苏瑾与陆雨是大学同学，虽然不是一个专业，但都是文科类，一些公共科目会有交叉，有一回，陆雨去阶梯教室听讲座，她就坐在旁边，与几个女生叽叽喳喳，陆雨转头不断用眼神示意，安静安静，可窃窃私语的声音还是不绝于耳。陆雨从扭头到转身，从皱眉到去低声说"安静"，再到去碰触邻座女生……两个小时的讲座，陆雨什么也没听进去，全是几个女生衣服品牌、头发烫染、男女关系的议论，好像她们不是来听唐诗鉴赏的，而只关注主讲周梅婷副教授的衣着打扮。

周教授是青山大学数一数二的美人。眉目清秀，举止优雅，最让学生着迷的是，她的学识与口才，堪比多年后甚嚣尘上的于丹，却少了鸡汤味道。貌似演员梅婷，时尚中多了几分娇弱，一副我见犹怜的模样。如何能不让人喜爱？！

可是，周教授讲的是古诗词，又不是时尚潮流，这些俗气浅薄的小女生，太煞风景了，一定要教训一番。等讲座结束，陆雨与几个同学憋着一口气，在去宿舍楼必经的林间小路上，截住了她们。其中就有苏瑾。

苏瑾算不得漂亮，眉清目秀，清汤挂面样的长发走起路来左右晃动，个子很高，声音洪亮，是三个女生中最闹腾的一个。大家还沉浸在热烈的讨论中：周教授不知用啥香水，可惜离得远，该过去仔细闻闻，她的戒指是几克拉的，还是特别致的款式，左手上戴着卡地亚的手链，至少值8万……啧啧……

女生们被挡了路，茫然地看着彼此，怎么回事？莫非讲座上的冲突升级了，可这些男生想啥呢，能把我们咋样？

是啊，陆雨和同学也很茫然，挡住了又如何？到底想怎样？于是，很严肃又无语，彼此对望，空气中淡淡的丁香花开放，悠悠甜甜，春日青草的泥土味道，想在暗暗生长。春日，是最不该生气的，颜色艳丽，气味绵长，连耳朵里都充满喜悦的鸣叫……

三个女生先憋不住笑了，笑得男生像泄了气的皮球，秀才遇到兵，怎么能和这帮女人讲道理？陆雨捅一下同学，转身准备离开。

"等等，刚才讲座上是我们不对，影响到你们了，不如，我们请你们吃烧烤，算作道歉。"苏瑾快人快语，说话直接且不容拒绝。其他女生更心大，"就是嘛，我都饿了，去吃南校门小王那家。他家舍得放作料，旁边还有冬冬面皮店……"

的确饿了，男生们一个眼神，几个人心领神会，转身点头。年轻真好，一碗面，几串烧烤，几根烟，顿时化干戈为玉帛，天下太平，哪有什么纷争，都是浮云。

常常，这些纷争也是契机，是上天的眷顾，给了陌生的你我一次相遇、相识、相知的可能。

陆雨就这样遇到苏瑾，并且一来二去，在兄弟怂恿、姐妹调笑下，捅破了窗户纸，成全了一对有情人。陆雨无比感激，那是他一生中听到的最好的一堂讲座，由此，他深深感激那位貌美如花、学富五车的周教授。

而今日，苏瑾疲倦恼怒的状态，令陆雨熟悉而满心歉疚。但站在监护室门口，里面的母亲生死未卜，他无心再多安抚妻子。只问了声，"儿子谁管呢？"

"托付给对门梁大姐了，儿子说自己能行，明年就要上大学了，他说自己能照顾自己。"陆雨觉得，也对不住儿子，自己不是出差就是上夜班，对儿子照顾太少，不知不觉，儿子到了人生的又一个大坎儿上，高考迫在眉睫！

"医院有规定，上午10点和下午4点，有两次家属探视，时间为半小时。每次探视每个病人只允许一个家属进去。"苏瑾轻声说道。陆雨放开搂着妻子的手，上上下下摸口袋，拿出手机，有三个未接电话，他也顾不得，一路飞奔，他哪里顾得上接电话？有什么劳什子事，比还在监护室的母亲更重要？

他要打电话找熟人，开绿灯进趟重症监护室，他迫不及待要见到母亲。走到远处楼道口，三个电话打完，事情就搞定了，承诺主治医师马上下来，带他进去。

陆雨回到苏瑾身边，正对着监护室门站定，不时朝楼梯方向张望，漫长的5分钟，一个个头很高、黑黑瘦瘦的中年医生走过来，面无表情，严肃冷淡地走近，"陆记者吗？跟我来！只能进一个，里面病人多，都需要安静。"

陆雨松开妻子的手，紧走两步跟上去，他非常习惯医生的冷漠，他们见惯了生死病痛，冷漠而不喜形于色，是他们的职业习惯。

但这样索然寡味冷冰冰的群体，却总能吸引公众的目光，多少人想与之做朋友，无非是因为——他们有用！

9

虽然没有回电话,陆雨心里还是惦记,杨总编为何给他来电话?是公事还是私事?重要吗?若是采访任务,他没有接电话,此刻回过去已经迟了。没有第一时间接通,杨总会迅速找其他人。新闻讲究的是时效,像同样的食材,新鲜出炉,香气才诱人,时间一长,散了热气,就大打折扣,没那么诱人了。若是私人问题,此刻他心慌意乱,接通电话怕也是心不在焉,语无伦次。

陆雨有个同学是平陶县政府办公室主任,官不大可权不小,在平陶算是实权派,县长书记换了多任,他自岿然不动。有人削尖脑袋去基层做乡镇书记,有人劝他去某局当局长,他懒得担责任,在上面多好,事不多权不小,迎来送往,人情不少,上传下达,相当于"地头蛇",谁也给几分薄面。就说今天,陆雨一个电话,这个老同学直接打给县医院院长,院长岂敢怠慢,忙安排主治大夫下去,自己忙完手头的活,也会过去看望。县政府办公室的主任,省城的大记者,都不是能得罪的人。

母亲躺在病床上,周围摆满各种检测仪器,发出滋啦滋啦的噪声。陆雨站在母亲床前,手心汗津津的,他不是第一次进监护室,以前采访时进去过几次,但没有今日紧张。县医院的规模远没有青山大医院的气派,这里只有一长排二三十个床位,有的病人可以坐起来,喝水说话,护士叮咛着小心云云。陆雨的心像被摘去一般,空落落的,他希望母亲就是那个能坐起来的,哪怕不能下床,要住很久医院也行。他只要母亲能看看自己,叫一声"雨儿回来了"!

父亲走后的30多年,陆雨看着母亲从花容月貌到年老色衰。年轻那阵子,邻居亲戚都劝,让母亲再走一家,三十出头的女人,说什么也该有个男人呵护。母亲咬着嘴唇，对来人说："我儿子咋办？万一后爹对雨儿不好，不能让我儿子受那个委屈。再等等吧，等雨儿大些了再说。"

陆雨觉得该劝母亲，但从没有开口，他不是不懂事，他觉得用自私更合适。怎么能容下，有人与他分享母亲？母亲，是家的代名词，是父亲曾经在过的明证，虽然他们从没有谈及那个人，但彼此都清楚，思念流淌在家的每一个角落。

医生说，母亲抢救及时，但还没完全脱离危险，多久却没个准儿，毕竟年纪大了……

走出重症监护室，母亲苍白干瘪的脸时不时在他眼前晃悠，那双手皱巴巴的，粗糙精瘦，冰冰凉凉，搅得陆雨的心也冰凉凉的。

苏瑾坐在远处的椅子上打瞌睡，陆雨不忍心惊扰，走到楼梯口抽起了烟，他狠命地大口吸着，安抚自己忐忑不安的心。倘若此刻父亲在多好，倘若他有个姐姐多好，哪怕有个妹妹，弟弟最好，他也不至于无人商量，惶恐到手足无措。母亲是他最亲近的人，唯一的亲人，虽然现在有妻子和儿子。可他还是固执地觉得，没了母亲，这世界只剩他一个了。

父亲上次来报社找他。说是来省城开会，听原先的老同事说，陆雨在报社上班。

"报社是好地方，你可是扒着铁饭碗了，以后我就放心了，别惹事，好好干，你妈跟着你也能享几天清福……"父亲没啥变化，还是那样威风凛凛，高高大大，洗得发白的中山装，干净平展，就是比年轻时爱絮叨，反反复复说了几遍同样意思的话。陆雨静静听着，不言不语，也不去打断，他好想让父亲一直这样说下去，让耳朵回忆起童年的印记，让眼睛一寸一寸记下父亲的容颜，还有气息，熟悉而陌生。他贪婪地呼吸，想将眼前这个十多年不见，无影无踪的父亲唤起。

见陆雨不说话，父亲略略停顿，低头说："还有事，我不能多停留，要走了。"他举手想去拍儿子的肩膀,又停在半路,讪讪地放下,说:"我走了,你照顾好你妈。"

一直到父亲转身离开,陆雨才一个激灵,"你也要保重,好好吃饭……"他声音很小,但他猜想,父亲肯定听到了,否则他不会住了脚步,停顿片刻,很用力地回头招了招手。

后来父亲还来过两次,他结婚后,父亲还带着与继母生的弟弟,三个人吃了一顿饭,话都不多。弟弟上高中,木讷腼腆,父亲说:"要向你哥学习,多有出息,在报社工作。"陆雨终是没有让父亲见妻子,他不知怎么介绍父亲和弟弟,他宁愿让妻子认为他没有父亲。而实质上,他从十岁开始,就没了父亲。

在男孩子成长的过程中,是勇敢还是懦弱,是专一还是滥情,父亲的影响至关重要。然而,没有人能选择父母,生在怎样的家庭无法改变,能否安然地活在一个家庭也无法把握,爱或者恨,都是注定的。陆雨明白,在父亲这件事上,无论对错,都由不得他去评判,父亲就是父亲,他认或者不认,他都是自己的父亲,他没得选。唯一能做的,就是瞒着母亲,不让其他人卷进来。

县委办的老同学打来电话,说医院院长回复电话,他母亲的病情还很乐观,等病人醒过来,再商量做不做手术,这个要慎重,还要与省里的专家会诊一下。安慰他不要过分紧张。

撂下电话,陆雨心里松快了许多,像雨过云层漏出几丝阳光。他想到儿子,高三那么紧张,偏偏他不能常守在身边,很对不住他。他走过去摇醒苏瑾,让妻子坐夜班车尽快回去。"母亲这里有我,放心,你早点回去照顾儿子。"

送走苏瑾,陆雨在医院附近的巷口吃了几口饭,抓紧往医院赶,虽然母亲不一定会此时醒来,但医生说随时会醒来,万一呢?母亲醒来身边怎么能没人？

有研究表明，一个良好的意念，会起到连锁反应，让心中所想向好的方向发展。真的如此吗？

10

夜里的风一吹，陆雨有些清醒，再一次想起了林梅婷，时间还早，他打开微信，有一条留言，"失踪了吗？"陆雨不由一笑，觉得天地都湿润了。

他原原本本写了自己这几天的经历，此刻的窘态，对母亲的种种担忧。发出去没回复，困倦来袭，他决定靠着走廊的椅子眯一会儿。

约莫半小时，手机响起。一看，是林梅婷打来的。"林总，我……"林梅婷打断他，问："你母亲有没有醒过来？情形如何？"

"还在等，没有醒来。"陆雨实话实说。"那这样，我联系了省内最有名的血管内科专家王敏教授，他答应通过省内医疗联网系统，调取你母亲的病例，需要手术，他会亲自做。你现在把详细的住院资料发我，包括姓名、注册号和医院代码。"林梅婷的口气不容置喙。陆雨反而觉得心安，踏踏实实发了信息，拿着手机仿佛抱着火炉般温暖。那夜在武汉，他鼓足勇气，到最后时刻，还是下不了手，他怕什么都做了，便就此打住，再没有续下去的可能。

很多事，做了就会被撂开。特别是感情的事。他对林梅婷没有信心，不知道事情的结果是什么？若是一夜情，那不如没有，他不屑滥情，那是浪子、渣男的专利。

首先，他明白，林梅婷身份特殊，单身多年，绯闻不少，且眼光极高，寻常人她怎么会看上？其次，他接近林梅婷并无所图，只是单纯地喜欢人家。在讲清楚之前，将利益与感情扭在一块儿，分明是场交易。那不是自贱身份，与那些蝇营狗苟、男盗女娼者有何不同？

林梅婷，年纪不小了，但保养得很好，身材苗条，显得年轻有朝气。工作起来，井井有条，敢作敢当，从不推诿塞责，与她共事的人，少有人能挑出她的些许毛病。当然，对与她不和，意见相左的人，也毫不手软，明刀明枪，霸气十足。这样的人看似好相处，不来阴的，但就担心哪句话不对，哪件事不合心思，人家就决然转身，无可挽回。

说到底，陆雨还不了解对方，实在不敢贸然下手。徐徐图之，突然蹦出这几个字，陆雨没来由地脸红了，从何时起，他对妻子之外的女人上了心。

微信里又发了几句感激的话，仍没有回复。陆雨有些失落，不再理会，继续假寐。不料竟然睡沉了，耳边听见，"哪位是陈秀芳家属，陈秀芳家属……"他一个激灵站起来，跟跟跄跄跑向护士。

"你去二楼找孙楠主任，做术前谈话。"护士不容他问，简明扼要告诉他，"明早8点手术。"心提到嗓子眼儿，可再问护士明显无用。三步并作两步下楼找医生，还是下午见过的冷若冰霜的那位。"别急，明早再处理一处淤血。问题不大，是微创手术，省里专家会诊，手术现场也会连线指导。你看看这些手术可能存在的风险，在这儿签个字。"陆雨看也没看，拿起来签字，眼睛盯着医生。"风险大吗？你有把握？要不要转院？"

"你母亲的病最好少移动，在这里手术一样，诊断清楚，所有操作都有专家网络会诊，风险不能说没有，但问题不大，你去办手续，明早第一台。"再问也是枉然。转院难免颠簸，目下是最好的方式了。他的那些担心不安，不是医生能治愈的。到医院，常常有种人为刀俎我为鱼肉之感，医生说得再清楚，再专业你也不放心，各种无端猜测，权衡利弊，不过是自我安慰。

他猜，这些安排与林梅婷有关。她此刻在做什么呢？微信里仍是空空如也。

听说林梅婷结过婚，有个女儿，离婚时判给男方，她独身超过10年，除了工作就是吃吃喝喝，喜欢到处游玩，遍尝美食。过了40岁，再少听到她的绯闻，过去的林林总总，都好像雨过地皮干，一阵子就蒸发了。

其实，绯闻就像泡泡糖，刚吹起来，新鲜刺激，吸引眼球，吃瓜群众乐于围观。泡泡越吹越大，添枝加叶，丰富生动，每个人都是天生的小说家，细节精彩，举止生动，仿佛亲眼所见。时间一长，再绚丽的泡泡也会破，再讨论就味同嚼蜡。

林梅婷可不是省油的灯，陆雨偏偏喜欢她的个性，能远远瞥见就激动，有绯闻说明人家有魅力。陆雨心里翻江倒海，恨不得马上见到她。

林梅婷此刻正接待京城来的几位前辈。这些媒体同行身处京城，自然了解很多内幕消息，是了解高层动态、新闻风向的绝好时机。更是联络感情，为自己职业生涯铺路的好时机。

她擅长此道。喝酒，坐在桌子上应酬，最忌讳挑衅，酒桌上无好汉，饶是谁，都架不住轮番灌酒。不在乎你的酒量大小，关键是这种做法会坏了规律，抢了别人的风头。毕竟，这些人不是街头莽汉，不是寻常百姓。

对这些熟悉的同行，既要保持应有的尊重，频频举杯，但也不能太过热情，在座的人需要交流的事，都要靠在饭桌上来完成。林梅婷早就深谙此道，时而倾听，时而打断，换个话题，时而举杯营造气氛。她坚信酒不仅是用来喝的,有时还用来壮胆,有时用来制造气氛,就好比男人之间递烟,是个拉近距离,找话题的媒介,而因此撞击出激情,不过是酒的副产品。

有的话题不可深聊,点到为止即可。若有深入了解的需要,大可饭后私下讨论。饭桌上人多嘴杂,不可不说,也不能尽说。她的玲珑聪慧,善解人意,圈内人都了解,出来混,令大家舒坦不尴尬,是考验情商和能力的标准。

饭局到了 11 点才散。她疲惫地回家,摇摇晃晃进门。空荡荡的屋子,落地灯冷冷清清的光,让她莫名生出凄凉和寂寥。每一次热热闹闹的繁华之后,更深的孤独就会袭来,有种要冲出家门的冲动。那么多男男女女的朋友,那么多闺密、蓝颜知己,却无法填补她在深夜的孤独。

此刻,不知该跟谁联系,她换了睡衣,蜷缩在沙发深处,打开微信,看到陆雨一长串的留言。

> 母亲的手术定在明早 8 点第一台;
> 我今晚留在医院,监护室门外都是凄苦的表情;
> 谢谢你的帮忙,要不我都不知道怎么办,还是你冷静理智,好赞;
> 这么晚了,你在干什么?今天上夜班吗?注意休息……

林梅婷露出了微笑,她仿佛看到一线生机。今夜,那个傻傻的陆雨正在想着她。

像被接通了电流,你和我隔着两百里,走在了一起!

第三章　一地鸡毛

11

所谓激情，不是一时半刻的难舍难分，可能是，你一个眼神我就心领神会。常常不是理解有多难，而是他根本没用心。

陆雨觉得自己很多次在公众场合，遇到林梅婷时，使出浑身解数，找各种借口表达谢意，没话找话与人家搭讪。可显然，人家没有当回事，很客气官方地说几句就走开。

被忽视让人不痛快，更会让人欲望膨胀，猫爪挠心一般难耐。几年过去，每每看见林梅婷他就心跳加速，人家目不斜视，飘一般走远，他欣赏地看着，心满意足，时间一长，陆雨开始习惯且享受这种暗恋的滋味。无人知晓，独享其乐。

这一夜，微醺的林梅婷，再一次感觉寂寞袭来。离婚，虽不是她的本意，但她从没有因此而后悔。与其将就过下去，不如按照自己的方式生活。不是所有的夫妻会因为聚少离多而分开，但就有人无法忍受妻子以事业为重，更何况做记者，本来就是个抛头露面的营生。不和人打交道，不交际联络，许多采访就没办法进行。

人说，记者是个杂家，啥也要懂一点。虽然常常只是知道个皮毛，像浮在水面上的油脂，看似了解水域的状态情形，但广度再大，也无法深入下去，感同身受到全然了解。所以，很多记者下海，人脉上固然有优势，但说到如何管理，怎么加工生产，就不甚了了，需要重新学习实践了。

记者，是最适合那句"纸上得来终觉浅"。

林梅婷前夫李超是个骨科大夫，人高高瘦瘦，是个头高、智商高、学历高的"三高"人才，当年可谓炙手可热。他们经人介绍，两人一见如故，理科生的理智严谨、沉默笃定，都是林梅婷以前认识的人中没有的。李超眼神专注，举止稳重，都是林梅婷梦寐以求的。在遇到李超前，她决然想不到，自己会找什么样的，更没有一长溜的择偶标准。做记者职业有个优势，就是阅人无数。有时虽能相谈甚欢，却无法走过男女那道坎儿。

跨不过去的，决然不是条件、时机、相貌，林梅婷知道，是一见倾心，是眼神缠绵在身体上带来的化学反应。

是的，他们是因为爱情走到一起。她以为，从此公主就和王子幸福地生活在了一起。

生活不是这样，走着走着，就发现有很多观念无法改变。特别是对单纯执着的人，爱，可以不顾一切，不爱，就弃如敝履。

认识一年他们就结婚，次年生女。生活平静简单，李超很顾家，事无巨细都管。林梅婷正好大展宏图，事业上蒸蒸日上，出差加班，开会写稿，忙得昏天黑地，人仰马翻。每天回家就累得想闭眼睡觉，孩子经常住奶奶家，自己家冷锅冷灶，李超还偶尔冷言冷语。林梅婷在外头奔波，累得喘气都难，好在那年头记者职业"高贵"，比官高三分，市里、省里的领导"小林小林"叫着，却没有丝毫怠慢、轻视。活累钱少，至少社会地位高，受人尊重，不像现在，有些采访对象爱答不理，好像记者不是求他订报纸，就是想来拉广告。

林梅婷丝毫不让，与李超针锋相对。严谨的医生，竟然把夫妻俩吵架的话全部当真，作为呈堂证供，弄得林梅婷莫口难辩。不就是情急说的气话，不就是夫妻吵架哄哄就算了，不就是床头吵架床尾和？可就有认死理的理科男，不懂风情便罢了，还得理不饶人，在林梅婷受伤的自尊心上不断撒盐。你和他讲工作如何忙碌，必须出差，行程完全随着领导来，身不由己，他不仅不理解，还让林梅婷选择，要家还是要事业。

这就不是能讨论商量的节奏。除了冷战就是伤害，好在两人都很克制，从不动手，起初吵闹了几回，后来就偃旗息鼓，吵不出长短，他们的矛盾不是你对我错的问题，是非此即彼的问题。后来，演变成冷战加猜忌，连孩子也受了影响，觉得妈妈不要她，不要这个家。自己在家整个孤立无援，像个影子一般存在。所有解释都是徒劳，要么妥协，要么走人。

林梅婷选择净身出户。她的骄傲不允许她退缩，当然，这也坐实了她是过错方。不是有了外遇怎么会净身出户，不是傍了某个领导怎么会被提拔，不是做了错事怎么会连亲生闺女都不跟她？

错就错吧，她知道自己拗不过李超，如果不主动结束，一根筋的李超会和她这样僵持一辈子。她不知道对方痛不痛苦，但非常清楚，自己已经到了崩溃的边缘，冷暴力比暴力本身更残忍，会伤及心肺，无法痊愈。

感性骄傲的林梅婷，不喊痛不叫屈，她用更加玩命的工作应对苦痛。

而陆雨看到的，就是这样一个坚定努力，不拖泥带水，不矫情，敢作敢当的女人。

那夜，陆雨坐在监护室门口，一夜没有合眼，通过微信，林梅婷陪了他一夜。那是令陆雨无比温暖放松的时光。与自己心仪的女子，谈天说地，不是平日里说的正经八百、严丝合缝的话。几乎不过大脑，想起来什么就问什么，答的也很随意，一会儿小时候如何如何，一会儿武汉之行有些遗憾，一会儿我们都市报怎么乱七八糟，一会儿报纸到底能坚持多久？

平日里工作狂的林梅婷，其实有颗八卦的心。评价起他俩都认识的人，非常有趣直率，很多人的事，陆雨也听人讨论过，但决然没有林梅婷讲得风趣幽默，逗得陆雨显露笑容，心头豁然。到凌晨5点，林梅婷说："你睡会儿，8点你母亲手术，不必紧张，会吉人天相，阿弥陀佛！"

陆雨意犹未尽，但也明白，明天还有很多事要面对。林梅婷不说，但她为了开导自己操的那份心不可不领。

"我为了你……"这样的句子，随着年龄增长，尽量少说或者不说，因为要知道，没有人是傻子，不知道你为他做的，倘若他真的装作不知，或者浑然不觉，请记住，他是存心，而你又怎么能叫醒一个装睡的人呢？徒劳无功！

12

林梅婷一直严阵以待，将自我的篱笆扎得很牢固，唯恐有什么疏忽，造成不能挽回的局面。林梅婷的世界曾经单纯明净，家、孩子、工作，她要的不多，能从事自己喜爱的新闻工作，她得偿所愿，身居青山省政府机关报纸，是省内其他媒体的马首，她初上手就驾轻就熟，能够施展拳脚。否则，她也不会不计名利冲在采访一线。矿难现场有她，"非典"病房有她，后来当了主任、副总编，她也身先士卒，为了新闻而鞠躬尽瘁。这份激情虽随着年龄有所减弱，但比起很多年轻记者，她自认充满朝气、具有情怀。

有兴趣的事，才能做长久。特别是复杂烦琐，需要耐心的事，没有一点兴趣做底，早晚会厌烦透顶，轰然放弃。

做记者这件事，林梅婷自问，用情至深，善始善终。

单身已经十年，不是没有再婚的打算。她认识那么多人，工作就是与人打交道，少不了被人八卦。

有一回，别人给她介绍过一个省委机关的副处长，人长得精神，离异，有个女儿，条件很好，对方的哥哥姐姐工作都不错，对她也很满意。只要有空闲，两人就一起见朋友，无非吃喝，有时去捏脚娱乐，时间长了林梅婷就很反感。这算什么日子，又不是酒肉朋友，场面上过去就完了，过日子，不是和条件过，是要心灵相通，说高级点，就是要价值观类似。

别说爱情，连朋友都做得乏味。不将就，分了！

"条件这么好也分，真是不知天高地厚，还以为自己是大姑娘啊。"林梅婷难得理别人的议论。她的生活从来都是自己做主。

后来，遇到一个出版社的编辑，文质彬彬，出口成章，虽说有点酸，但起码有文化品味，爱谈个古诗词，《诗经》《史记》《资治通鉴》，都能讲出个子丑寅卯。于是，林梅婷想至少有文化，学术型人才，带出去也不丢人。

真心是人无完人。此人不仅身体有洁癖，连心理也有洁癖。乘坐电梯不肯用手去按按钮，坐公交车要自带垫子，出门上个卫生间至少半小时，光清理马桶就做20分钟……轻易不肯去饭店吃饭，好容易去一回，杯子自带，筷子自带，那鸡蛋里挑骨头的干净劲儿，怎么看怎么让人膈应。

林梅婷不是个不讲究的人，但遇到这样讲究的家伙，也不甚其烦。一来二去，觉得实在无趣，两个人亲密前，光卫生清洁就花去大半个小时，到最后，林梅婷都觉得自己脏，怎么洗都不为过。可床上的那点事，全然没了感觉。

到了这一步，彼此间的尘埃也无法落定，那注定没有什么能打破僵局，消除障碍，成就正常的夫妻关系。

分手那天，对方面露嫌弃地拎着林梅婷留在他家的洗漱用品，装了一袋子给她，一再挽留说："我觉得我们还是非常合适的，你漂亮，有才华，只要能再讲究些就更完美了！"

"完美你个鬼啊！"林梅婷拎着袋子顺手就扔进楼梯口的垃圾桶。这样的奇葩，怎么就让我遇到！

后来，林梅婷采访过一个企业家，有厂子，家族企业，科班出身，讲话滔滔不绝，为人大气，在圈内圈外口碑很好，村民都赞不绝口——大善人。这个善人姓白名玉强，是省内知名人士，生意涉及房地产、旅游、教育，正是资本市场最好的时候，只要有魄力，钱生钱分分钟的事，白玉强离异多年，有个儿子在国外上学，身边女人不断，但都无法拴住他的心。

林梅婷以为自己可以。但显然，她高估了自己的能力。永远不要奢望一个正经的女人，能降服一个花心大萝卜。成为一个渣男，只要几个条件，有钱，给机会，不认错。白玉强算不算渣男？

林梅婷觉得，有钱和有权一样，会遮盖身上的很多缺点，而外界会更宽容一些。因为有钱的优点太过诱人，能做到万花丛中过，片叶不沾身，是何其难。因此说，在忍受花心和衣食无忧之间，嫁入豪门的代价，不是人人可以承受。

他们甜甜蜜蜜，林梅婷接礼物接到手软。女人的虚荣心在这样的攻势下，总是选择性地相信，这就是真爱啊！

林梅婷隔两个月要值夜班，最初白玉强拼命表现，接接送送，极尽宠爱。后来就派司机来接送，再后来就推说很忙，出差、开会、在机场……哪一个男人能全天待命，更何况人家是大老板。哪有耐心伺候你？

记者身上的光环，真没有外界看到的那么璀璨。玩惯了明星美女，遇到知性有才的记者，自然新鲜几分，真要娶回家，忙得朝夕不见，豪门怎能容下？

林梅婷有自知之明。思来想去，与其心不在焉，不如早早了断。任何强扭的瓜，都不甜。白玉强是聪明人，他自觉理亏，送了林梅婷一部车，作为分手礼物。林梅婷没有推辞，欣然接受。

年近四十，她已经不是当年离婚时义愤冲动的林梅婷，钱不能弥补很多，但她清楚，有些事情用钱完结最好，最能成全彼此的心意。因为一时面子，净身出户固然潇洒，但随后岁月自己患得患失，后悔质疑会如影随形，不得安稳。既然不能用感情去衡量，不若用货币去结算，钱货两讫，各不相欠。到何时，大家见面，也是轻轻爽爽，各不相欠……

林梅婷很平静地接受单身，不能遇到便不强求。这样安之若素，就好！

13

　　昨夜雨疏风骤，浓醉不消残酒。试问卷帘人，却道海棠依旧。知否？知否？应是绿肥红瘦。——李清照

　　林梅婷觉得好累，春雨霏霏，她与陆雨一夜畅谈，略解自己的孤寂，也可排解陆雨此时的忧伤。不知自己的那些无奈烦恼，谁人能解？

　　她觉得自己像林黛玉，都姓林，好不吉利，她摇摇头，转移注意力。明早有一周一次的大碰头会，她要参加，虽然不是她值夜班，但最近报纸失误太多，她也想强调一下，报纸，是不完美的艺术，出现一两处小差错，不算什么事。因为追求时效，在单位时间内完成，诸多环节环环相扣，一环出了问题，若不及时堵住，难免小错变大错，出现不可收拾的大问题，那谁也脱不了干系。

　　她睡眠一直很好，前些年倒头就睡，极少起夜。俗语说，"早睡早起，清爽欢喜。"林梅婷做记者多年，练就不管多晚睡，都能高质量睡眠，清晨7点准时起床。

　　林梅婷起床看天阴沉沉的，雾霾很大，就放弃了外出晨跑，准备在阳台上打形意拳。年轻时，她去采访过一位形意拳传人，人称九爷，当时车九爷见她面色不好，说是工作太累，最好学几招拳，既可以防身，又可以健体。正巧在当地有个会，就日日抽空去讨教，学了点皮毛，倒是非常有用，身体强健，睡眠也好。

　　做记者，只要用心总是能遇到有趣的人，学到一些意想不到的东西。

　　20分钟练下来，林梅婷已经浑身出汗，边拿毛巾擦汗，边找手机，预计陆雨母亲快进手术室了，想再安慰他几句。想想昨夜的八卦随意，

林梅婷有些犹豫。天亮了，她还是报业集团的副总，社会身份所给予她的，是矜持、尊贵，拒人于千里之外的平易近人，谦逊自持。

人，是善变的，有许多张脸，昨天深夜酒后的放肆自在，清晨整装待发的严肃，与情人在一起的娇媚，与下属在一起的骄矜，与上司在一起的献媚……何尝不是在演戏，锣鼓咚锵，拉幕开演。

打开微信，在她睡觉的时间，陆雨发了近百条信息。这让她有些惊诧，又心头一热。

你睡了？我睡不着。但还是忍不住想你。

监护室有个病人去了，家属哭成一团，楼道里回声很大，有股阴森森的味道。

天光微亮，明天，是今天，已经来临，昨夜的畅聊仿佛一场美梦，真想让夜长点，能和你聊天真的愉快。

护士来通知，母亲的手术会在8点半开始，8点前进手术室，我好紧张！

你醒了吗？睡好没有？不会因为我没有休息好吧？

好想你……

林梅婷一条条读，觉得回到了大学时光，在阅览室外的梧桐树下，读着爱慕者写来的情书。过去20多年了，还有这般福气？到底是一种假意的逢迎，还是有所图的刻意而为？

这世上有多少深情，就有多少薄情，有多少甜言蜜语，就有可能回报多少恶语相向。可怕的是，常常表面的温情背后，是出卖，是欺骗，是烟幕弹。

林梅婷不禁打了个寒噤，收敛了笑容。开始做早饭，一杯牛奶，一大盘水果，几片炸馒头片。她至今吃不惯面包，没有嚼头，食物不光用来填饱肚子，还有咀嚼的快感，味觉的满足。

她对美食的坚定热爱，并不是饭量很大，贪婪如饕餮，而是有所为有所不为。

林梅婷全身心吃着盘中的食物，再多烦恼，再多杂乱，面对美食，她都有能力摒弃干扰，专注于眼前的事。心无旁骛，才能无往而不利。旁人看来，林梅婷是爱吃，岂不知她是有食物疗法，细细咀嚼能令人放松，心静如水，忘记其他人和事物。

天下有比吃更重要的吗？没有，吃喝拉撒睡，吃排第一位。能吃好饭，能好好吃饭，安静吃饭，已经非常知足，感谢上苍。

手机震动了几下，林梅婷知道是短信。她擦擦嘴，算是结束早餐。一个人过了10年，她都有些不太习惯与他人同享了。偶尔女儿李汀来住，等她走了，就觉得像被洗劫过一般，哪哪都乱七八糟，有种物是人非的不舒适。

短信是总编办发来的，通知今天大碰头会推迟到10点半，李总编9点省委宣传部有个会，回来再一起传达会议精神。

林梅婷一下子松了口气，不轮她值班的日子，时间可以自由调配，有事主任们会临时请示，不必事必躬亲。报社是技术工种，经常无法按时上下班，工作性质决定，把活干好，无论在哪里办公都行。作为集团领导，她的敬业众人皆知。年轻时做记者，不在采访，就在去采访的路上，不在写稿，就在准备写稿。即便如今很少去现场，大多数时候待在办公室，她也是读书不倦，写稿不辍，堪称报界楷模。

但今天她有些倦了，许是昨夜酒醉还没有醒，许是和陆雨的交集让她有些心乱。其实，她心里明白，是自己春心萌动，从武汉之行开始，她压抑了很多年的欲火被勾动，期盼着有些变化，哪怕只是肉体的来往。

"真不要脸！"林梅婷心里不爽地骂了一句。可有什么法子呢？人到了这个岁数，还坚守节操，难为苛责自己，何苦？过去那些风花雪月，都渐渐远去，用工作掩饰和填补的空虚，随着更年期的提早到来，让她无可名状地，感受到加倍的空虚和无助。

很多工作能带来的满足和力量，这两年已经越来越无效，就像原本很有用的药，用着用着就没那么有作用了。不是人家药有问题，是你的身体发生变化，有了耐药性。

为今之计，林梅婷需要换药。陆雨或许是味良药！不妨试试。

14

陆雨的心，七上八下，乱成一团。他昨夜还以为林梅婷会是他的主心骨，会是他的定海神针。一夜，不过几个小时，那女人就又全副武装，戴上面具成了他的上司，一本正经，道貌岸然。

谁又不是如此？私下里的恣意，放浪形骸，进了单位，坐在办公桌后面，就是另一副面孔。川戏中有个绝活变脸，许多人无师自通，都会变脸。这既是身份职业使然，更是人性虚伪自私的体现。

母亲进了手术室，陆雨除了抽烟就是下意识地给林梅婷发微信。他不敢发短信、打电话，唯恐自己的某个动作冒犯了她。这个点应该在开大碰头会，她本月不值班，事情相对要少吧，她昨夜没睡好，会不会精神不济……

陆雨参加过几次大报的大碰头会，因为涉及省委省政府，主要领导的出行会议讲话都非常重要，且容不得半点含糊，陆雨分管政法口，有一些敏感事件，都要在会上达成统一意见。报社编辑部的中高层人员，都要分清责任，把握动态，在政治性问题上，来不得一丁点马虎。

两个小时过去，有护士从手术室出来，陆雨截住问情况，回答说，手术基本结束，有专家远程协助，进展非常顺利。

揪着的心有点放松。他给苏瑾发了条微信，告诉她母亲手术的情况。等了几分钟，没有回复，陆雨有些失落。在看似繁华热闹的背后，内心深深的孤独，常常不经意地跑出来，侵蚀着他的能量。

微信朋友圈里真热闹，半上午就有晒美食的，有喝茶侍弄茶具的，有各种鸡汤乱撒的，他已经很久不在朋友圈发东西了，看看还是有益的，特别是留言聊天，不必介意何时发，对方忙否、方便不方便，事情不紧急，就留言，对方看到了，或回复或无视，一目了然。免了见面或电话里的尴尬，省了语言上的铺垫过渡，微信上可直接说事，对方若心领神会最好，彼此轻松几句搞定，若装糊涂，就跟他装，装没有发过那几个字。起码心理上可以赖掉，都不提那个茬儿，那个茬儿也就仿若没有来过，如此甚好！

陆雨想，在微信里，不乏如他一样的隐形人。穿着夜行服，从不露面，但分明存在。在外人面前，喜形不露于色的林梅婷，在朋友圈有几种形象，陆雨作为工作关系，被打入另册，能看到的只是与新闻专业、报业动态、新闻事件有关的。还有一种是泛朋友层，能看到时尚精致、睿智知性的思考。还有一些闺密级别，就能看到她的喜怒哀乐、情绪八卦等。

而陆雨，从武汉与林梅婷一起出差回来，他觉得自己已经从工作层上升到泛朋友层。只要留心，就会从前后微信朋友圈内容发现蛛丝马迹。有没有烟火味，真是一目了然。

生活中的人，有七情六欲，有喜怒哀乐，固然真实，但若身处高位，最容易被对手抓住软肋，嗅出端倪。这是职场大忌！精明如斯，林梅婷不会没顾忌。但表面冷漠,内心狂热的她,又岂能压抑内心,不出来展露真性情?

做人真难,如此分裂亏她还做得那么天衣无缝。陆雨觉得自己比谁都了解林梅婷,比谁都在乎她的感受,而非高高在上的位置。

他和苏瑾之间何时出现了问题,他说不清楚。按理说,从大学就谈恋爱,一起找工作,一起在城中村租房子,一起买房子看家具……这么多年风风雨雨,算是患难与共,感情基础很好吧。可这几年就是没话,谈不到一块儿,说不到三句就跑偏,说孩子扯到买新车,说单位人事关系扯到闺密的欧洲之行,说母亲的生日又扯到她哥哥如何、表弟如何……

陆雨常常怀疑,是自己变了吗?不知足还是不通情达理,是苏瑾不爱他了还是他精神出轨了?不惑之年,他怎么这么多的惑,解也解不开,乱麻一堆还不能硬扯乱剪,小心维护方为上策。

术后在手术室观察半小时,母亲被推回病房。陆雨看着虚弱的紧闭眼睛的母亲,不觉泪湿。母亲是个要强的人,父亲走后,一个人咬牙带着他,何止是不容易,那份孤独寂寞,又有谁能体谅。偏偏自己是个男孩,感性的话和母亲说不出来,连安慰都有些苍白乏味。唯有握着母亲的手,她一定能感觉到,最可依赖最亲近的儿子在旁。

终于可以这样,只他们两个人待着,手握着手,时间静得可以听到彼此的心跳。有了院长的关照,陆雨母亲的病房是个把边的单间,屋子不大,窗明几净,阳光好,还有独立卫生间,真是无可挑剔。厕所旁边有个小阳台,因为是东边,阳光笼罩,初春的新鲜味道弥漫了整个病房。陆雨摸摸母亲的脸,帮她把头发捋顺,盖好被子走向阳台。那里有一团暖融融的气息,吸引着他。

从阳台望过去,是平陶古城巍峨雄伟的城墙。儿时,他常常跟小伙伴去爬城墙，墙根底下和泥，城上头放风筝，那是多么无忧无虑的时光。可惜，自从父亲走了，生活像被抽走了精气，无精打采，母亲咬紧嘴唇的样子，邻居们同情的眼神，老师们鼓励他时那种语气，长大了他确定，那就叫作怜悯！是善良的人，对弱者的一种姿态，是人性中难能可贵的善的表达。

但就是这样的善，深深刺痛了年幼的陆雨，不断在提醒他，他与别的同学不一样，他的父亲抛下他和人跑了，他是可怜的，应当被同情和安抚的……

是啊，不是所有的伤痛，外人都能体谅，所谓感同身受，都多多少少带着自以为是。

等做了记者，每每遇到受助群体，他都警告自己不可表露，所有的帮助都要在对方能承受、肯接纳的基础上，哪怕让人觉得冷酷，他也不想让人觉察施舍的成分。君子不食嗟来之食。我们的采访对象未必都是君子，但从人格上，赠与或者接纳，都当是平等的，是不该伤及尊严的。

善，做不好，就可能是恶。更遑论，有些是伪善。比恶更恶的存在！

老同学打来电话，说下午几个在平陶县城的老同学约好，要来医院看望母亲。陆雨婉言拒绝了，一则母亲刚做完手术，何时醒来不确定；二则即便醒来，身体虚弱不便见客。

挂掉电话，陆雨顺便看了一眼微信，苏瑾没有回复，许是忙。林梅婷发了几个字，"挺住，保重！"

第四章　报社风波

15

无与伦比的喜悦！

常常，劈天盖地的问候、付出、给予，却不如一句简简单单的"保重！"不是这两个字多么宝贵，而是看谁说出来的。陆雨此刻心头如蜜，远处，早春朝霞下的平陶城，像被包围在介于气态和液态之间的金黄色物质当中，明亮温暖，富丽堂皇。

全然不是他童年一心想逃离的家园。他要逃的不是一座城，是一个梦魇，一个不堪的境遇。

母亲醒了！陆雨感动到落泪。母亲虚弱地说："我的小雨莫哭，妈，没事。"

从小到大，母亲就常说这句口头禅——"妈，没事"。40岁出头了，对母亲而言，儿子仍是小雨，是那个出点事眼中充满恐慌的孩子。再多困难不堪，母亲都想自己扛，而这一切都是因为父亲。那段狗屁爱情，不就是另结新欢嘛，陆雨恨父亲，连带着也恨男人。

而他与苏瑾不冷不热，比陌生人多不了多少的夫妻关系，让他又紧张又从不敢离婚。顶多，就是心里惦记着另一个女人。

林梅婷的成熟大气，比自己笃定理性的品质，都让陆雨着迷。不光是对女人身体的眷恋，还有心智上的补充和滋养。陆雨读《长恨歌》，看《长生殿》，总是跳脱地觉得，唐明皇对杨贵妃的迷恋，不应当只是肉体上的需要，更有精神上的饥渴。一个70岁的老男人，生理上能有怎样的旺盛？生理上的那点事，哪个女人不能满足？本来就是动物性的范畴，只要感官愉悦，这个女人和那个女人，并无太大差距。

然而心灵就不同。有人看着就温暖，有人走近就气场相克，有人望一眼就深情款款，而有人就拒人于千里之外。他觉得杨玉环是治愈系，专治唐明皇的寂寞空虚，因此药到病除，与情色并无根本性关系。当然相貌是底色，像画画，暖色、冷色还是灰色，但主场不是色调，是依赖、是信任、是愿意全部展开给你看的勇气。

人之所以愿意相信那就是爱情，是源于爱情的盲目和说不出理由。没有理由，就是爱情的最高境界。

或许有人说，我就讨厌爱情，现实的好吃好穿好安逸，就是生之所愿。其他精神层面的需求太过虚无，那又有什么错呢？动物不就是这样！

欲。一点没错。吃穿之虞没有解决，奢谈爱情、欲念，那是反人类的，不符合人性的。但因为担心欲念横生，而一直处于衣食无着的人，恐怕也没有，更是匪夷所思，呆子一枚。

心理学家马斯洛有个需求"金字塔"理论（需求层次理论），将人的需求划分为5个层次，生理上的需要、安全上的需要、爱与归属的需要、尊重的需要、自我实现的需要。

时代发展到现在，大多数人饱暖已经不成问题，就看是否能守住底线，不在欲念上出问题。不可否认，婚内出轨者并不鲜见，一个小人物，出个轨大不了夫妻反目，小三受气，邻居侧目。以目下社会的宽容度，被侧目议论也非必然，更何况很多邻居并不熟悉，对陌生人的私生活，谁又会费心劳神去评判？！

幸也，不幸？！陆雨难有定论。他明白，自己不要天长地久的爱情，但在表达情感和忠于自我上，他有权利去靠近，去追求，付出他所能承受的压力！

已经不是毛头小伙子了，他不会不顾一切，飞蛾扑火，但他清楚自己想要什么，并且不甘心白白错过，辜负了年华岁月。毕竟，他已经42岁。他迫切地感觉到时不我待，逝水流年。

医生来检查过，说病人需要多休息，少讲话。陆雨安抚母亲睡下，自己退出房间，在楼梯口抽根烟。手下几个记者发来信息，报了下周的几个选题，陆雨简单回复，安排两个主任具体统筹，自己何时能离开医院都难说。其他事只能往后排。

盯着林梅婷发来的"保重"二字，陆雨好想立刻见到她，将自己的爱慕、思念通通告诉她。可是，他做不到，她也做不到。即便告诉，又能如何？

在医院食堂随便吃了口饭，进病房看了母亲两次，安抚了几句话，见她又沉沉睡去。陆雨心疼地望着从鬼门关闯过来的母亲，决定这次出院，要带走母亲，去省城和他们一起住。

母亲很知趣，陆雨婚后只在孙子出生时伺候月子，住过三个月，平时只孙子生日，母亲会带了大包小包的土特产去，多则一周，少则三天。很少在儿子家长住。城里的媳妇难伺候，母亲嘴上不说，心里不会不清楚。

苏瑾是个文艺青年，生活上不拘小节本来是好相处的，但她家庭条件优越，吃穿都比较讲究。母亲节省惯了，剩下的白菜根要用酱油腌起来，萝卜缨子喜欢放在浅碟子里腌渍着，拖地也舍不得多涮拖布……一来二去，这些生活琐事，苏瑾就满眼嫌弃，这不让动那不让干，后来母亲说，来了你家，不知道手脚怎么放。

婆媳之间，没有对错，多半只是观念有别，生活环境造成的习惯迥异。亲生父母与孩子照样会存在分歧，观念未必相同，但父母子女还好忍，婆媳就水火不容。或许，过分亲密的夫妻关系，婆婆就是想当然的第三者，婆婆心思亦是如此，儿媳妇就是抢走儿子的第三者。区别在于，看谁强势，谁在这场婆媳之争中占了先机。

母亲来了怎么住是个问题，家里只有两个卧室，母亲和儿子住，可儿子高三学习要紧，再说孩子也大了，母亲的病要静养，万一苏瑾摆脸子，他夹中间除了安抚，实在不能教训妻子，那样一来，孝顺不成母亲，还让她受了委屈。

都是难题，都是必须解决的难题。陆雨心烦意乱。电话响了。

是报社办公室主任打来的，口气很差，传达社长指令，让中层干部放下手头私事公事，速度归位。理由是，实习记者因转为集团正式聘用员工未果，在网上发了帖子，已经引发省委有关领导重视，大有一发而不可收之势。据可靠消息，如果报社对此没有回复，明天上午会在集团大楼下，打起条幅，集体静坐，争取权益……

陆雨有些傻了，心想坏事了。自己这两天没有关注网络新闻，刚才手下记者汇报工作顺口提了一句，他也没走心，以为是嚷嚷几句罢了，不会演变成什么大事故吧！

三年以来，上届社长以报社名义招聘了三批，先后60多名实习记者，最后层层遴选剩下20多个，还有几个自动退出的。因为集团聘任合同迟迟不能兑现，有些记者曾经私下和他抱怨过，不想集团高层几天前在社务会上明确表示，未经集团人事部门许可招聘的人员，全部辞退以减轻报社负担，终于使原本暗流涌动的问题瞬间爆发。

在这个变革的社会，谁又能说自己孑然世外，不会被牵涉其中，不会是某一事件的受害者、当事人？

记者，同样难逃其外。

16

当务之急要控制事态，他所分管的两个部门，涉及了十来名实习记者，这些人的情绪需要疏通安抚，出这种事，不论是对报社二十年来累积的无形资产，还是未来在社会上的公信力，都是不利的。

他先与几个老记者电话沟通，实习记者进报社后，都由他们具体带，如何采访沟通、如何提交稿件、如何写消息做通讯拍图片……新手都是这样"传帮带"教出来的，与工厂车间的师傅一样，从概念化的记者到全方位的专业记者，培养过程辛劳，且需要时间和悟性。有的人点拨几句就上手，有的人几个月下来写个消息依然发怵，只能说，做记者，就像演戏一样，也要有天分。天分占比不多，勤奋才是成功的法宝，但没有那少许的天分，就像卤水点豆腐，缺少了卤水，再多的豆汁，也无法实现豆汁到豆腐质的转变。

因此，在记者这个行当上，淘汰率不低。无非有的记者跑一辈子龙套，写一辈子不痛不痒的文字。好在，这个职业不养闲人，不养懒人，但可以养无用的人。

陆雨安排手下人先去沟通，避免实习记者做出更多出格的事。特别是被一些别有用心的人利用。网络时代，有些人浑水摸鱼，故意散布一些不实之言，不解释好像就被坐实了，解释吧，正中人家下怀，借机抬高炒作。至于说动机目的，往往并没有那么深奥，就是博个眼球，吸个粉，赚个点击率。

他一面在所负责的部门群内安抚大家，晓以利害，希望以报社声誉为重，静候集团下一步的研究意见。"沟通是必要的，但采取一些极端做法是不可取的……"

母亲见他一会儿打电话，一会儿回微信，忙得焦头烂额，心疼地说："小雨，你回去吧，我没事。你放心，我能照顾自己。"

还是这样的话，陆雨摸着母亲的手，粗糙干瘪，骨节很大，典型的一双劳作的手。他给母亲的手拍了一张照片，发到朋友圈，祝福母亲早日康复！

下面回复留言的不下百条。陆雨竟然看到林梅婷的一句：祝令堂早日康复！

像打了强心针，陆雨周身血脉顺畅。趁母亲睡着，他壮着胆子给林梅婷去电话，电话响了很久，她接起来，还没有说话，陆雨就听到其他人吵吵的声音，谈话的内容听不清，但显然这个电话去的不是时候。

"我没事，你忙！"

陆雨迅速挂断，像泄了气的皮球，软塌塌，垂头丧气地走回病房。他对爱情仅有的一点火苗，被呼地一阵风，吹灭了，一摊灰烬。

无论如何明天要回去，单位遇到这样的事，都成了新闻界的一桩笑话。熟识的人轮番留言发链接，真应了那句"好事不出门，坏事传千里。"

好不泄气！再烂的摊子也是自己奋斗了二十年的平台，常言说得好：儿子倒砸老子的光景，不心疼啊！他是肉疼。

陆雨给大姨去电话，请两个表姐帮忙照顾母亲几天。大姨70多岁了，心脏不好，没有特别的事，陆雨和母亲都不愿麻烦她。现在没奈何，只能这么办。两个表姐急匆匆赶过来。平素里陆雨没少关照表姐家，孩子们上学、找工作，能帮的他都管。虽然力量小，总是尽心竭力。做亲戚，不就是平时少走动，但有困难会帮忙，有喜事能分享。

医生说母亲还是要走动，不能一直躺着，运动过少不利于血液流通，但太剧烈会加重血管压力。陆雨把母亲交待给两个表姐，自己坐最晚一班高铁回到省城的家。

有了前车之鉴，他不敢再贸然打电话。在微信里，试探性地发了几个表情。依然泥牛入海，没有回音。陆雨长叹一口气，望着窗外初春冷寂的田野，心中仿佛有一团火，无处释放。

快到站时，一个电话打进来，陆雨心不在焉，看也没看就接起来，冷冷淡淡一句："哪位？"

电话那头有些犹豫，"是我，刚开完会回家……"

陆雨顿时睡意全无。好熟悉期待的声音，那么疲惫，却还是那么性感迷人，没来由地令人激动！

"我在高铁上，马上到云中站……我想见你……"陆雨语无伦次，说了如何安顿母亲，如何安排单位的事，可是为何会突兀地跳出一句"我想见你"？

他被自己惊着了，手紧张地拿着手机，下意识地屏住呼吸，像等待一个宣判。

"云中站到了，请下车的旅客带好自己的行李，依次下车……"广播里的声音打破了尴尬。

"你先下车吧。"

陆雨有些失落，收起电话走下月台。长长的地下通道似乎比平时都长，他出站打车，困意袭来。

"师傅，去信都。"为了离妻子单位近，陆雨一家人一直住在北城，而报社在南城，一南一北，现在有快速路，以前穿城而过少说也要一个小时。他就这样朝朝暮暮奔波了二十年，忍了二十年。可苏瑾对他的抱怨仍数也数不清，工资少，加班多，出差、夜班稀松平常，除了几个舞文弄墨的朋友，与高官无缘，与土豪不识，离开报社摆地摊都没人要……特别是不够浪漫，缺乏情趣，老土死板，还一根筋……

哎，陆雨觉得回家的路，也他妈太长，有本事就这么开下去。他恼火地想着，除了忍，还有啥法子。

无意识拿出手机，习惯性打开微信，林梅婷的留言：来吧——海棠苑8号楼5单元……

"师傅，掉头去河西……"

深夜的城市，总是这般璀璨夺目。作为一盏街灯，你怎么能那么婀娜？作为一个箱体广告，怎么能如此炫目妖艳？作为一座横跨云中河东河西的、年代最早的云中一号桥，往日里觉得土里土气，今日却感觉流光溢彩，堪比珠江大桥！

17

开了车窗，任春夜冰凉的风吹在脸上、身上。不觉得冷，怎么会冷？春天都到了，花儿也次第开了。

迎春、玉兰、丁香、桃花、杏花、樱花，还有海棠花、梨花、苹果花……他的思绪再没有比此刻更清晰了，颜色、味道、开花的声音，花谢的时光，其实，每一刻都那么美，那么动人！而他日复一日，匆忙而疲惫，为了赶一班车，为了采一个稿，为了送孩子上学，为了顶替生病的同事，为了陪母亲过一次节……白发上头，他突然觉得早已没了自我，在生存的夹缝中，他如尘埃般存在，飘浮在半空中，为了不落地努力挣扎。

他努力工作，认真生活，尽心为家。可是，他不是妻子心里的好丈夫，不是儿子成长路上的好爸爸，不是母亲床前的孝子，因为酒量不行，连过去的兄弟们都懒得叫他……除了……他突然想到，连性生活都是零星而为，不记得上一次是什么时候。夫妻之间，成了搭伴过日子的人，为了孩子，为了老人，为了这个家，那么自己呢？

"谢谢师傅啊，这大晚上的，让您跑了个大对角。"陆雨边付钱边歉意地说。

这个小区他以前来过，是报社给集团领导送过年节的礼物。他正巧来河西，搭单位的车，只是没好意思上楼。送礼这种事，谁都忌讳，越少人知道越好，自己避开免生很多口舌。但他分明留心是哪座楼，因为，这里是林梅婷的家。

熟门熟路上楼，刚摁门铃，门就开了。

她在等我。陆雨莫名地紧张，也兴奋。

林梅婷的确在等他。这里不是没有来过男人，但陆雨显然与他人不同。比自己年轻，又是自己的下级。于情于理，都不该让他来。

可是，世上哪有那么多应该，又有谁在乎这些应该？她咬着嘴唇，貌似严肃地开门让陆雨进来……

是夜，他们在一起。做了他们想做能做的事。干柴烈火是什么感觉？林梅婷好久没有如此投入和释放，而陆雨像个羞怯的毛头小子，不断地好奇，不断索取，不知疲倦，一个能让他忘记年龄的女人，根本不必去探究她鬓角的皱纹，更不必在意自己疲倦的身心，一切那么融洽，眼眸里的光芒，身体里的躁动，都在提醒他们，这件事情危险而刺激，难以禁绝……缠绵的话不怕多，温存的抚摸不嫌多，他们自问，绝不是为色欲而结合的苟且。

"你以后就是我的人了……"

"我们是成年人好不好，分久必合合久必分，这个道理懂吧？！"

"我不管，反正我好容易得到你，你休想就这样把我打发掉……"

"那你还想怎样？"

"一直这样爱……你……"陆雨边说，边加大力度。两个人呢喃着，调笑着，直到沉沉睡去。

到早晨6点多，陆雨才极不情愿地，被林梅婷"撵"出家门，可他们彼此都满心欢喜，多么美妙的一个春夜！

陆雨心有不安，却又生出期待，期待下一次的相会，他的内心好像一个灌了一半的敞口香油瓶，此刻晃荡不停，又不敢太过放松。对于之前的回忆，陆雨感觉真实又不安，他在收拾心情的同时，回想用眼睛看着对方、手抚摸着对方的那种感觉，以及对方给予的回应，不断得到肯定的答案，最终内心的喜悦占了上风，足以支持他作出一个决定。

18

走出来，飘着细密的雨丝，春雨贵如油。陆雨边匆匆急走，边拿出手机拍了张雨景给林梅婷。昨夜的温存令陆雨无所畏惧，早春的这点寒意算什么？

他走得飞快，到后来奔跑起来，张开双臂像一架滑翔机。坐公交到单位，还不到 8 点。离通知开会的时间还早，陆雨冲了杯咖啡，加了两袋糖。甜的感觉，从来没有像今天一般顺滑、舒坦。他翻检口袋，找出火车票，撕了个粉碎。然后给苏瑾打了个电话，告诉她自己回来了，在单位开会。苏瑾声音低沉沙哑，说儿子上学去了，她感冒好几天了，今天请假不上班……

陆雨翻开微信，将与林梅婷的聊天记录全部删除。他警告自己，从今天起，这个女人就是自己的女人，他不能因为自己的任何失误，给她带来麻烦。如果说过去的爱慕，是关乎自己的人品；而从此后，自己的一言一行，都需谨慎，保护她，注视她，让她幸福！

昨晚去见她前，陆雨还觉得自己是天下最无用、失败的男人。不过一夜，他重拾信心，又是一顶天立地、不畏艰辛的男人。

社长上任不过三个月，三把火还没有烧，后院就着火了。倒霉催的，不是来放火的，倒像是来救火的。会议内容，不过是抱怨、叫冤、发飙！

抱怨自不必说，实习生的事，是历史遗留问题，不关他的事。叫冤，不过是清退的决定是集团做出，与他更无关系。发飙更好理解，这群年轻人胆子太大，无法无天，在网络上传得沸沸扬扬，害得他到处找人删帖，扑火。

静默，是今日的主题。就新任社长一个人唱独角戏，骂完人开始布置，责任到人，实习记者一个个去做工作，先来上班，其他要求，随后再慢慢去集团交涉……

虽然社长让做工作，扑火之心可鉴，可是显然诚意不够，几个副总面面相觑，略有难色，大有推诿之意。社长的目光落在陆雨身上，他沉吟片刻，表态自己带部门骨干，一一去家访说服，只是希望集团尽快拿出应对办法，夜长梦多，这些记者的要求合法合理合情，他们已经不是刚出校门的愣头青，三年的记者历练，他们不仅会采访写新闻，还会利用法律法规维护自己的合法权益……

搬起石头砸自己的脚，这都什么事啊。社长叹息一番，转身走出会议室。

还没有从升职的喜悦中出来，当头一棒，就要替前任擦屁股，饶是谁，都会怨气难平。

陆雨着手联络手下的老记者，分组出发，挨个找实习记者去做家访，说服沟通。

每个人的意见都差不多，还是一样的条件，完善招聘手续，成为集团正式记者。不能无限期当实习记者，三年劳碌，也为报社出了不少力，做了不少贡献。考核、打分、评定，层层刷人，能够过五关斩六将留下来，大家的付出和辛劳不能一句清退了事吧。

陆雨态度很明确，我和大家站在同一条战线，你们的条件就是我的意见。这是前提，绝不会松动改变，誓与大家共存亡。前提是，不能再乱发帖子，发表对报社不利的言论。

做记者，最看重的，不就是荣誉，不就是报纸的品牌？为之奋斗，为之自豪的，不就是报社这块牌子？牌子倒了自己留下又有何用？水涨船高，众人拾柴火焰也高。另外，如果继续闹下去，只会两败俱伤，就算走，也要风风光光，而非灰头土脸、结论不清，为自己的从业前景蒙上阴影。

理不讲不明，陆雨的透彻真诚，感动了大伙儿，本来就是朝夕与共的战友，有些道理不是不懂，就是被逼无奈，出此下策。

常常，用道理解决不了问题，只能靠撒泼打滚、聚众闹事，才会有人理睬，才有人注意到你，才能抢一口奶吃，否则你不哭，谁知道你饿？饿死，恐怕也没人心疼，无人惭愧吧。

这是一种滋生无赖却又饱含无奈的惯性思维。

陆雨想，我到底算不算是个好人？

深夜才结束，回到家苏瑾和儿子都睡了。

陆雨在客厅抽了根烟，倒了杯水进卧室，问苏瑾好些没，要不要喝杯水？

好容易睡着被叫醒，苏瑾有些不耐烦，端着杯子一口气喝完，倒头继续睡。陆雨关了灯，小心翼翼地躺下，他没有看手机，他担心自己忍不住，会给林梅婷发信息，更担心林梅婷会深夜想他。她会想吗？

陆雨没有把握，但他笃信自己会想，此刻与苏瑾睡在一张床上，他就在想昨夜，林梅婷竟然会写书法，还是榜书，女人写榜书，好不潇洒。长头发高高盘起，脸上莹莹的一层细密的汗。他进去时，林梅婷一手拿着毛笔，客厅地上铺了好多张写好的大字。见陆雨有些惊讶，林梅婷笑着说，自己的父亲教了一辈子书，在故乡小县城里算个有些名气的书法家。她这可是童子功，有家传的！

陆雨上大学那阵子，也跟着宿舍的人临过几年帖，只是从没有练习过写榜书。于是，他挽起袖子写了一幅练过的《沁园春·雪》，仿毛体。林梅婷端详良久，大加赞赏。陆雨趁势撒娇，我还没有吃晚饭呢。

写得兴起，林梅婷扔下笔，进厨房几分钟，端出一碗面条，加荷包蛋，几样精致小菜。

陆雨还没缓过神，林梅婷指挥他把宣纸挪挪，腾出餐桌一角，让陆雨快吃饭。第一次，她就像老朋友一样，自然大气，不做作，就是这种气质吸引了他，宠辱不惊，温婉亲切，落落大方。

陆雨坐下吃饭，毫不客气地大口吃，林梅婷坐在旁边，目不转睛地看着，眼睛里满满的爱意。多久，没有男人这样吃着自己做的饭，发出稀里呼噜的声音。吃饭，就要有滋味，无论甜辣，都该尊重食物，取悦自己。在吃饭这件事上，不能用多少来论会吃，而是吃的过程，细嚼慢咽，开动每一个器官去感受、去体会那份美妙。

好像感受到了什么，陆雨吃饭的速度慢了下来，一碗饭，陆雨吃了很久，林梅婷就那么看着。目光交错，他们之间好像从来都默契，从来都不陌生，陆雨激动到隔着桌子去吻她，她的睫毛、头发、嘴唇，还有耳朵……

陆雨咬咬嘴唇，心里骂自己真不是东西。妻子病着，母亲病着，自己还去偷欢。

人之所以会痛苦，之所以会纠结，就是因为内心有两个小人，一个正义，一个邪恶，不断斗争，你死我活，当然，偶尔也会和解。

听过一个寓言：

一位老人对小男孩说，每个人的身体里都有两只狼，它们残酷地互相搏杀。

一只狼代表愤怒、嫉妒、骄傲、害怕和耻辱；另一只代表温柔、善良、感恩、希望、微笑和爱。

小男孩着急地问：哪只狼更厉害？老人回答：你喂食的那一只。

陆雨自此倍受煎熬。

其实，理性和情感在每个人身上都共存，只能说，多与少的问题。在人的每一个阶段，如女性生理期、孕期、产期、更年期、生病、失恋等特殊时期，还有男性人到中年，都会有所波动。理性不是某人的专属，而感性却是恋爱期的标配。以寡言克制著称的陆雨，无可救药地，愿意为这次出轨付出代价，他觉得能为自己自私一回，值得！

关于报社实习记者安抚的结果，陆雨在回家途中私信告诉林梅婷。第二天清晨，上班路上，陆雨接到了回复：静观其变。

那天去林梅婷家，他简单谈过自己的看法，林梅婷沉思片刻，笑着说："这里面水太深，那些新人，不过是一颗颗棋子。"

话至如此，陆雨倒不想让林梅婷说下去，岔开了话题。是啊，做了棋子这么多年，有时明知人家在利用你，可焉能不做？利用，说明你有被利用的价值。利用的高明，那叫互相帮助，合作共赢；利用的低劣，那叫身不由己，残酷现实。

社长还是急吼吼，气急败坏，又冤深似海的样子。听完陆雨慢条斯理的汇报，又大声做了几点指示，内容与昨天会议并无差别，无非及时关注思想动态、有事第一时间汇报，不轻易承诺或拒绝，稳定人心谨防扩散等。吼了一阵子，社长胸口的怒火释放得差不多了，站在面前的陆雨客观上成了社长的出气桶。见他平静了一些，陆雨适时地说了声："我还有事，先走一步。"

社长也不言语。他知道，他的邪火，与陆雨何干？可他妈的，又与自己何干？

世上的事，常常就是这样，稀里糊涂就碰上了，有时好，有时坏，有时无始无终，不留痕迹。

陆雨不气，冲了咖啡放了糖，给母亲去了电话，表姐那头说，已经能下地走动，开始吃饭，让他放心，好好工作。

拖了这么久，也是该和苏瑾谈把母亲接来的事了，母亲孤独了一辈子，于情于理，他都不能再把她一个人留在老家了。临老了，怎么也要住在一起，一家子热热闹闹地过几天。

陆雨摊开采访本，准备写几天前被落下的稿子。先要查同行记者的稿子，他们写了哪些，漏了哪些，后面的稿子可以补充、丰富，或者另选一个角度写。作为系列策划，前期都要有详细的策划方案，采访对象的选择，采访内容的方向确定，稿件的大小分量，以及图片的拍摄。虽说,提纲与实际采访会有出入,但大框架要确定,这样,便于各部门协调,编辑部会预留版面,根据要求,提前制作报眉、栏题,尽量用版面语言,将发表于不同期数的系列文章,分门别类,与其他稿件有所区别。类似于传统报纸上的小说连载形式。

9点钟有个采前会,下午4点有个编前会。时间都不会很长,各部门重要选题稿件可以让其他部门周知,并对临时突发事件进行统筹安排,由值班总编全权负责。

陆雨谈了抗战策划的进展情况,将发表稿件和预留稿件做了汇总。说了参与记者大致给编辑部提交稿件的时间表。

因为明天还要赶回去照顾母亲,陆雨简单说了情况,并没有主动接受其他任务。

"社会新闻太少,缺乏新意,要懂得发现新闻,你、你,把你们部门的人马全撒出去,不行就遛马路去,给我拿回来新鲜得像白萝卜一样水灵灵的新闻。你们都记住了,'宁吃仙桃一颗,不吃烂梨一筐'。现在的读者,嘴刁着呢,可不是那么好糊弄的……"

本月值班的杨副总编又开始唠叨,耳朵都快磨出茧子了。他人好心善,就是嘴碎。陆雨和同事都太了解了,呵呵笑着,站起来预备结束会议。

社长风一般冲进来,瞪大眼睛说:"怎么搞的,不是说不来集团院里闹事,刚有人说,下面有几个实习记者在大楼门口站着,还有条幅……"他话没有完,几个主任立即站起来,急忙往楼下冲。

"这些初生牛犊不怕虎的王八羔子,这么让老子不省心……"杨副总编在后面拍着采访本,继续发着牢骚。

轰动一时的"实习记者维权事件",在几天后便偃旗息鼓。为了平息公愤,迫于无奈,集团决定暂时收回成命,维持现状,徐徐图之。

但这一风波,在青山,甚至周边省市的记者圈,被谈论了许久……

第五章　夫妻有隙

19

陆雨接母亲出了院，先住在大姨家，由两个表姐轮流照顾。其间清明节假期，陆雨陪着母亲在老家待了几日。回到云中，天气回暖，真正的春天到了。

他一直没有勇气和苏瑾说接母亲同住的事，他真的不敢确定，苏瑾会不会暴怒。多久了，他们之间小心翼翼的，一言不合，苏瑾就一大堆不满，如泄洪般滔滔而来。陆雨终于明白"伴君如伴虎"的滋味，苏瑾会不会是更年期啊？！陆雨只是想想，不敢说出口，否则后果不堪设想。

夫妻之间，到了一定程度，不吵架还不如吵架，起码对方知道问题出在了哪儿，不吵就这样等着，干看着，总有一天压不住了，爆发出来非同小可。道理都懂，但陆雨就是没那个胆子，能安乐一天就安乐一天，谁都不容易。吵架，是件很消耗体力的事。

林梅婷清明回了趟老家，离省城不远，父亲一直住在县城，而她要回老宅给母亲上坟。大哥在美国定居，弟弟一家在深圳，父亲和家里的事全靠她。

全程高速，开车1个多小时。不能过县城而不入家门，她想先回村子，母亲去世5年了，有两年时间，她神思恍惚，不能接受年纪不大、容光焕发、乐观温柔的母亲就这样去了。

生死于人而言，无分老幼，无论贵贱，公平得近乎残酷。人常说，好人一生平安。怎么会？坏人意志力强大，没有愧疚感，常常未必比道德完美的人少活。那些因果报应的话，多半是自欺欺人罢了。

父亲在母亲去世不到3个月，就张罗着找新老伴。这让林梅婷非常寒心，以她的修养道德，是不能干涉父亲再婚，可是母亲刚走，尸骨未寒，父亲怎么对得起对他百依百顺，照顾了他一生的爱人。

她无数次想起母亲，穿着她买的桃红色的唐装，在夏日的大日头底下，晒黑酱，一遍一遍地搅动，一次次看着日头挪动着酱缸的位置。生活好了，许多人家都懒得再做黑酱，都是图省事，买来吃。就因为父亲和林梅婷爱吃，母亲每年都不怕麻烦，晒好几罐子。宝贝似的存着，等女儿回来拿。

林梅婷清楚地记得那黑酱的滋味，可惜再也吃不到了。母亲走后，父亲不是不难过，可他不会家务，请的保姆又不合心思，就找了这个阿姨。之所以不是继母，是他们没有领结婚证。父亲的意思是，他死后还是要和母亲同回老家合葬，有生之年每月存1000元给阿姨，他百年后阿姨回自己家，由她的子女照料。

阿姨勤谨，为人敦厚，她的子女也算通情达理。老大老二在县城日子过得不错，小儿子在乡下，林梅婷曾托人在县城化肥厂给他找了份工作，解决了孩子在城里上学等难题，也免得阿姨老是惦记小儿子家的事。

阿姨与父亲在一起5年，去了两次林梅婷大哥家，每次住3个多月。

大嫂的小儿子刚8岁，父亲喜欢得不得了。可怜，大哥在美国的别墅，母亲却没有住过。母亲严重晕车、晕机，一生没离开过县城，围着灶台忙活了一辈子。她总说："以后有机会了再去，别麻烦了老大。他们过得好就行了，美国有啥好，想我了，他自己就回来了。"林梅婷难以抑制地想哭，母亲这样辛苦，到头来又落下什么？

尽管阿姨很好，温和有礼，可林梅婷尽量少见她，看到父亲跟在阿姨身后，乐呵呵的样子，她就难过，心里就不是滋味。母亲的影子挥之不去。而她此生，再也见不到母亲了，她心如刀绞，痛不堪言。

给母亲上完坟，林梅婷到老宅去看了看，堂兄去年刚重修了老宅，西面厢房改造了，做农家乐客栈。雕花的影壁，木雕的门楼，高高挑起的房檐，古色古香，耐人寻味。

回到县城的父亲家，已经过了中午饭点，阿姨殷勤地给她准备饭，她怏怏地应付着，不置可否。父亲对阿姨柔声说："小婷可能是累了，开了一天的车，让她歇歇。你去忙你的吧。"

林梅婷没来由地难过，母亲生前的十字绣白菜，还挂在堂屋，母亲喜欢的樟木柜子还摆在书房，可是家里已经没有母亲的气息，她拼命去闻去嗅，去察觉，越如此就越悲伤，越悲伤就越觉得这个家待不下去。

父亲坐在她对面沙发上，极力压低声音，说："你去上过坟，烧过纸了？看过老宅了？"

林梅婷点点头，看着父亲小心翼翼的样子，心里更难过。离开椅子，拉着父亲的手，坐到他身边。语塞，一时找不到话头，唯有悲伤，她靠在父亲肩头，默默地流泪。

20

父亲的泪是静静的,缓慢流淌,无人察觉。林梅婷收了泪,从茶几上抽了张纸递给父亲。父亲有些笨拙地擦完,说了句,"爸爸老了,不中用了!"声音喑哑干涩,好不凄凉!

明知道林梅婷过不去这个坎儿,父亲还是选择开始新的生活,他的解释是:"我一个人活着,还不如随了你妈去。"

男人远比她想象的脆弱。看似柔弱无助、简简单单的母亲,却是父亲一生最大的依靠。离开了母亲,他就生活不能自理,而比生活更无法忍受的,是精神上的依赖!她一直都认为,父亲是母亲的天,但过着过着,她明白,母亲早已成了父亲的天。

母亲去了,父亲的天就塌了。不仅是生活上无法自理,还有精神上的无可依傍。内心的空寂令人更加无法忍受,余生短暂,雾气茫茫,旅途艰难,更需要彼此扶持、温暖、鼓励……

阿姨从外面进来,端了一碗冒着热气的馄饨,说:"小婷吃点吧,山里头风大,别回头吹着了,多少进点,暖和暖和。"

林梅婷赶忙收了悲伤,露出笑容,说:"谢谢阿姨,还正说饿了呢,就有馄饨吃。"

"老林,给你也端一碗?多少尝尝,暖暖身子。"

父亲轻哼了声,阿姨便出去再端了一碗进来。"你们父女俩好好说说话,我到隔壁邻居家串个门子。小婷多陪陪你爸,他可想你呢。"

阿姨边说着,边脱下围裙,折叠了几下,顺手搭在门边的高椅子背上,掀开门帘走了。听见院门拉上的声响,林梅婷笑着说:"爸,您老好福气,有人这样伺候。"

父亲低头对付碗里的馄饨，头也不抬地说："就是个伴，一个人太难熬。"在父亲心里，自己越表现得幸福，就越对不住女儿。毕竟去世的老伴才是孩子们的妈妈，他心知肚明，却无可奈何。只好打岔说："小婷，你的个人问题也要考虑，小汀也大了，你要为自己的未来考虑……"

"爸，我还行，一个人习惯了，遇到合适的，我就会给您带回来。"林梅婷不是没有想过晚年，一过了四十岁，她不可能不为自己退休后的生活打算，可遇到一个对的人有多难，寻寻觅觅了十年，到头来还是孑然一身，无所牵挂。与其不太合适，何必勉强？

思念，是一件很美好的事情，能将一些过去了的事情，一一闪回，重新回味。但记忆是会说谎的，随着岁月流逝，原有的人或事会变淡、模糊，形成一个个画面，没有头，没有尾，只有一个个片段，定格。

此刻，她隐约记得，母亲在世时，也有这样的场景，她与父亲吃着馄饨，母亲静静坐在一旁，说："小婷，有合适的，一定要找啊，不能到老了一个人……"

人活着最忌讳有执念，为了曾经的一个想法、一个人，难为自己，难为他人，是最不明智的。生生世世，不都是生老病死几个字，谁又能逃得掉？谁又能逆天而行？

离开父亲家时，天已经暗了，像憋着要落一场雨！

21

苏瑾边开车，边在心里腹诽，这都是什么世道，谈好的合同，怎么说变就变了。唯利是图的家伙，看我以后怎么收拾你们。

苏瑾以前在一家大型国企上班，办公室、财务科、人事部、党群部，她都干过。几年前转到了销售公司，任总经理助理。说得好听是"一人之下万人之上"，说得不好听，就是经理大管家，大事小情全部要操心。领导日程安排，出差随行，喜好忌讳，生活习惯，连几时吃药几时休息，她都要叮咛跟着的人。自己不用天天随行，另外有秘书做具体的事，她负责代表总经理接待客户、签署合同。这不，饭局上敲定的合同，刚过了一夜，人家就不认账了，很多细节还要继续谈判，这几天算是套牢了，合同不签，谁也别想放松。

她有些气急败坏。她家那个不争气的陆雨……想当年为啥就看上他，要钱没钱，要貌无貌，家庭条件更不用说，就因为吟诗作对的那点能耐，她就放下娇小姐的架子，和他在一起。那时喜欢风花雪月，附庸风雅，年过四十，那些狗屁文章，那些所谓才华，能顶饭吃？能当钱花？她的闺密们，哪一个不是穿金戴银，哪一个没有大房子、高档车。可他们家，住的是以前单位集资的70多平方米的小房子，两室一厅一卫，来个客人都没地住，儿子也长大了，每次婆婆来，还要挤在一起，多别扭啊！陆雨不说实际困难，一个劲就是觉得他妈一个人可怜，在老家无人照顾。那来了我们家就有人照顾？

陆雨天天早出晚归，加班出差是常态，儿子在学校吃饭，晚上很晚才回来，一家人难得在一起吃顿饭。儿子正是高三的关键时刻，没人管不说，还要与老人合处一室，那该多令人抓狂。

可那个没脑子的陆雨，亏得他成天帮这个维权，帮那个伸张正义，一副替天行道的模样。可遇到自己的家务事，全都歇菜，就是个没有生活常识的大男孩。

衣服从来不会买，不是大小有问题，就是质量不过关，价格还挺贵，气得苏瑾骂了几回，没办法。结婚二十年了，全是苏瑾里里外外买这买那，连给婆婆的衣服、礼物，给娘家的东西，陆雨更是从不染手，完全就是一个不闻不问、没心没肺的搬运工。

男人怎么就长不大？上学时的甩手掌柜，有了家有了孩子，责任这么多，不考虑该如何安排处理？家，就是旅店，而老婆孩子就是顾着就管，顾不着由他们去吧。

苏瑾怎么能不抱怨？儿子压力那么大，陆雨忙工作，还要管老家的老娘，常常几天见不着儿子一面，自己单位一摊事，唯恐给人家落下什么，效益也不好。前段时间，陆雨还说，他们报社两个月没有发工资了……这可不是雪上加霜！这以后的日子咋过？！

真是人倒霉，喝口水都塞牙。

刚拐过弯，前方路口修路封了，苏瑾更加窝火，堵了好几辆车，大家腾挪避让，开始往后倒车，来来回回，车技一般的苏瑾又紧张又火大，什么破路，今天封路明天修路，都赶上工地了。看来今天不能去母亲家了，她有一周没来看她了。

趁着堵车，她给母亲打了电话，哥哥一家正在准备晚饭，听见里面热闹腾腾，侄子一家也在，5岁的咪咪正笑得欢。有孩子在，母亲一定很安心，一定不寂寞。她安慰了几句，解释说自己还有会，要加班，路上又堵上了，今天就不去了。母亲心疼地叮嘱，吃好饭，不要累了，有空回来，让你嫂子给做红烧肉……开着免提，嫂子的声音遥遥地传过来，"有空回来啊，我给你做！"

苏瑾有些要哭了，家多好啊，母亲慈爱，大嫂宽厚，一家人其乐融融。而她选择了陆雨，每日奔波，连口现成饭都吃不上。陆雨倒是勤快，可就会做个面条，做个鸡蛋西红柿卤、猪肉末葱花卤、酸菜豆腐卤……就那几样，再好吃也架不住天天吃，早就腻味了。

他怎么就没个长进？20多年了，时代都变了几个样。他还是那几个花样，思想停留在 20 世纪 80 年代。想想都郁闷难平，不免又自怨自艾，委屈地掉了几滴眼泪。

后面的车不停哔哔哔哔，好讨厌，前面车刚走开，就不能容人家起个步，犹豫两分钟，不知道现在人都急什么，心里想着，还是发动车急忙往家赶。

节都过完了，按理说，陆雨今天该回来了！

陆雨是回来了，他径直去了林梅婷家。林梅婷的阿姨给带了一罐酸菜，她要做酸菜馅饺子。陆雨轻车熟路地进门洗手，去厨房帮忙，林梅婷看见他，笑着说："你母亲怎么样了？"陆雨笑着应承："一天比一天好，恢复得不错，去复查医生说按时喝药，多锻炼，我准备天气再暖和点，就接她上来一起住。"

"你和苏瑾谈了？"

"没呢，心里老打鼓，怕一说她就炸了，又要吵架……"陆雨实话实数。叹着气接过林梅婷手里刚洗好的水果。

"早晚要谈，不如早说，不行就在你家附近租套房子让老人自己住。苏瑾的感受还是要顾及，她毕竟也有难处。日子长着呢，不要彼此为难，反而适得其反……"

林梅婷站在餐桌前，看陆雨熟练地收拾桌子，摆放好碗筷。他抬头说："人家说门当户对，还真是没错。娶了个城里媳妇，很多家庭事情上没法沟通，人家还特别委屈。我也是只能恨自己没出息，不能给她更好的生活。"

林梅婷没言语，其实在婚姻上，她是失败者，没有什么发言权，哪一个人的婚姻能十全十美，无非求同存异，各自包容罢了。她不了解陆雨的家庭状况，她也无力去改善什么，对别人的婚姻，她一个外人，又有什么资格去评判。站在这样的角度，她更应当体谅苏瑾，而非陆雨。

这样或许更利于他们的婚姻，长远而言，才是真的帮助陆雨。她从来无意破坏人家的婚姻，她选择单身，不是没有可以结婚的对象，而是没有觉得满意和特别值得付出的人。

而陆雨，不过是个插曲，短暂的风花雪月，虽然她非常真诚对待，但以陆雨的为人、做事的风格，也不是肯为她改变生活轨迹的人。

22

"好吧，今天不谈男人女人，就说说该不该接你母亲来的事。"

林梅婷和陆雨坐下来吃饭，林梅婷给陆雨夹了一块牛肉，催他说："快吃，饿了吧？"陆雨情绪高昂，低头吃着。面前的林梅婷像姐姐，像妈妈，也像情人，在她面前那么放松舒服，精神不紧张，不压抑。要是老能这样多好。

"听我来给你分析一下，苏瑾可能存在如下困难：比如，房子小是客观存在的，儿子高三学习紧张不能分心，两人都忙没人照顾老人，住在四层老人上下楼也不方便……当然，最重要的是生活习惯不同，苏瑾的生活会被打乱，本来就疲惫的状态更加混乱不堪……从她的角度来看，你就是自私的，没有顾及她的感受。"

林梅婷说完，看着吃得正香的陆雨。陆雨并不反驳，边吃边点头，"你分析得很对，就是这样，可是，我也不能不管我妈，她养我一辈子，不容易。作为儿媳妇，她就不能……"

"你妈再难再不容易，也是养了你，疼了你，可她没有养过你妻子啊。人家凭什么牺牲自己成全你的孝顺？你不能觉得是夫妻，她就应该如何如何。你要这样想，有些只是义务，并非责任。这两者是有区别的，比如，苏瑾与你结婚，有赡养老人的义务，她没有不管啊，有给生活费，有过年过节回去看，可是非要住在一起，她就很为难，超过她能承受的范畴，严重影响她正常的生活。"

陆雨从没有这样觉得，他满心讨厌苏瑾矫情，不讲道理，两口子嘛，我妈就是你妈，好好孝顺那么难吗？就不能忍，就不能见我妈像你妈那样亲密，那样不计较，那样牺牲自己所有的喜好？

然而，苏瑾不这样想。

"你要换位思考，无论同事、家人、夫妻，多从人家角度想，就能体谅，就能释然。你现在要解决问题，不是要硬逼着妻子接受，她不愿意，勉强接受如何长久？"林梅婷的话，让陆雨陷入沉思。

林梅婷不仅做了饺子，还有陆雨最爱吃的冰糖醪糟汤。盛了一大碗，陆雨咕咚咕咚喝下去，浑身舒泰，额头微微出汗，林梅婷拿张纸巾递给他，"落落汗再走，别着凉了。"

"我今晚不想回去了。"陆雨撒娇似的看着林梅婷。林梅婷笑而不语，起身收拾碗筷。

"你别动，今天我来。你做了那么多饭，洗碗我在行。"陆雨起身抢过林梅婷手里的东西，开始在厨房和餐桌之间忙碌。林梅婷开了电视，盘腿坐在沙发上。

厨房里叮叮咚咚轻轻的响声，男人发出的呼吸声，让长久以来空洞洞的房间，顿时有了生机，一种久违的幸福感，袭上心头。

何为幸福，不是站在领奖台的刹那，不是一朝成名天下闻，不是一夜缱绻难舍难分，是此刻，可以庸常地在饭后，他在洗碗你在等待，是一盏灯的明亮，踏踏实实家的味道。

但这幸福不过是镜中月水中花，这个男人是别人的丈夫，林梅婷心里明镜似的,她不过是贪恋这一刻,饮鸩止渴也罢,她推不开这个男人,他的执念、他的单纯、他的世故,都令林梅婷不忍伤害,狠不下心肠。

陆雨洗完愉快地坐在林梅婷旁边,将她搂在怀里,发什么呆呢,今晚练字不?你教我写榜书吧?

林梅婷被挠得痒痒,笑着说:"要掏学费的。"陆雨压住她,"要不肉债肉偿?"

电话不解风情地响起,陆雨直起身去接电话,是苏瑾打来的,陆雨呆了一下,皱着眉头示意林梅婷。

林梅婷关了电视,起身去了卫生间。

这个男人为了她,要向妻子撒谎,她不愿听下去,内心会特别不安。不是第一次有男人为她说谎,可是一转眼,就几乎没人再愿意为她做什么浪漫的事,岁月就是这样,过着过着就只剩下自己,只剩下柴米油盐,那些年轻时的风花雪月,说没就没了,你也没了心绪。年龄给了你成熟的资本,也让你过的只余下日子。

陆雨挂断电话。走进卫生间,见林梅婷对着大镜子落泪,心疼地走过去,从背后抱住她……

有多少悲伤是在深夜里买醉。林梅婷不言,陆雨觉得自己也了解。母亲的沉默在他成长中,全是痛,无法与人言说的忧伤。再优秀,总要面对一个人的虚无,漫漫长夜,要怎样抵抗孤独、梦魇、雷雨交加?

那一夜,春雨淅沥,天地蒙蒙。站在林梅婷家落地窗前,不远处的护城河,像一条白色长带,升腾着的水雾美妙而深不可测。对岸拔地而起,壮观的高层楼房,影影绰绰,犹如海市蜃楼。

林梅婷倚在陆雨怀里,看春夜喜雨,心头涌起莫名惆怅。

女儿年底就要出国留学,这是她这些年最大的心愿。孩子不跟着她住,但她每周都会抽空去看孩子。虽然离婚了,前夫李超和她并没有过节，见面还是朋友。他后来结了婚，为了女儿却不肯再生育，说要给女儿全部的爱。

李超结婚后，女儿李小汀基本上跟着奶奶住。但李超特别爱女儿，婚前就与妻子约法三章，不能干涉孩子生活，不能影响孩子与生母的来往，不能再生育孩子。

林梅婷想，这样苛刻的条件，还能有人上赶着嫁？还是个貌美如花的女医生，海归博士。有过一次短暂婚姻，没有子女。

莫非离过婚的女人，就要减价大甩卖，见到适龄男子就不顾一切，这么"丧权辱国"的条件都能答应？

林梅婷摇摇头，觉得自己无论如何做不出来。陆雨调整了姿势，揽着林梅婷的腰。"要是老能这样多好。春雨散步，夏日乘凉，秋日赏菊，冬来踏雪。反正和你在一起，多浪漫的事，我都想去做。"

林梅婷噗嗤笑起来，"你年轻时没有做过？干吗都这么大了，还想这种不靠谱的事？"

陆雨想了想，说："是啊，年轻时谈恋爱，老想着找工作、租房子，休息时间的娱乐差不多就是吃饭、看电影，顶多去郊外旅游、烧烤……后来有了孩子，就是围着他转，家庭娱乐都是紧着他，我都不记得两个人单独的娱乐有啥。就这样日复一日，孩子都快18岁了，我也过了40岁，怎么很多浪漫的事，还都是梦想，没来得及做呢？"

人生最蹉跎，多半就是因为那句——等以后。

等着等着，时间就过去了，等着等着就老了，等着等着，很多事就不能做了，很多人就变了模样，与你渐行渐远。在这点上，"及时行乐"四个字未必不好，活在当下，抓住眼前的人和时光，在自己能把控的时候，做喜欢的事，不让岁月有遗憾。能无憾，是多么幸福而令人骄傲的事啊！

23

真是没有办法,林梅婷决定还是要去一趟西安。女儿李小汀在西安上大学,马上要毕业,托福也考过了,可是学校因为她体育有一项不及格,不允许毕业。这叫什么事,不就是仰卧起坐,有些人天生就腹肌没劲,起不来,这很正常啊。再说不就是缺乏锻炼,怎么就不让毕业?官僚,什么破教育体制,现在的教育真是让人不敢恭维。林梅婷腹诽着,却不得去亲自去找关系,帮着疏通,能不能毕业前再补考一次。

女儿在电话里哭得泣不成声,她一生平顺,没有遇到过什么坎坎坷坷,虽说父母离异,可父母都视她为宝贝,从小奶奶事无巨细地照顾。后来有了后妈,不住在一起,还有"约法三章",李超对女儿真是好得没话说。林梅婷有时候想,她若肯让步,如李超所愿,回归家庭,放弃记者职业,他们如今日子也是小康吧。李超做人刻板教条,做事严谨有原则,对人还是相当体贴入微,不会有花花肠子,更不会使出阴招。

林梅婷当初负气净身出户,李超总觉得有些过意不去,事后曾经给过林梅婷20万元,毕竟夫妻一场。林梅婷没要,说出去的话,泼出去的水,再说李超还要带孩子。她一个人吃饱全家不饿,要那么多钱干吗。

高铁3个小时到西安!李小汀来接林梅婷,见面就委屈成一团。她有个师兄,喜欢人家很久了。去年师兄留学去了德国,今年她若不出国,怕这段恋情也要结束。女孩子的心思就是这样,爱情胜过一切。

喜欢一个人,踩在冰上也不觉得冷。小汀楚楚可怜的样子,让林梅婷心痛不已。她一安顿下来,就抓紧联系总编培训班的当地同学马健康,他们有好几次一起研讨的机会,私交颇深。这次来有事相扰,林梅婷带了山西省最有名的汾酒,30年青花瓷。造型别致,口感绵香,堪称窖藏精品。

当晚，马健康做东，请了陕西省教育厅的副厅长。名曰接风洗尘，实则搭建平台，让其出面为小汀在学校开绿灯。

按理说，小汀的事不大，就是一个体育成绩不达标，不给发毕业证，有点小题大做，但小人物常常起到关键作用。若是提前做好准备，联络体育老师，恐怕几条烟，一顿酒就能搞定。可是有谁长了前后眼，能想到在阴沟里翻船。

例如在报社，要想发个稿子，找了主任，主任一般还要安排给手下编辑，但有的时候，你不打点编辑，人家就故意拖拖拉拉，若主任问起来，人家还有很多冠冕堂皇的理由，比如，季节不合适，等等再发；版面有限我尽量早安排，这期稿子都定了，临时插进去不合适……"阎王好见小鬼难缠"，说的就是这样。

在每个职业的一亩三分地上，有歪心眼的人，总能找到缝隙，找到生财之道。这些人中，有人引而不发，有人四处张扬，说到底，有道德与否，与职业无关，哪个职业都有失德寡廉者，以职业来辨别是非对错，显然是片面和狭隘的。

《西游记》当中，唐僧师徒到西天取经，在如来佛祖跟前，依然会遇到两个小沙弥，要些好处才肯让他们拿走经文。佛祖听说，也是呵呵一笑。佛与人何其相似，要么人情，要么运气，要么死扛。

在公平公正这条路上，法律和制度是最基础和最可靠的公平。有人说，用国学去规范人，用道德感染人，没有法律法规做基础，任何口头的说教，期待人人立地成佛，无异于痴人说梦，不切实际！

林梅婷深知走后门的危害，但和大多数国人一样，厌恶贪腐却羡慕趋利，瞧不起攀附上位又人人效仿，一面骂着政府机关衙门作风，一面挤破了脑袋考铁饭碗。在实用主义盛行的当下，能不迎合、助纣为虐就很好了，偶尔的屈服既无奈又令人作呕。

那顿饭花费颇丰。但林梅婷吃得很不痛快，那位副厅长带了两个手下，说是正巧要聚会，见马总有请，火速就位。不过都是场面上的话，事情不大，程序复杂，涉及人员多，干系不小云云。过程总是要走的，先抑后扬是套路。酒喝了个七七八八，一个个东倒西歪，临散席，彼此仿佛成了早就熟识的老朋友，痛快答应"包在我身上"。

林梅婷陪酒也喝了不少，但总算拐弯抹角，趁酒盖脸，事情讲清楚了。有的悲催的，酒是喝完了，事情还没说，干脆白请客一场。

这种情况，似乎是请客人没有抓住机会，缺少经验。实则被请客人揣着明白装糊涂，故意打马虎眼，明着欺负东道主。事后若还讲出，怎么不早说之类的话，若不是此人奸诈虚伪，那就更无耻加厚颜了。

酒品即人品，说的片面，但道理一致。在酒驾、醉酒打人、喝酒伤肝等问题上，都是人的问题，酒何其无辜。

酒是好东西，可以检验一些人的品行、作为、态度及自控力。

回到酒店，林梅婷大吐特吐。小汀打来电话，第一句问："事情办得如何？"林梅婷擦着嘴角残留的呕吐物，喘着粗气说："妥了！"小汀在电话里兴奋地说："还是妈妈有本事，一出马就搞定。妈妈万岁！那妈妈你没事吧，以后别喝酒了，对身体不好……"

放下小汀的电话，林梅婷更觉得身心疲惫，呕吐得眼泪直流。她何尝愿意喝酒，把自己喝成这样？！

年轻那会儿，她的酒量很好。在省城新闻圈，也是能挂上号的，饭局不要太多。有时加班，请客人的车就在楼下等你，吃饭一两个小时，回来继续上夜班。

报社夜班最熬人，平平常常一两点下班。回家收拾睡下，基本上三四点就算早的。若遇到重大事件或者突发事件，到早晨五六点，也不稀罕。

　　做值班总编，在总编室处理稿件和中间上版这个过程，基本上比较空闲，就是不断在采编系统上，浏览大样，也即报纸页面的内容，是以图片的格式存在，若看到有放置位置或者内容有差错，可以及时提示总编室。在编辑环节，总编室主任是主要负责人，而值班总编是总负责人。不必对版面细节去费心，只把控全面，重点监控头版头条等重要稿件。大家各有分工，约定俗成。

　　一般而言，到七八点钟，报社都给夜班准备有夜餐，每家报社不同，条件好的自己有食堂，员工随时去吃；差点的就订盒饭，送到办公室一起吃。后来因众口难调，报社就发补助，自己解决。因此，在这个时间段，编辑根据自己版面进展情况，或者发排初样给校对，或者校对人员先去吃饭，回来编辑正好完成初样，编辑再去吃饭……在出报流程上，夜班是相对紧张的，更需要彼此配合沟通。

　　当然，若没有采访部门白天写出的好稿件，夜班编辑恐怕也是"巧媳妇难为无米之炊"吧。因此说，一张报纸的出版，不比一部电影拍摄简单。有重头稿件支撑、有其他行业社会稿件辅助、有图片新闻点缀、有后期编辑整理润色，提炼打磨，再通过印刷发行，才能完成一个流程。其人力成本、财力成本，都非常高。加上纸价、印刷费提升，订阅锐减，报纸效益一落千丈，岌岌可危。

　　林梅婷头疼欲裂，只想沉沉睡去！

第六章　志同道合

24

一波未平一波又起。

没多长时间，都市报三个月不发工资的事，就传得沸沸扬扬。圈子里的记者谁不认识谁啊，都是熟人。记者好打听，不怯场，在交际上，优势在于和谁都能搭上话，劣势在于太过八卦，忒不靠谱。刚消停了没几天就又给同行谈资，真是丢人啊。穷，是件令人难堪的事。这与清高无关，和无能有关。

陆雨对此不置可否。真相是，五个月没有发工资！可他能怎么说？说集团领导的不是？这不是自己砸自己的饭碗，不到万不得已，谁能做那样的事？可是说前任社长的不是，人家辛苦半辈子，殚精竭虑好容易熬到了退休，如何忍心？说现任社长，更不妥当，人家接手这样一个烫手山芋，每天如坐针毡，热锅上蚂蚁似的。他身为编委，也是对报社经营和发展负有责任的，如何能避祸推诿，说不利于报社声誉的话？

陆雨上个月从一家保险公司，拉来一单广告。是他服务了多年的一个老关系，终于诚心感动人家，去年给了10万元广告宣传费。今年出手更阔绰，拿出20万元在《都市报》做广告。真令他感激涕零，纸媒如此不景气，唱衰者大有人在，说纸媒2017年年末全面崩盘者有之，说纸媒只有死路一条者有之，说报纸必亡新闻不死者有之，陆雨如何能看着自己奋斗二十年的报纸，一日日萧条衰落，一起为之奋斗的同事，四散飘零？他爱莫能助，却也不甘于束手就擒。

危难，是最考验人性，暴露心智的。他选择生死与共。

20万元广告，有几万的提成，陆雨说："不要了"。

苏瑾说："你疯了？"

社长说："你真好！"

林梅婷说："你上来一下。"

林梅婷的办公室在22楼。她从西安回来后，他们还没有见过面。陆雨时常会想起与林梅婷在一起的分分秒秒，可林梅婷忙于孩子，他也不好意思去打扰。

一见面，林梅婷就说："你还好吧？"陆雨说："还好，就是想你。"林梅婷用眼神制止他，提醒"这在办公室呢"。她仍然那么一本正经，温和而拒人千里之外。陆雨不敢造次，拿眼神挑逗，几次下来，林梅婷的话头总被打断，到后来干脆噗嗤笑了。站起来，走到门边去倒水，陆雨赶紧站起来。

"林总，我来吧，不客气的，我不渴。"

林梅婷放下正在倒的水壶，忍着笑走回桌子后面。

"能不能正经点，听我把话说完。4点还有个会呢。"

陆雨抬头看窗户一侧墙上的挂钟，3点45分。他长叹了一口气，"你可真是日理万机，比总理还忙。"

边说边端着倒好水的杯子，放在林梅婷桌子上，颓然地坐在她对面。林梅婷收了笑，看着陆雨说："你真的打算与你们报共存亡？"

"是啊，要不怎么办？我对都市报有感情，当年在厂矿工作，企业不行了，我投奔都市报，是之前的闫老总破格收留我，让我有了一个施展自己才华的平台。后来又提拔我做了主任、编委。怎么说危难之时，也要共进退，再说，除了做新闻，其他我也不会啊。"陆雨慷慨激昂地说完，看着忧心忡忡的林梅婷。

林梅婷长舒一口气，"你再想想，不要意气用事。你平时为人低调，这个时候更要谨慎。给自己留条后路才对。"

陆雨抬头看看表，差5分4点。林梅婷也抬头，两个人对望一下，都沉默了。林梅婷说："我们抽空再聊，你再想想。如果需要，我可以想想办法。"

陆雨失落极了，没有回答，站起身往外走。"不必了。"他丢下一句，关门离开。

身后的林梅婷，顾不得多想，拿上党组会议的本子，朝23楼的小会议室走去。

林梅婷准备了三四个记事本，专门做各种不同会议的记录。党组会、碰头会（业务会）、事务会等，分门别类，查找起来也方便，不会记混不会漏掉。

今天的议题，主要是集团要提拔一批中层干部。放宽政策，在各子报中层以上人员中竞聘选拔。这绝对是件好事，集团中层先后退休一批，空出位子正好让四十出头的老记者上位。他们要经验有经验，要干劲有干劲，正好给集团注入活力……集团孙社长讲得铿锵有力，掷地有声。

孙社长是军旅出身，做事果断，雷厉风行，管理严格，将过去给大家的补助降低，年终奖也减少很多，一直强调，我们要有过苦日子的准备。

林梅婷听得耳朵都有茧子了。经济整体环境差,纸媒冲击可谓重灾区。广告市场普遍疲软,有的子报三个月没有拉到一个像样的广告。日子不是苦,是干脆过不下去了。到了这个节骨眼上,光想着节流恐怕也不是长久之计。

冯副总性子耿直,说话不藏着掖着,他听不下去,说了句,"这苦日子何时是个头,不如断臂求生,关停都市报。一则可以避免与其他子报的竞争,让渡部分广告市场给日报和晚报;二则他们反正过不下去了,三个月不发工资,传出去也不好听。"

其他几个人附和说:"停了都市报,大家免得操心他们,反正他们班子不团结,记者队伍参差不齐,还是些杂牌军,上次实习生闹事,外界影响就很差,到了这一步,丢车保帅也是自然……"

林梅婷说:"要停刊怎么也要有个正当理由。不发工资的子报不是都市报一家,有的子报快半年没发工资。至于杂牌军的提法,我不太赞同,这是有历史原因的,报纸曾经有产权更迭,并不能说明都市报记者、编辑杂牌啊。这样,对这近两百个记者不公平。"

孙社长挥挥手,"这件事先不要讨论,还不是时候嘛。竞聘工作冯总你盯一下,让人事处尽快出方案发通知。大家私下也摸摸,推荐人选,做到心中有数,我们几个私下碰碰,这个可是大事!"

在这时,传来消息,云中报业集团的另一家子报——云中晨报,30多名记者当天上午在报社门口拉出条幅,要求集团还他们的集团编制,并补发10个月工资。事情惊动了市委市政府。当天下午就有了答复,工资减半补发,报纸停刊,人员分流集团其他报社。

"兔死狐悲",陆雨在朋友圈发了一条微信,引来业内同行纷纷留言,铺天盖地,有的骂有的点赞,有的叹息有的忧伤……文人义气,此刻也就发发牢骚，彼此拥抱取暖。

林梅婷发了私信：慎言。

25

很多事情，等待无用。因为天上不会掉馅饼。但有时，除了等，你别无选择。

陆雨就是这样。像在夹缝当中，动弹不得，又苦苦挣扎，在阳光明媚的初夏，过早地看到了报业的寒冬。这是无比悲伤的事，人到中年，还要经历一次职业的考验，二十年的职业生涯，路却越走越窄，越走越艰难。

内心的无奈、无助和愤慨，都令他不敢与人言。包括林梅婷，她最近忙着出差培训，很少见面，偶尔发条微信，还是劝他慎言慎行，这让本来就谨小慎微的陆雨，更加压抑无法舒展。

母亲的事情还没有解决，好在天气暖和起来，在县城小院倒适合母亲休养，不像楼房又小又逼仄。陆雨隔周回平陶家中一次，表姐隔三岔五也去家中帮忙，陆雨心中稍减愧疚。

苏瑾近来也很平静，可能工作比较顺利吧。前天回家早，做了一大桌饭，说要庆祝一下。似乎是拿下了一个大项目，不枉花费了3个月的心血。如今，做项目越来越难，不像过去光请客送礼，还要实打实拿出方案、做图纸、做预算、公开招标，每一个关卡都要脱层皮。当然，固有的关系人脉是不能缺少的，苏瑾看着都瘦了一圈，时常加班熬夜，脸上长了不少痘痘，叫嚷着怕是内分泌失调，该去喝中药了。

陆雨心想，怪不得脾气这么古怪。"我给你推荐个中医？前段时间采访认识的。离咱家也不太远。"陆雨对苏瑾说。

苏瑾情绪蛮高，"好啊，我去年吃了20副中药，痘痘才下去，今年又要长，是不是更年期到了？"

儿子在旁猛不丁说："老妈你更年期，我青春期，我们挺般配嘛。"

陆雨止住儿子，"别乱说话，你妈还那么年轻，到更年期还早呢。快吃完饭复习去，就剩一个月了，别瞎耽误工夫……"

陆子丰皱起眉头，极不情愿地回房间了。苏瑾边吃饭，边用手机查更年期的症状。"不会吧，我觉得这些症状我全有，一会儿冷一会儿热，心烦，失眠多梦，月经紊乱，心烦易怒，精神抑郁，记忆力减退……我觉得都好像啊。怎么办？怎么办？"

苏瑾自说自话，陆雨边收拾碗筷，边安慰道，"你才42岁，怎么可能啊，别自己吓唬自己。"

一夜，苏瑾又开始盘算发愁，缠着陆雨次日清晨带她去看中医。陆雨说明天9点有会，要赶到省委大楼，离家远还不能迟到。给了苏瑾电话地址，让她自己约了过去。

八点半就赶到省委大院，以前可以直接出示记者证进去，不知何时，竟然一视同仁，要来东南角上去办出入证，常常要排队录入，不来早点都不行。除非开车，那种有出入证的车辆，倒是畅通无阻。

办好回到大门口，一辆车停在他旁边，车窗摇下，是林梅婷。她招手让陆雨上车。

早知道就不办出入证了。陆雨心里想着，钻进林梅婷的车里。省委大院车位紧张，林梅婷把车开到比较远的后院墙根，车熄了火却不急着下车，扭头问陆雨："你这几天忙什么？也不去我办公室？"

陆雨嘟囔着，"你忙得微信都不回，我怎么好去找你。"

林梅婷笑笑，伸出手握着他的手，"怎么像个孩子，还真使小性子啊？！快到点了，会后你坐我车，我带你去个地方，我们再聊。"

说着林梅婷麻利地下车，头也不回朝大楼走去，陆雨紧跟其后，觉得林梅婷真是精力充沛，年近50岁，精明强悍不输30岁的人。想到昨晚苏瑾的早更，摇了摇头。紧走几步，从包里掏出一个苹果，压低声音说，"你吃早饭没？我这有个苹果，你垫吧垫吧。"

不等林梅婷回复，快速地走开。他知道会场会有很多人和林梅婷打招呼，他守在身边会比较尴尬。这个圈子的人，不比乡野村妇强多少，见风就是雨。林梅婷单身十年，大家唯恐天下不乱，不定编排出什么话。虽说林梅婷无所畏惧，但怎么说，也是多一事不如少一事。

林梅婷手里多了一颗红彤彤的苹果，放回车里时间显然不够，自己拿的手提包是扁的，无法放下这个圆滚滚的家伙。林梅婷的早餐从不马虎，她一个人吃饭，所以呢，她觉得应该善待自己，起码早饭，她要一个人安安静静地吃顿自己喜欢的饭。

她知道陆雨是好意，可现在怎么办？手里攥着苹果。会场聚满了各大媒体的负责人，今天是省委宣传部紧急召开的媒体通气会。人到的还是不少，林梅婷走到前排刚准备坐下，宣传部外宣处的小赵跑过来，端了一杯水放下，对着林梅婷耳朵说了几句。

这种会议都不会给与会人员准备水，一是时间不长没必要，二是媒体来省委开会，没这个待遇。

林梅婷拿出记录本，记下会议要传达的五点要求。后面一些具体事件，因为涉及机密，不允许记录，更不准外传，只能口头向下传达。林梅婷住了手，开始思谋小赵传过来的话，是部长王青云让她会后留一下，去趟他办公室。

昨天王青云跟她通过电话，说了几句身体如何，工作如何的话，今天专门让手下人请她上去，所谓何来？

会议如常，不过一个小时就结束。林梅婷急匆匆跟着小赵等电梯上楼，一些出会议室的同行都颇有深意地望了一眼。陆雨也在其中，他猜自己要等老一会儿了，林梅婷一时从楼上下不来。值得欣慰的是，她手里一直还攥着那个苹果。

没道理她在会场啃苹果吧？陆雨这才发觉自己的错误，从电梯口路过时，露出歉意的神情。

"小陆，你等等。帮我拿下东西。"林梅婷说着把苹果和手拿包递给陆雨。陆雨有些突然，还是赶紧接了，林梅婷手里只抓着手机，和小赵进了电梯。

周围诧异的目光射向陆雨。这是哪一出？

陆雨低头快步离开，他生怕自己会脸红，倒让人看出来端倪。这些搞媒体的，别的迟钝，看破绽、察绯闻，有狗一样敏锐的鼻子。

他走到车跟前，用林梅婷手提袋里的钥匙开了门，坐了进去。好精明的女人，她不明说，只让他拿包，就传递了，"你去车里等，我一会儿就下来。"

他扭开收音机，闭着眼睛开始补觉。昨晚被苏瑾缠着更年期说了半夜，早晨6点起来给儿子做饭，留了饭给苏瑾自己才坐了公交来开会。家里车买了5年，他很少开，都是苏瑾平日上下班开。她虽然单位离家近，但断不了出去谈事情，大多数时候，公司有车接送，但苏瑾闺密人人都有车有房，聚会聊天怎么也不能打车去，好掉价。

陆雨一个大男人，怎么也好克服，出差报社派车，上下班有公交，聚会很少，偶尔有人请客求他，都是车接车送，陆雨觉得还是不能让妻子受委屈。

有人拉开车门坐进来，陆雨睁开眼，是林梅婷。好像哭过，不太高兴。默不作声，打车发动，平稳地驶出省委大院，一路畅通。陆雨看窗外，向西山方向。他没有多问，伸了伸腰坐得更舒服，开始欣赏路边景致。

26

　　林梅婷清楚，王青云今天说的话，她谁也不能说，即便是陆雨她也不能吐露半个字。不是此事不堪入耳，而是，关乎王青云的政治前途，她不能不慎重对待。

　　王青云走到今天真的不容易，从一个基层乡镇干部到农业局局长，到分管文教卫生的县长，到分管宣传的副市长，再到市委常委、宣传部部长，直至今天的宣传部副部长，他可谓一路谨慎，殚精竭虑。前一段时间，有下马官员竟然攀咬出王青云任金城当副市长时的一桩旧案。事情也简单，王青云妻子的表哥当年在金城有家煤矿，一些手续是通过王青云办的，有不少是不合规格的。在当时算不得什么事，但翻出来就是大事。不怕这件事大小，就怕省纪委立案后，彻查下去，或许，在自己意想不到的地方，就出了岔子，有了麻烦。到那时，就在劫难逃了。

　　省纪委前几天找他诫勉谈话，虽然既往不咎，但升官怕是再无可能。他之颓废可想而知。林梅婷知道，王青云如此坦率告知，就是给她一个信号，一个交代。自此，她林梅婷的靠山没有了，未来的路，全靠自己走。

　　哪有永远的靠山，哪有永远不倒的靠山？林梅婷早有准备，她感恩王青云，并不过分依赖靠山，人生说到底，都要自己去面对。

　　山中才一日，世间已百年。车转入西山刚刚修建的云中山，对外开放第一年的春天，樱花节就吸引了几万名游客，一跃成为省城近郊最火的踏春之地。几年过去，这里的设施越来越齐全，山幽林茂，口碑特别好。别看离得近，陆雨只采访时来过一次，匆匆看了一眼，山中景致更是没福气欣赏。

不曾想到，会后林梅婷径自就开车上山，在少有游客的一处山路停车，步行向上。

"这世界到底有没有神仙？"陆雨边爬山边问林梅婷。

林梅婷没搭理他，推开山路拐弯处南侧的栅栏门，回头说："就这儿，不远了，下面风光更美。神仙？有吧，你我进了山，也可以自称神仙。也不问来这里干吗，不怕把你称称给卖了？"林梅婷说完自己先笑了。

陆雨伸手扶着林梅婷下高高的台阶，"我恨不得被你卖，主要怕你推销不出去，自己砸在手上，那就太好了，遂了我的意。"

进了山坳，林梅婷也卸下伪装，变得活泼幽默。伏在陆雨肩头，说："到了这把年纪，能卖掉才怪呢。不如你就从了我，我们俩……"陆雨转回头，猛然抱住林梅婷亲吻，猝不及防，林梅婷止了话头，两人在幽静的林间，听鸟鸣花开，流水潺潺，太阳在树枝中间跳跃，点点金光洒满小径，他们相拥相视，仿若神仙。

过了几处小亭、茅舍、小桥，在一处木头建造的小楼前，他们停下脚步。陆雨满心疑虑。

林梅婷加快脚步，催促陆雨快点。隐约听到有笑声，听不清楚说什么，从声音上判断，人数三到五个。有个男声响起，"怎么才来，罚酒罚酒。"

林梅婷伸手拉着陆雨，沿着木制简易楼梯上去，一大片平台，与几棵大树相偎相依，房子里的人都涌出来，有男有女，林梅婷笑着说："看看，我带了谁来？"

陆雨见都不认识，且都是俊男靓女。年纪与他相仿，想来是林梅婷的好友，脸不自觉就红了。

"看看看，人家脸都红了。姐姐，你不是拐来的吧！"有人打趣道。

陆雨求救般看着林梅婷，林梅婷装作没看见，松了紧拉的手，转身和方才那个男人去旁边说话。

陆雨更有些无措，他定定神，笑着答道："我以为是被拐来卖的，不想倒是来了神仙谷。各位神仙好，小生这厢有礼了！"

见他识相，这几人略有收敛，拉他进去，先吃几杯酒。房子不大，但是很雅致，一张大沙发，几把木凳子，一个小小厨房和卫生间。饭菜显然是外带的，厨房里煮着汤。木窗外树影婆娑，枝条跳跃，四周都如同一幅画，陆雨几乎看呆。在近郊竟然还有如此佳境！

恍恍惚惚，竟喝了三五杯下去，浓香型的剑南春让陆雨莫名兴奋。眼前的男女脸儿红扑扑的，已经开始倒茶，一壶普洱，一壶龙井，嚷着问他喜欢喝什么。陆雨喝酒喝茶，从没有这样忘记身份年龄的放松。他回头看到林梅婷还在与人说话，说得也很轻松，笑得咯咯咯。

有人叫，"进来喝酒，要罚。"

"林总的内人。叫什么？小陆，哦，叫小陆。真别扭，像是随时会蹦跳走似的。"

林梅婷与那个男人一起进来，挨着他坐下。"你们怎么喝？"她端起杯子闻了闻，还是剑南春。"我只能闻闻，开车呢。让他喝，大家不要客气。"林梅婷不怀好意地指指陆雨，逗得大伙儿又笑，东倒西歪。那个被叫"贵妃"的女子，年龄略微大些，看情形是个有身份的人。清清嗓子说："初来乍到，别把人家吓着，我们可都是文明人。让我们举杯，欢迎一下。"

大家举杯，陆雨一饮而尽。林梅婷却被方才说者无心，听者有意的话，点了一下。是啊，陆雨是有家庭的人，分分钟都会像小鹿一样跳走，不由叹了口气。

陆雨喝完自己的，转头说："我替你喝。"端过林梅婷那杯也一饮而尽。林梅婷轻声说："悠着点，别多喝，还有正事呢。"她指着右边那个女子，说："我介绍一下，这位是何总，是一家颇具规模的汽车城老板。旁边这位是西山煤电总经理助理，这位是鸣乐生态农业园的刘董事长。我们这位尊敬的'贵妃'，是省建设银行的副行长，本名桂一非，我们都叫她'贵妃'。我带来的小陆，是我们集团都市报的编委，资深记者。人实在，事妥当，大家以后有业务就照顾他。这几位可都是我闺密，以后有需要报道的，你可不能推脱。"

林梅婷拉拉陆雨的手，陆雨赶紧双手合十，说："幸会幸会，认识各位高人。梅婷虽说是我上司，也是我暗恋多年的恋人。都怪我面嫩手软，下手有点晚，大家放心，我保证，绝对不会负了梅婷。"说着，腾出一只手抱了一下林梅婷的肩膀。

林梅婷心有些颤，自己等了那么久，就是希望有人这样对自己。她不怀疑陆雨对她的爱和承诺，可是，现实呢，他有家有室，与自己无论如何，注定不会有结果的。

但她不能说破，说了就没法进行下去，连此刻的欢愉都不可能有。人生，不过就是且行且珍惜！

酒喝得七七八八，茶换了一遍又一遍，中间有人出去在平台上拍照游戏，玩得和少女一般。陆雨想，谁又能想到，这些在工作中正经八百，严肃有余的管理者，此刻归于山林，竟然顽皮如斯。

大家玩笑归玩笑，间或也说了几句正事，陆雨听不大明白，其他人很有默契地点头，或者沉默。"不说了，喝酒。"

陆雨跟着喝酒，与林梅婷咬着耳朵，说了几句悄悄话。

聚会到3点才意兴阑珊，各自散去，林梅婷一路都很兴奋。告诉陆雨，这几个人都是多年的朋友，算不得一荣俱荣一损俱损，最起码没有竞争关系，为人真诚，都是靠得住的，"我介绍这些人给你，他们会有形象宣传和广告介绍给你，你尽量给人家服务好，不能解决报社难题，起码你自己眼前的问题可以解决。"

陆雨说："我明白，你会不会觉得我很呆，傻不拉几的。配不上你？"

林梅婷边开车，边打他一下。"你不呆吗？说什么暗恋我多年，我怎么毫无察觉，可见就是呆子。和你说个正事。做广告，该拿的提成你还是要拿，一是，拿提成是惯例，你破了规矩，其他人会怎么想？说不定会记恨你，你倒是出了风头，却打击了其他人开拓经营的积极性，因为没有了提成的动力啊。不能不说是因小失大，知道的说你为报社，不知道的说你出风头，有所图谋。二是，你当务之急是换个大房子，能把你妈接来住，起码每年住一段时间也好。没钱怎么买房？三是我介绍给你的关系，不能让人家白帮忙，提成他们是不要的，但你至少拿出一部分召集大家聚会两次。这些费用你要怎么出？"

"哦，是我想简单了。我这就回去和社长说，因为我少拿几万，打击其他同事的积极性，那可就得不偿失了。为今之计，要报社全体一起想办法做经营，起码维持生计，不能老是干耗着，时间长了，队伍流失，人心涣散，必然伤元气啊。"

陆雨说完，见已经拐到报社那条街，提醒林梅婷，自己要不要提前下车，免得被人看到……"怕什么，你都多大了，这点闲话都受不了？大中午的我们一起吃顿饭，有什么奇怪的！"

陆雨赶紧说："我不怕，就是觉得你做领导的，影响不好。我乐得他们看到，说我和你好上了呢！"

林梅婷笑了起来，嗔怪道："就是嘴硬，心虚了吧。你如今可是我的人了，后悔不？"

陆雨急急地说："这等好事，后悔？能和你续一段缘，是我上辈子修来的福气。放心吧，我一辈子都不会后悔。"

第七章　家有考生

27

一辈子不会后悔！一辈子，多长啊，谁又能确定，自己会自始至终喜欢一个人，一件事？

林梅婷虽然愿意信，但理智告诉她，他们没有一辈子。缘分，就那么点儿，完了就没了，就各奔东西。

她还是足够珍惜。就算不多的一点缘分，在她而言，也希望晚年回忆起来，足以温暖自己。

回到报社大楼，林梅婷恢复常态，高傲端庄，浑身散发拒人于千里之外的冷淡。陆雨在下车的一刻就意识到，刚才温情款款、幽默可爱的林梅婷被掩盖了起来。走进这个大院，他们就是上下级，就是一本正经的同事关系。

林梅婷微微一笑，"你走吧，看把你紧张的。"陆雨苦笑一下，"今晚你有空？我过去。"林梅婷点点头，"发信息吧。"

这晚陆雨没有去林梅婷家。下午苏瑾打电话，说学校开家长会，让去一下。儿子陆子丰离高考不过月余，的确让人不省心。这小子成绩忽上忽下，还忙里偷闲谈了个女朋友。苏瑾紧张得和女方家长见了几次面。陆雨4点开完碰头会，飞奔冲向学校，还好老师正在讲台上开训。看见满头大汗、气喘吁吁的陆雨，没啥好脸色，一边示意他坐到下面去，一边说："家长要关心孩子，要保驾护航，在千钧一发的时候，不能拉孩子后腿，不能工作第一，要全力以赴，高考第一。这可是一辈子的大事，家长们要重视，不能自私……"

老师因为陆雨的迟到多唠叨了10分钟，接着公布第三次模拟考试的成绩，分析了不同阶段分数的奋斗目标，说得很中肯，可陆雨一看儿子排名，陆子丰，32名！一个班52个学生，他考32名。这还考什么大学呀。陆雨根本无心听老师再唠叨。等老师说，要服务孩子，不能让他们分心，做好后勤云云，陆雨早就坐不住了，准备回家收拾那小子。

他气势汹汹回到家，儿子补课还没回来。苏瑾正在做饭，看他脸色极差，就说："不问了，成绩不理想吧。"

陆雨没好气地回道："何止不理想，是烂到家了！"

苏瑾皱着眉头，"平日不管孩子，临时抱佛脚，怎么可能很好？你不要发那么大火，孩子压力够大了。"

陆雨想想也对，自己每天忙得昏天黑地，很少管孩子，他青春期出现问题，他也就深谈过一次，平时教育都靠苏瑾。连他谈恋爱，也没有和他好好聊过。这爹当得够差劲。

他进卧室躺下，开始生自己的气。忙活了几十年，也没啥成绩啊，可怜孩子这样，母亲也无力奉养，真是让人郁闷的人生。

迷糊着竟然睡着了，梦见一场大雨，冲垮了自家的老房子，房子后墙不断往下塌。急得陆雨大叫，"快，快……"

自己被推醒，原来是场梦，陆雨坐起来喘着粗气。苏瑾指指手机，"一直在响，你没听到？"

陆雨揉揉头，问："孩子还没回来？"

苏瑾看看表，"快了，7点半补习班下课，骑车回来20分钟，也该回来了。"

正说着，有开门声，苏瑾应声往外走，陆雨下床，看了看手机，三个未接来电，陌生号码，谁呢？他顾不得多想，回来的正是儿子陆子丰。

高大帅气的儿子，刚18岁，已经比他高出半头。唯一遗憾的是，满脸的青春痘。没少看医生，喝中药，吃西药，抹药膏，可就是时好时坏，搞得人心情老不痛快。

陆雨跟在儿子身后，看着他进卫生间洗脸洗手，看着他进自己卧室换了睡衣，爷俩一起坐在餐桌前。

陆子丰不耐烦地说："爸，你今天咋了？家长会后遗症好明显。"

苏瑾打圆场，"不准说话，吃饭吃饭，吃完饭你俩再说别的。"

其实，陆雨也没有想好要说什么，低头拿筷子，塞给儿子说："吃饭，多吃点啊，累了吧。今天好好休息，饭后洗个澡……"

儿子和苏瑾诧异地对望一下，有些出乎意料，没吭声。一家人开始吃饭，融洽而平静。手机再次响起，一看还是刚才的未接来电号码，何人这么执着？陆雨有些不耐烦地接起，"哪位？"

对方不吭声，等听到陆雨又问了两声，才迟疑地问，"是陆记者吗？"

陆雨听惯了这种电话，一猜就是爆料或者求助的。不知何时起，媒体成了一些群众无路可走时可以依赖的渠道，什么牛羊丢了、邻居打架、分红不均、子女不孝，都找媒体诉苦说理。对陆雨来说，这样的电话多半是麻烦事，常常出力不讨好。因为来者找你是希望你向着他，若你说了几句公道话，没说到他心坎儿上，他自然不高兴。问题是，媒体人不能因为谁先找我，就判定谁是受害方，为谁主持公道吧？！"

电话那头得到肯定答复，怯怯地说："我是你弟弟陆天，爸爸病了，病得很重，他想见你……"

陆雨脑子里一阵眩晕。弟弟？爸爸？十多年并无联系的亲人，遥远得就像在地球上消失了一般。弟弟工作结婚生子，都没有告诉一声。他们之间的交集，就是十多年前见过一次。那时陆天还是个孩子，刚上高中。

沉默。陆雨拿着手机避开家人，进了卫生间。他需要抽根烟。弟弟简单地说，爸爸在省第三人民医院，也就是俗称的肿瘤医院。肝癌晚期，医生说顶多半年……

"我知道了，你把病房号发我手机上……"陆雨想赶快结束这通电话。他手足无措，开始翻找烟和打火机。很久没有碰了。

苏瑾收拾完厨房，要去洗手间，等了片刻，见陆雨不出来，敲门，"怎么这么久，我要洗手。"

陆雨赶紧掐灭刚吸了几口的烟，开了换气扇，把门打开走出来。

"什么味？你抽烟了？"苏瑾正想数落，见陆雨情绪低沉，住了嘴，关门洗手。

等苏瑾进卧室，见陆雨忧郁地靠在床头，走到近前问，"什么电话？这么不高兴。"

"我爸癌症，没多久了。"陆雨戚戚地说道，"他想见我，我要不要告诉我妈……"

"你爸爸？你们一直有联系？"苏瑾一头雾水，结婚二十年，没有怎么提及过公公。突然冒出来，就是病危。

那夜，陆雨第一次和苏瑾讲起自己童年的不堪和后来的所谓联系。缺少父爱的阴影，给他的童年，甚至一生蒙上了挥之不去的烙印。是伤痛和羞耻的感觉。

到最后，苏瑾抱着陆雨，安慰脆弱无助的中年男人。在他身体里，依然住着一个10岁的孩子，渴望父爱，无比娇弱。

有些情绪隐匿在我们身体里，看不到，摸不着，但不知何时就会冒出来。那是成长中一个个瘢痕，是伤痛，是钙点，是印记。

到底要不要告诉母亲？要怎么与母亲说？陆雨一夜无眠！

这世上，除了生死，都不是大事。

陆雨无法淡然处之。那个躺在病床上，没有几个月活头儿的人，是他的生身父亲，是让他爱恨交加的父亲。

次日他早早开车送儿子，顺带把苏瑾送去公司，自己开车去省三院。因为多为传染病病人，医院在城市东北角，远离市区，交通不便。因为修路，陆雨绕了一圈，到10点多才到了医院。看病人要带礼物，他昨晚想了很久，一束花、一篮鸡蛋、一大箱奶，还是核桃露、芝麻糊、蜂王浆？悬而未决，到了医院门口，不能再犹豫，他进超市选了两三种，匆忙上楼找病房。

"哥，哥，你来了！"一个高大清秀的男子，远远地朝着陆雨喊。

"哦，你是陆天。"陆雨不用猜，这个人，就是弟弟陆天，少年时与自己长得丝毫不像，如今倒是很像自己，年轻版的陆雨。

进了病房，到处都是人。不到20平方米的房间，摆了三张病床，家家都有两三个陪床的，东西多得走不过去。

父亲陆大河躺在靠近窗户的一张病床上，干瘦无力，紧闭着眼睛，嘴巴也紧紧闭着，像在生气。陆天要去唤醒，陆雨拦住了。他不知该如何面对父亲，他更担心父亲不知如何面对自己。他们是父子，却隔着深深的沟，此刻跨越，依然难上加难。

一个瘦弱的、个子不高的寻常老年妇女走近病床，一副弱不禁风的样子。陆天指着陆雨对女人说："这就是我哥，陆雨。""这个，是我妈。"

陆天有些难为情地介绍着。

其实，不用介绍，陆雨也该想到，这个女人就是父亲当年的相好，为了她，父亲丢下他和母亲。这个仇人般的女人，在陆雨过去三十年中，被他在心里无数次咒骂，恨不得真有天雷地火，能毁灭这个甘做小三、拆散别人家庭的女人。

可他毕竟不年轻了，何况在这样的情形下见面。他不置可否地点了点头。那女人也是一惊，眼神慌乱，低着头喃喃，"你来了，你爸老是念叨你。"

陆雨没有搭腔，坐在父亲近旁的一张凳子上。记忆中，父亲高大魁梧，走起路来虎虎生威，看起人来，双目圆睁，一看就是个厉害角色。陆雨儿时以父亲为荣，在孩子幼小的心灵里，父亲就是他的仰慕者，是他的庇护神。此刻，父亲眼窝深陷紧闭，嘴角下垂干瘪，脸上布满老年斑……陆雨几乎落泪。这个人就是他的父亲！

在过去的几十年当中，他习惯了没有父亲。而自从得知父亲不久于人世，他的伤悲足以抵消所有的恨。

血浓于水。无论如何，这个人都是他的亲生父亲。

父亲睁开眼，与陆雨说了几句话，又疲倦地合上眼睛。陆雨走出病房，陆天跟了出来。这对相差十岁的同父异母的兄弟，第一次比肩而立，在楼梯间，开始唠家常。

陆天说："哥，我知道，你恨我和我妈。但请你原谅爸，他现在最想见你，一辈子都觉得对不住你和你妈。"

陆雨摇摇头，找不出话说。沉默。

"哥，当年爸离开你们，其实是因为我妈怀了我，医生说她子宫先天壁薄，不容易怀孕。随时都可能流产，再怀孕的可能性几乎为零。爸说，他做错了事，不能害人家一辈子不能生孩子。就无奈之下答应带我妈离开，等生下我，我妈大出血，干脆切除子宫……爸原本要抱走我，让我妈嫁人，可我妈寻死觅活，最后，爸才动了离婚的念头，带着我们去了偏远的蒲城。爸说，就是觉得没脸见人，害了你和你妈。他后悔了一辈子。"

陆雨第一次听这样的描述。他其实没有做好准备，这些年，他与母亲从没有提及过父亲，更不去回忆当年的是是非非。母亲的泪流完了，就铁了心不再记得那个人，而他同样记得父亲离开他们时决绝的神情。不断告诉自己，那个人与自己无关，与他有关的一切都要隔绝。

陆天的眼睛红红的，忍着泪，"我也是长大了才知道全部，这些年真是很想你，你是我的亲大哥，可我就是没脸见你……"陆雨的冷静和克制无法再起作用，搂着陆天的肩膀，"傻孩子，大人们的事，和你有什么关系，别难为自己。"

陆天还是抽抽搭搭哭了一会儿，伏在陆雨肩上。擦了泪，陆天哑着嗓子说："我老和人家说，我有个大哥，是省城报社的大记者，可是这么多年，我都不敢来见你，但见不见，你都是我大哥。我们是亲兄弟啊。"

陆雨一边安慰他一边从口袋里找纸巾。"你不是还有个妹妹，也该结婚了吧。"

"妹妹是捡来的孩子。爸爸年轻时每天天不亮就去县城河边锻炼身体。有一天，听到树丛里有哭声，发现是一个弃婴，就抱回家。孩子脚上有点残疾，妈妈不能再生育，见是女孩，喜欢得不得了，从小最惯她了。她学的中医，针灸、推拿都很拿手，在我们县里头，也算一个名医呢。"

陆雨"哦"了一声。他觉得，有像陆天这样重感情的兄弟，是他的福气。拍拍他，说："没事，我们本来就是兄弟。别再提往事，都过去了，翻篇了。"

陆天的妈叫李霞，年轻时是父亲厂子里的广播员，人长得小巧可爱，是个美人。

不想树大招风。李霞让社会上几个赖小子惦记上了，常常在上下班的路上截她。见了面就是动手动脚，说些不三不四的话，她一个女孩子吓得动弹不得。有两次碰到有人路过，救了她。有一回，那些混混就要脱她衣服，吓得她大叫，哭得惊天动地。陆大河正巧经过，喝退那帮小混混，把李霞送回家。

李霞家只有一个母亲和两个上学的妹妹，父亲三年前因肺癌死了。家境困难，也没个男人。明知李霞被人欺负，母亲也没法子，见到陆大河就哭得一把鼻涕一把泪，把他当家中恩人，又是好吃又是好喝。央求他时常接送李霞，免遭歹人毒手。

这种事不敢声张，说出去，女孩子都没法活，更别提以后结婚了，就怕没人要的。看到李霞一家的境况，陆大河打抱不平，答应上下班用自行车带着李霞，保证不会出事。

如此好事，却埋下祸根。一个情窦初开的女子，一个高大健硕、行侠仗义的恩人，每天上下班一起走，说说笑笑。在女子心中，大哥很快就变成了仰慕者。李霞喜欢上陆大河，可是她们也清楚人家有家室。起初李霞母亲，只是想让陆大河罩着她们家，一次在她家喝酒，李霞母亲支开两个小女儿，让李霞多陪陆大河喝几杯，没想到女儿竟然趁着酒醉做了陆大河的女人。

李霞母亲一个妇道人家，就是觉得孤儿寡母日子苦，多个男人帮衬会好很多。不想生米煮成熟饭，就只能将错就错，让陆大河娶了李霞。陆大河刚三十岁，有个快十岁的儿子，日子红红火火，一家人小日子好不滋润。怎么会动了离婚的念头？

李霞说，没事，就是喜欢大哥，她不影响大哥的家庭，她就是单纯和他相好。她乐意。不料，一次就怀孕了。还因为先天不足，无法流产……命运成全了李霞，却也令她和陆大河后半生生活在羞愧和悔恨当中。

他们背井离乡，远离认识的人。就是因为无法面对陆雨母子二人。这种痛苦，陆雨从没有想过。他以为，父亲从此不再思念，不再回头。

在回来的路上，陆雨泪水不自觉流淌下来。他过去三十年的想当然，假想的痛苦，此刻多半变成对父亲的同情和喟叹。想做个好人，有时，是个沉重的负担。可能，这负担还要背一辈子。可他连解释、辩白的机会恐怕都没有。

28

陆雨成年后，第一次为了父亲哭泣。他一路难过，到楼下停好车，还在不由自主地抽泣。伏在方向盘上，手机铃声响起，是林梅婷。

听到陆雨声音不对，林梅婷关心地问："你怎么啦？出什么事了？"陆雨哽咽片刻，简单说了父亲的状况。

林梅婷沉思片刻，说："你过来吧，我们见面聊。"

陆雨也觉得隔着电话，没法说明白。再说此刻，他多么需要一个人能听他倾诉，给他安慰。

开车出小区门时，苏瑾正巧进来，陆雨故作镇定，说约了个朋友谈点事，晚上会晚回家……苏瑾满心疑窦。

陆雨不是个会说谎的人。他虽然赚不来钱，做的事情不让她满意，情商低、不懂圆滑，但陆雨的老实、不花心，她还是从不怀疑的。要说对家庭的责任感，与苏瑾那些闺密的老公相比，不知要强多少倍呢。

苏瑾忙了一天，累得要死。好在上个合同结束，下个项目刚开始，这几天不用加班，已经是烧高香了。过了40岁，拼搏的最佳年纪已经过了，和一帮80后、90后在一起。过去的经验优势，远远赶不上人家的学习能力。对这个年纪的职场人而言，苏瑾每天都有压力，腹背受敌。年轻人家庭比她好，没负担，学历高，很多来大型企业的，都是留学归来。她拿什么和人家抗衡，那些三句半的英语，说出来不够让人家挑毛病的。

从当初结婚一穷二白，到如今老人要养，债务要还，全是责任。谁又能想到，现在半路杀出来个程咬金，陆雨的亲爹病了。无论如何，都是大事，不管是不行的，可当初，谁管过我们？

陆雨的郁闷不在苏瑾之下。

林梅婷今夜真美！高高挽起的发髻，一缕长发垂在耳鬓，刚洗过澡，白色拖地的睡衣，如此完美。陆雨坐在餐桌旁，看着林梅婷从厨房端出来饭菜，觉得她就像个仙女。等林梅婷坐定，听陆雨说自己像仙女，笑着拿眼睛剜他一下，"你见过这么老的仙女？"

"有啊，有啊，仙女的妈就一定很老。"陆雨装傻说。

"仙女都是不老的，仙女的妈怎么会老，所以人人才想做仙女。"林梅婷打趣地说。

陆雨盯着她，装出恍然大悟样，"哦，我知道了。王母娘娘原来不是狠心，是成全啊。你看，她划出银河挡住了牛郎织女，就是担心，织女不老，牛郎老了，俩人不般配。每年七月七让两人见面，还要喜鹊搭桥，深夜相会，为的就是光线差，看不清彼此容颜……"

林梅婷笑到拿不起筷子，指着陆雨，"你就是个闷骚型，谁说你正经了，看这不正经的样！"

陆雨耍完了宝，暂时忘记烦恼，正襟危坐开始用心吃饭。林梅婷也收了笑,看着陆雨有些心疼,说:"别那么沉重,总会有办法,先吃饱饭。吃饱饭才有力气想办法。"

两个人说说笑笑,吃饭,洗碗,饭后泡了茶。林梅婷一边练毛笔字,一边听陆雨絮絮叨叨讲自家的那些事。

"十年生死两茫茫,不思量,自难忘。"林梅婷写完一幅字,停下手。问:"你准备告诉你母亲吗?这事不能再瞒着她吧。毕竟,夫妻一场。有些事,你不懂,你母亲未必不懂,她心里怎么想,你要与她谈,说明白了,她心里的疙瘩也就解开了。这么些年,她心里的苦,不比你少。"

陆雨过来,开始铺宣纸,接了林梅婷的毛笔,写下一行字:"竹杖芒鞋轻胜马,谁怕?一蓑烟雨任平生。"

陆雨知道林梅婷喜欢苏轼,写完放下笔,看着林梅婷说:"世人都知道苏轼自号东坡居士,不知道他还有其他号、铁冠道人、海上道人、戒和尚、玉局老、眉阳居士、雪浪斋……都是些与佛家、道家有关的名号。早年受佛教家庭的熏陶及天府佛国地理因缘影响,少年喜佛,青年游禅,中年近禅,老年逃禅。也就是他虽然宦海沉浮,苦难频仍,都可以超然世外、豪迈、宽容、童心、激情、博学,从而开创了豪放词风,成为宋朝四家之首……"

陆雨母亲是虔诚的佛教徒,每月初一、十五都要去城外的寺庙烧香拜佛。陆雨以前随母亲去过几次,长大了,觉得是迷信,不过是母亲寻找心里寄托的方式而已。但人到了这个岁数,他突然很想向佛。他很喜欢苏轼的那一行,每每心中烦闷,无可排解时,就在心里念几遍。

在人无路可走,茫然若失时,向佛或许是一种解脱。将所有苦难不幸,都归于上天的考验,在一次次虔诚的跪拜中,心灵得到安抚。此刻的他,想到的是那句,临时抱佛脚。

陆雨将写好的字放在一边,开始收拾书案,心不在焉,东挪一下西放一下，兀自摇着头说："佛都救不了我，每件事都还是要自己扛下去，熬下去。"

"这样吧，你父亲那儿有需要转院或者好的药，我可以想办法。你不知道吧，我有个好朋友在北京301医院，是我干儿子的爸爸。像一家人一样，我去北京，经常住他们家。治疗方面就交给医生，钱先不要愁，你父亲应该有医保，自费部分钱不够，你再开口。不要不好意思，谁家都有难处，不用有负担。过去这个坎儿就好了，钱可以慢慢赚。"林梅婷轻声在陆雨身后说着。每一句都像清风拂面，温柔妥帖，令人陶醉。

"当务之急，你要理清头绪，和儿子好好谈谈，离高考没多少时间。"林梅婷说完，并不停顿，拿了书案上的笔和调墨盘，进了卫生间，再出来，她重新将砚台、宣纸收拾好。

陆雨默不作声，就那么跟在后面，看着她麻利地干活。等重新坐下来，饭前冲好的茶也凉了，他重新煮水换茶。"晚上吃多了，喝点熟普洱吧。"陆雨说着，把茶壶里原先的铁观音倒掉。林梅婷喜欢喝铁观音，每年都会有福建的朋友给她寄当季的铁观音。

林梅婷静静坐着，看陆雨认真地煮水，洗茶，冲泡，然后，将一杯暗红清亮的茶放在她面前。两个人不再说话，专心品茶，热气在茶盘弥散，孕育着缕缕香气。

终于喝得额头微微冒汗，林梅婷打破沉默，说："今晚还是早点回去，和儿子谈谈吧。做儿子和做父亲，都不容易，对你来说，两种考验全撞到一块儿了。"林梅婷怜惜地抱着陆雨，一再喃喃地说："要坚强。"

陆雨想起，林梅婷曾经在朋友圈发过提问，倘若只能选择一种品质，你会选择什么？有人说善良，有人选正直，有人说奸诈狡黠，有人选仗义执言，精明强干……陆雨私信发来二字：坚强。林梅婷私信回复：我宁愿选狡诈，因为坚强太累，唯有坚强最无奈，是被动而为，平生短暂，怎堪坚强？

不想，今日，她竟不断说"坚强"，她何尝不是用坚强走到今天，方知坚强之不易，之痛彻心扉。

从林梅婷家出来，夜已经深了，似乎刚下过一场雷阵雨，地皮湿润，树木葱茏，空气中都充满了初夏的新鲜和甜蜜。陆雨大口吸了几口气，觉得神清气爽。

面对，除了面对，他无可逃遁。

他要抓紧时间回家，儿子十点二十下自习，说好他去接。他有多久没有接过儿子了。两个月？三个月？他觉得太久了，该和儿子好好谈谈了，虽然有些晚，但不去谈才叫晚，谈了就不叫晚。叫刚刚好。

他苦笑着，觉得阿Q精神真是中国人最好的发明。

阿Q万岁！！

29

接上儿子，陆雨一路上故作轻松，与陆子丰少有的平等交流。猛然间，儿子长得比自己还高，陆雨觉得仿佛就是一转眼，儿子竟然大了，他还没有习惯把儿子当作与他平等的人。

陆子丰觉得，难得有机会和爸爸聊天，还是如此轻松平易，讲了不少学校的事，当然也有那个令大人们一惊一乍的女朋友！他满不在乎地说："就是一起看了两场电影，下自习一起回家，没我妈说得那么复杂。"

陆雨没头没脑地问："长得好看吗？"

陆子丰有点糊涂，犹豫着回答："还凑合，个子不高，很白，眼睛大，关键是英语太好了，每次去英语角活动，我就只剩看她嘴了，那个熟练，爸，你不看人还以为是老外在说呢。羡慕死我了，我听说，她妈在她上初中时去美国做访问学者，带着她去待了两年呢。太牛了！"

陆雨笑了起来。"你喜欢她英语说得好呢，还是她长得好看？"

陆子丰用手挠头，想了想才说："都有吧。英语不好我和她好什么，没有理由啊，但是如果长得太丑，爸，那怎么能在一起啊。得多让人发愁。"

"说到底，你也是外貌协会的！"陆雨打趣说。

"爸，我不知道，就是羡慕人家，然后长得还行，主要是她也喜欢我，给了我几张美国原版碟片，还有和她在一起能练习口语。很沾光吧！"陆子丰心无城府，陆雨没几句话，就让儿子竹筒倒豆子全撂了。

如此还不算最糟，陆雨心想，初恋这个事好解决。他和儿子讲了自己上中学时的事，循循善诱，坦诚地说了自己的担忧。

陆子丰现在才明白，爸一路的谈话是有的放矢，根子还在学习上，在劝他不要早恋，专心备战高考！好吧，作为一枚"高三狗"，陆子丰非常理解，老师、家长、亲戚，除了这个话题，就不会有别的说法了。真是苦不堪言！

父子俩进家门，苏瑾都快睡着了，急忙问儿子，"还加餐吗？饿不饿？想吃点啥？"她连珠炮似的问题，被陆子丰一句"不饿"打断了。

她略有失落，又如释重负，今天终于结束了。儿子回家，老公回家，一家人在一起，总是最幸福和最为踏实的时刻。虽然夜已深，许多人家早就睡了，但她还是非常珍惜这一刻。并不多言，倒了杯水送进儿子房间，回屋睡觉。

陆雨简单洗漱，进了卧室，对苏瑾说："我这几天都要去医院，我爸病情不太好，我还想回老家一次，当面和我妈说说我爸的事。"

苏瑾点点头，并不说话，深深叹了一口气。唉，人到中年，真是一地鸡毛！陆雨也在这么想。他们夫妻很久没有这么默契了。

时间教给我们很多。接纳，就是一件！不光接纳身边并不可心、不认同的人，还要接纳不怎么完美，甚至自己都愤慨不满的自己！中年的沉稳，大约就是放弃不甘心，开始接纳，学会放下吧！

次日，陆雨又去了医院，带了一些生活用品。找了三院心血管外科的一个熟人，带着去见父亲的主治大夫。医学是专业知识，有的医生在介绍病情时，爱夸大其词，先把病人家属唬住。甩出这个术语、那个英文单词，病人家属本来到医院就被吓得七荤八素，再这样一下一下，早就没有判断力。医生再说"你们自己考虑考虑"，就如同听到说"我们研究研究"一样，令人脑仁子疼。陆雨更愿意找个熟人，起码能用自己能懂的话解释清楚。最起码，碍于面子，主治大夫能给透个底，让他心里有个谱。再决定下一步怎么做。

主治大夫姓韩，是标准的医生冷漠脸，见是同事带来的家属，还是一样没表情。打开电脑，开始一张张讲各种检查结果，说得详细，但陆雨脑子里走神，只听见"肺癌""晚期"几个字。

韩大夫讲完，转过身与陆雨面对面，却看着陆雨带来的同事，说："你也知道，我们自己人，我就实话实说，不拐弯抹角了，这样的情形就是没救了。要是想求个安慰，就多住些日子。想回家，就回家吃药缓解痛苦，养着吧！也别费劲了，到了北京也差不多的治疗方法，结果也不会好到哪里……"

见陆雨愣怔着，韩大夫并不想多说，转身继续对着电脑工作。同来的熟人拉拉陆雨，"韩大夫，你忙，我们先回去，让家属们再商量一下。"

陆雨缓过神，走回病房，把陆天叫出来，说了大概情况。陆天说："哥，你说咋办就咋办，我听你的。"

陆雨说："你还是和你妈、你妹都商量好，这个别将来落下埋怨。"

"不会的，哥，你是大哥，我们都听你的，你说咋办就咋办。哥，钱我有，我在县里开了家复印店，好多年了，平时请人看店，我和媳妇都是公务员，收入还行。爸有退休金，不多但也够医药费，大哥你就做主吧。我妈、我妹都听我的，我听大哥的。"

陆天大包大揽，口气非常坚决。陆雨低头一想，能这样一致最好，免得谁也不做主，一群人扯皮推诿。他告诉陆天，准备准备，下周一二就回去，在家吃中药调理，慢慢养，比在医院舒坦。

陆天点头，说："就是，在家父亲也许会精神些，在医院就剩躺着睡觉了，把人都睡坏了。哥，听你的！"

陆雨说："我要回趟老家，和我妈说说爸的事。你趁这几天问问医生注意事项，我回来就租个大点的车，收拾收拾就走。"

陆天笃定地点着头。陆雨不确定陆天对自己的信任，是来源于血浓于水的亲情，还是长他十岁的经验，或者，陆天宅心仁厚，为人老实？

陆雨愿意相信都有。毕竟，在父亲失而复得这件事上，添了一个帅气听话的弟弟，如同福利一般。他这回可是赚到了！

30

上天给了他一个好弟弟，陆雨已然感激不已。视为福利，没想到，等他把父亲送回蒲城，他发现自己多的何止是一个好弟弟。

还有好妹妹，一个貌美如花、聪慧可爱的妹妹。妹妹刚30岁，已经结婚，有个7岁的女儿，也长得可爱漂亮。以前在电视里，看别人家的女孩子，娇俏可人，聪明伶俐，真恨不得自己也有一个。如今，眼前就有一个。

妹妹陆秀是个中医大夫，没有医生的冷漠脸，开朗而明亮。她没套近乎，简单几个眼神、几句家常，就消除了与陆雨的陌生感。"大哥，你终于来看我们了！大哥，爸爸老给我们讲大哥的事，你看，我的耳朵都能认得你了。"

陆雨被她绘声绘色的表演逗笑。她的女儿萱萱，刚上小学一年级，见了陆雨更不怕生，一口一个大舅，特别乖巧懂事。

"大舅你去厕所啊，我带你去。"

"大舅你喝水还是饮料，我帮你拿。"

"大舅昨晚睡得好吗？大舅……"

脆生生的嗓音和灵动活泼的小身体，总是恰如其分地出现在陆雨身旁。孩子的天真无邪，让他对妹妹一家颇有好感。一个有教养的孩子，是一个家庭修养的集中体现，是父母教养素质的反射。

他在给林梅婷的微信留言中说：没想到，来到这里，这个陌生的家，竟然体会到久违的爱与信赖。

接纳，原本就是这样，成就最简单和最可能双赢的结局。

就凭这一点，他决定原谅父亲。起码在他中年感觉疲惫无望之时，收获到另一种亲情。

回到家中，父亲心情好了很多，逃离了医院的压抑，他勉强支撑能在上午到太阳下坐一小会儿，与陆雨说两句话。他太累了，每每会摆手，示意要回到床上躺下。

好在回来了，有继母和弟弟妹妹照应。妹妹找了几个有名的中医，给父亲把脉会诊，定了调理的方子，有她负责照料，陆雨没有什么不放心。住了三天，陆雨就得回去，儿子高考在即，他不能耽搁太多时间。

那天清晨，父亲坐起来，拉着他的手说："小雨，谢谢你，把自己照顾好，别怨爸……"古稀之年的父亲，老泪纵横，话都说不下去，摆着手要睡下，侧过身，背着陆雨，身体抽动着，却无声无息。

陆雨觉得他全懂，也许儿时不懂，现在他明白，人生很多时候是无奈，是不忍心，是情势所迫……

他拍着父亲的背，俯下身子，在父亲耳边说："爸，好好养病，我还会来看你。"

走出院子，陆雨与陆天、陆秀一家人告别，走到院门口，一转头，他瞥见父亲趴在窗户玻璃上，见他看见，慌忙缩下身子，陆雨的心啊，再一次被搅乱。眼睛顿时湿润，声音哑着，"别送了，大家回吧。"

蒲城靠近黄河，地势偏远，没有高铁，陆天和妹夫大强把陆雨送到距离蒲城50公里的介美高铁站。陆天一路唠叨着小时候的事，爸爸说过什么，做过什么，印象中哥什么样子，现在认下了，希望哥不要嫌弃他们，经常来往，不为别的，就当替父亲还个心愿，说着说着就哭了，两个大男人在车后排拉着手，搂着肩，要在过去，陆雨早就膈应死了。可此刻，他无法推开一个有着血亲，且如此厚待他的弟弟。或许，父亲的重病，是促成他们兄弟凝聚、贴心的一次契机。

开车的大强一直没吭声，大强是个做生意的，经营广告公司，还养了几辆工程用的大车。虽然不是很富有，但在小县城，也是中产阶级了。

陆雨回程发信息给林梅婷，说总算安抚好了父亲一家人、儿子据说成绩提升了不少、母亲情绪近来也好，他打电话过去，正和大姨几个玩纸牌，还带输赢呢。

林梅婷两天前回过一次信息，得知陆雨有个如花似玉的妹妹，打趣说，你可是享了齐人之福，恭喜了半天。恨得陆雨在微信里发打人的表情包。他们已经成了无话不谈，亲密而信任的关系。陆雨想想，老天是如何造化？在过去的很长时间，他承受了独生子的孤寂，只大姨家两个表姐最亲了。转瞬，给了他一个弟弟、一个妹妹，一大家子亲人，又给了他梅婷这样知性独立的知己。如此厚待，陆雨顿时觉得生活一片光明。

在送父亲回乡前，陆雨专程回平陶，见了母亲。他不能瞒着相依为命的母亲，他即便认这个父亲，也希望得到母亲的同意，最起码她有权利知道父亲的现状和陆雨的决定。

母亲气色很好，脸上有了血色，心情也好。听陆雨讲完，母亲低头许久不说话，使劲捏着手里的帕子，来回搓。陆雨不吭声，等母亲裁决。父亲老了病了，到底管还是不管，认还是不认，与父亲家人走动还是不走动，全凭母亲说了算。

终于，母亲抬头，开口问，"他还好吗？"泪从母亲的两腮滑落下来，像惊飞的鸟儿，而陆雨就是那个打破平静湖水，惊扰山林静谧的那个人。他陪着母亲落泪，絮絮叨叨开始讲关于父亲的现在以及他听来的过往。母亲叹着气，说："我知道，当初的事他不是没有和我讲，我就是再理解他，也不能让他走啊。他走了，家就没了，我家小雨就没爹了，就成了没爹的孩子……"母亲终于从无声落泪到放声大哭。

陆雨跟着哭。也许，哭出来就好了，就释然，就放下了。就可以腾空心头，轻松点了。

母子俩那夜，躺在老屋子的炕上，说了过去三十年不曾说的话。母亲说："小雨，别恨你爸，他是真作难了，才那么狠心。我可以不原谅他，你要原谅，你爸一直都是爱你的。前些年，人都穷，吃食不好，你爸总是偷偷让人捎来米面、粮票，还不让人家说是他给的，我也不说破，就装糊涂。他是惦记你的，他病成这样，你该去尽尽孝……你也有儿子，你会明白当老子的心。"

有了母亲的认可，陆雨才定下心，认了弟妹这门亲戚。

火车快到云中站时，林梅婷发来一条信息：想你了！陆雨恨不能长出翅膀，飞到林梅婷身边。

31

　　陆雨赶到与林梅婷约定的饭店，已经下午1点半。过了饭点，人不是很多。这地方林梅婷以前带他来过，走到走廊尽头，左拐有个楼梯上二楼，有三个大包间，末一个是阳面小包间。这里清净，林梅婷几乎有私密的朋友，就带到这里来。老板也熟悉，可以签单的交情。

　　陆雨匆匆上去，除了林梅婷，包间还有一个男人。见他急急赶来，两个人收了话头，示意他赶快坐。林梅婷笑着说："我们都快饿死了。先别说话，来吃两口。"

　　那个男人也很随和，端着酒杯和林梅婷碰了一下，说："这就是陆主任吧，先吃先吃。"林梅婷悠然地看着他。"先吃饭吧！"

　　陆雨边吃边抬头望着两个人，不解地看了林梅婷一眼。林梅婷见他有些不踏实，笑着说："我来介绍一下，这位是省教育厅的边厅长，主管招生的，今天有幸才能约到，正巧你有事找我，大家都是朋友就一起坐坐，认识一下。"林梅婷又端了杯子，朝边厅长举过去。"以后还要边厅长多多关照，我的小兄弟也断不了麻烦您。"

　　林梅婷说得云淡风轻，可陆雨顿悟，这是帮他铺路，高考在即，他正缺这样的路子。陆雨像抓住救星一般，拉着边厅长的手，"久仰久仰！幸会幸会！"客套两句，林梅婷说："废话少说，我们喝酒！"

　　三个人又开始新一轮敬酒。红酒，各自也就抿一口，并不多喝，就是频频举杯，说了郊外几个好玩的地方。林梅婷推荐了几处，答应空闲了周末去南城的休闲庄园,有采摘,有水塘,钓鱼、游泳都可以。还有个马术俱乐部,运气好能碰到马术表演或者比赛。吃吃农家菜,纳凉休闲,不要太惬意啊!

边厅长是内蒙古人,又当过兵,听说有马眼睛一亮。听说还能游泳,更是拍着大腿说:"林总,你安排,说得我心都痒痒了。"

到两点多,有人打电话来,边厅长通完话,回头对林梅婷说:"下午有会,先走一步,再联系。"林梅婷让陆雨去送,到楼下看着边厅长上车走了。陆雨才回来,复又坐下,狼吞虎咽吃了几口,把杯子里的红酒喝完,这才看着林梅婷,"谢谢姐,你怎么老是这样周到?这事预先我也不知道,你都帮我安排好了。让我心里总觉得欠你……"

"不如这样,你领了我的情,想想拿什么来还就是了。"林梅婷揶揄地看着他。那神情逗弄着陆雨,他坐到林梅婷一侧的沙发上,扑上去就吻她。

"你想要什么,我就拿什么来还。"陆雨在她耳边说,逗弄得林梅婷又痒又笑。"还不够,要不拿肉来偿!"陆雨压着林梅婷,作势要解林梅婷的扣子。

林梅婷摇摇头,"我三点半有会……"

"知道也是,每次都这样,你就是逗我起来,然后再抛弃我。"陆雨装出生气的样子,把林梅婷揽在怀里,"你等着,反正都逃不掉,我要你一并还我。下次,看我怎么收拾你。"林梅婷主动去吻陆雨,两个人又一次激情澎湃。手机铃声大作,林梅婷舔舔嘴唇,定定神,看了一眼手机,并不接,她知道是来接她的车到了。

她站起来吻着陆雨的额头,"这周末我没有安排,你有空就约我,带上边厅长,我们去鸣乐庄园。"陆雨点点头,"我来安排,你放心吧!"

林梅婷拿上手抓包,拉开门回头说:"你直接走不要管,单我来处理。"林梅婷快速离开，一回头脚步声远矣！陆雨有些余情未了，趴在窗口看林梅婷上了一辆大奔，迅速消失在视野中。

陆雨兴味索然。把剩下的红酒全喝了，走出了这座闹中取静的小楼。恐怕此生，陆雨都无法忘记这个地方了。

走出来，他给妻子苏瑾去了电话，报告自己回来了，要去单位处理一些事情，然后才能回家。

苏瑾有些自哀不幸，语气不大满意，说："反正家里没你也一样，回不回来我们还不是一样过。"

陆雨能听出妻子的不满和抱怨，但除了等待她的理解，陆雨不知还能如何。眼看着要到单位，他一个头有三个大。愁啊，啥年成，报社也能青黄不接。别说风光，就是工资都没有，几个月下来，本来就收入不高的实习记者，陆续退出，另谋高就。而像陆雨这样20多年在报社，像被关着豢养惯了的鸟，打开笼子门也没了飞翔的能力。

百无一用是书生。陆雨深有体会，无限悲凉。

走进报社大楼，大厅告示栏前头围了不少人，议论纷纷。陆雨信步走过去，是集团中层干部竞聘结果公示。都市报只一个副总进入名单，拟定成为集团新媒体中心主任。这个位子还不错，起码在报业转型的过程中，新媒体是前沿，早转型早发展。他叹了口气，其他子报入选人数相对高一些，晚报有3个，都是陆雨熟悉的同事，老早都是一起在记者岗位上，但人家进步快，前几年升了子报副总，这次竞聘才有资格报名，调到日报，虽然人事关系都是集团聘用，但身份不同了，在子报企业化管理的今天，大家日子都不好过，日报作为省政府机关报，日子还是舒坦的，旱涝保收，大树底下好乘凉，可怜了这些在大树外围的报纸，不是走风就是漏气，日子紧紧巴巴，捉襟见肘。

竞聘的事忙活了两周，陆雨完全置身事外，一则上头没人，虽说不是内定，但没人说话几乎没有希望；二则林梅婷劝他不要蹚这浑水，平日不烧香临时抱佛脚，来不及了。还有就是，陆雨忙得顾头不顾腚，实在没心思给别人当垫背。

到办公室，他先去销假，然后去见社长。社长正忙着接电话，好像有人投诉，说都市报有记者在梁山某中学敲诈勒索，手机又开始响，社长接通，"是是是，我马上上去。"座机那头的人还在喋喋不休，社长烦躁地敷衍着挂断电话。

"回来了就好，杨总昨天还念叨，也该你值夜班了，请假的人不少，都拉不开栓了，我忙得焦头烂额……"社长边说话，边拿着手机往门口走，"华总叫我，不定有什么破事呢！"

陆雨跟着社长出来，看着他矮胖的身体，疾步快走，竟对他生出几分同情。生逢这样的时候，做报纸难，做社长、总编难上加难。

杨总看见陆雨，神情大悦，"可把你盼回来了，今晚值夜班，王总的鼻炎犯了，这几天我替他，心脏病都要犯了。"陆雨抱歉地笑笑，"杨总辛苦了，我刚下火车，怎么也得回家安顿一下，明晚好不好？明晚开始我值夜班。"

杨总觉得自己也太急了，就叹息一声，"你说，这报纸不行了。怎么大伙儿的身体也都出毛病了？王总鼻炎，许总打篮球拉伤韧带，杜总说萎缩性胃炎，得休养。上个月谢总刚值了一个月，不能再让人家值班吧，可不就抓我的差。你知道，我心脏不好，又快退休了，上不了夜班……"

陆雨听杨总倒完苦水，作着揖出来，擦擦一头的汗，刚五月中旬，怎么就这么热，让人烦躁不安的。

今天的碰头会陆雨是不打算去了，明天才上夜班，今天收拾一下桌子上的事。几封信件，两封是银行的对账单。有一封是一本杂志，南方深圳那边出的《打工者》，陆雨的小小说发表了，寄了样刊。他每年写不多，就五六篇的节奏，小说不是他的主业，但让他很着迷。

还有一封是感谢信。来自一个晋宁农村的小姑娘。

32

何为幸运？是天上掉馅饼，还是走路捡元宝？是事事顺利，无忧无虑，还是芝麻开花节节高，遇到贵人扶持？

陆雨觉得，自己不属于幸运之列，极少做非分之想。例如不去竞聘集团中层干部，从不去买彩票，不去赌博。除了偶尔抽烟，他几乎没啥恶习，安贫乐道，随遇而安。可人与人千差万别，有打破脑袋升官的，有一夜暴富咸鱼翻身的，有为了改变命运而苦苦挣扎的。郭小洁就是这样的小姑娘，一个与陆雨素昧平生的读者。

桌子上的最后一封信，就是郭小洁写来的。她的家至今没装电话，村子里共用一部电话，而她所在的寄宿学校，也只有一部电话，锁在校长的办公室抽屉里。

郭小洁14岁了，明年如果能考到县里高中，她就能给他打电话了。

这样的信在过去三年中，陆雨隔一段时间总能收到。他很想去看看那个孩子，听说，她的家离晋宁的火山地质公园不远，走山路3个小时就到了。陆雨一次次想象，那个14岁的孩子，怎样一个人爬山去上学，小小的身躯在风中摇摆，在雨中滑倒，站起来，再滑倒……她在信中曾写道：家里没水了，要到山坡下的槐树底下的池塘去排水。虽然村村通自来水，可自来水每个月供一两次，大多数时候还是吃池塘水，有条件的人家，自己挖个储水窖，在放水的日子注满，平时一桶一桶提起来用。

郭小洁家显然没有条件挖水窖。父亲车祸死后，母亲就跟人跑了，说是去了张家口，有人见过母亲在一家酒店忙碌。她希望自己再长大些，走出大山去张家口找她母亲去……

那年郭小洁只有10岁，父亲去世，母亲抛弃她和奶奶外嫁他乡。奶奶有严重的风湿病，到天冷就疼得下不了地，勉强萎在炕上做口饭吃。打水、捡柴、倒炉渣的活都是孩子承担。当地的志愿者组织定期去她家帮扶，送些米面、蔬菜，她的情形着实可怜。

有记者去采访，回来给陆雨描绘过。他两天没睡好，要了地址给孩子写信，先是写给学校的老师，让老师念给她听。等她上了初中，陆雨才直接写信给郭小洁。4年了，他每个学期给孩子寄生活费，因为是寄宿制，学费全免，生活费也就五六百块钱，加上零花钱，陆雨还是能负担得起。他还不定期买书本和衣服寄过去，也不清楚合不合身，但孩子每次来信，都是报喜不报忧，每一次都夸买得好，特别漂亮，老师都夸呢。

多懂事的孩子，陆雨没给人买过衣服，总是托部门女同事去买，说了身高年龄，人家就能买好。书多半是儿子陆子丰的，看过了的书，不怎么喜欢了，他会讨来，说："我帮你捐给贫困山区的孩子。"

陆子丰总是很慷慨，他乐于助人的优点莫非像自己？陆雨如此想。

可他从不麻烦苏瑾，不想让妻子知道，怕她又生气。苏瑾不是小气的人，就是怕麻烦，像个愤青，冒出很多穷人富人的理论，总是因为一件小事，弄得两个人不欢而散。不如不说，只自己静静做。

身为媒体人，具有公益思想和公益理念，是应有的基本素质。报纸是有社会性的文化载体，其凝聚力、公信力、影响力，都必须通过为群众服务，为公众服务实现，而公益无疑是救助弱势群体，关爱社会底层的有力方式。报纸有天然的平台和公信力，而媒体从业者也就具有近水楼台的优势，这优势对社会而言，是我们必须履行的义务，对自身而言，是职业精神的一种延伸。

陆雨自觉力量有限，只能默默做点事情，除了用报纸的传播性做贡献，他还希望用自己所能帮到别人。而郭小洁就是他无意中选中的孩子，他想帮孩子完成学业，从而改变命运。

4年了，他从没有告诉过他人。他愿意藏着这个秘密，来守候这个孩子的希望！下半年，郭小洁就要去县城上高中了，他想送她一部手机，每月增加30元电话费。他明天要写信给她，告诉她这个消息，6月下旬，她就要参加中考，到那时儿子高考也结束了。他想带儿子去晋宁，看看心仪已久的火山公园，顺便去看看郭小洁。同样是孩子，这个孩子在这个年纪承载了太多苦难，那种疼惜，陆雨明白，其中有着自己童年的映射。

到家时，苏瑾还没有回来。家中冷冷清清，看冰箱里似乎没啥可吃的东西。他还不饿，决定等儿子10点回家一起吃。

换了衣服洗了澡，打开微信，陆雨看到林梅婷发来的几张图片，是她写的毛笔字。问他好不好，他读出的潜台词是，我想你了。打电话过去，林梅婷说："你吃饭没？我又喝多了，想你了。中午没喝多，晚上没逃过。这样也好，喝了酒能睡得沉，不怕寂寞了……"

陆雨听着心里难受极了。他真想不顾一切地过去，他怎么忍心让心爱的女人在黑夜里买醉。嘴上再多的问候、安慰，都不如给予她实实在在的安全感。唯有陪伴！

他挂了电话准备穿衣出门，"嘭"一声，家门开了，苏瑾疲惫不堪地进来，发出噼里啪啦的声响，皮鞋被踢掉，钥匙被扔下。手机放在台子上，皮包被挂上去又掉下来。门口的穿鞋凳也成了苏瑾的出气筒……陆雨死了再出家门的念头。静静地等苏瑾发完邪火，他不想成为苏瑾一进门就发泄的对象。

终于，客厅安静下来，陆雨猜苏瑾把自己扔到沙发上，正在做"挺尸"状。他尽量小心地出了卧室，倒了一杯水，放在茶几上，自己在沙发上坐下。"喝口水吧，累了吧！"陆雨压低声音，尽量柔声说。

苏瑾抬起胳膊，半靠在沙发上，喝了几口水。复又躺下，伸出腿压在陆雨腿上，这是要揉腿的信号，苏瑾最爱穿高跟鞋，可一天下来总是累到腿酸脚疼。陆雨在家时，养成了给她揉腿的习惯。

陆雨很乐意，因为这个时刻，起码苏瑾是温顺和安静的，不像个气急败坏的泼妇，逮谁咬谁，见谁烦谁。

看着苏瑾安静地闭上眼睛，陆雨边揉腿边走神，他满心里还是梅婷，平时拒人于千里之外的梅婷，刚才酒后透露出来的，是深深的孤独，是女性对爱与温存的渴望。而他，却在她需要他的时候，只能留在家中，守着妻子，等待儿子。

爱，是应当用行动来表达，而爱，是必然要付出代价的。陆雨陷入深深的自责当中。他没来由地想起了父亲。

33

一夜无语。陆雨梦到梅婷握着他的手在教他写榜书，一转眼，就不见了。烟雾之中，梅婷与别的男人在一起，留给他的是一个背影，他拼命叫，拼命追，可就是赶不上，嗓子怎么也发不出声音，他使出全力，大叫一声"小婷！"自己把自己喊醒，苏瑾也被吓醒，揉着眼睛说："你做梦了？"

陆雨揉着胸口，"把你吵醒了，白天可能累了，我去喝点水，你再睡会儿，小丰的早饭我做。"

他往卧室门口走，苏瑾在身后说："你怎么叫小婷，还是小晴？谁是小婷？"声音不大，像在自言自语，又像在问陆雨。陆雨假装没有听到，逃也似的关上卧室门。

他觉得自己出了一头汗。倒了一杯水大口喝起来。刚5点，6点半才该给儿子做饭。可他不想再睡了，也不想去卧室，他没法给苏瑾一个解释，主要是不愿意去说谎，睁着眼睛骗苏瑾，他做不到！

违心这种事，他曾经认为，什么也不能瞒着妻子，夫妻间一定要绝对忠诚和无话不谈。可是，活着活着，他就觉得，那样太累，且没有必要。生活的很多压力、困顿、烦恼，需要很多渠道化解，而知己，异性知己，有时其作用远远超越婚姻的另一半。

陆雨想想梅婷昨夜的话，心都要碎了。他不是因为不爱自己的家，才爱上梅婷。但是梅婷对他而言，也如家人一般。她的精致大气，通透隐忍，都令陆雨着迷。他迷恋于这个女人的美，绝不仅仅是容颜和肉体的，而是全部的震撼和爱！

灌了一大杯凉水，觉得好了很多，他给儿子做好饭。6点半叫儿子起来吃饭，这几天不用接送，陆子丰自己骑车上学。

送走儿子，陆雨匆匆穿衣出门，他要打车去河西，他一刻都等不及想要见到梅婷。哪怕她蓬头垢面，他也不会嫌弃。就是喜欢她，愿意与她生死与共。真不可思议，他怎么会到中年越发爱得狂热，哪怕没有肌肤之亲，他也甘愿与她携手。

"到你80岁了，我75岁，我想我还会渴望与你在一起，哪怕什么也不做，就那么肩并肩坐在一起，我也会甘之如饴。"陆雨曾经郑重地对林梅婷说过。不是敷衍之词，更不是甜言蜜语，陆雨无比肯定，自己是这么想的，也一定能够用一生去实践这个诺言。

敲开林梅婷家的门，她正准备做运动，戴着发箍，穿宽松运动装。

很惊讶,"你怎么这么早,出什么事了?"

"昨晚,你说想见我。我早上才能来,你不怪我吧!"陆雨拉着林梅婷,一把搂进怀里。

林梅婷拍拍陆雨的背,温柔地说:"昨夜早就过了,已经是黎明,新的一天开始了。傻孩子,昨晚我醉了。"

陆雨说:"醉话最真实,你就是想我了,就是孤独想要我陪,你不说我也知道。"林梅婷看陆雨一本正经地说,急得都快哭了的样子,忍不住严肃起来。拉着他坐在沙发上,躺在他怀里说:"那现在陪我也不迟。吻我!吻吧!"

林梅婷调皮的样子,让陆雨忍俊不禁。"你没事就好,我担心了一夜。怕你伤心,嫌我没有第一时间来你身边。"陆雨抚摸着林梅婷的手,满眼怜惜地说。

林梅婷觉得再说话都多余,摘了发箍,不运动了,不打太极了,让赘肉都来吧,什么也不能阻挡她对这个男人狂热的爱。

然后两个人一起做饭、吃饭,陆雨说,这个月要上夜班。上午可以不去单位,4点开始忙,开碰头会。

"那这样,我中午推了饭局回来,你哪儿也别去了,在家给我做饭吧。"林梅婷边收拾自己边对陆雨说。

求之不得。"那当然好,你这里是我的伊甸园。"陆雨孩子似的跳起来。"你想吃什么,我给你做。"林梅婷觉得完美得让她不敢相信,有人肯留下来,等她回家给她做饭。这是她多年来的梦想!

她轻叹一声,"别太多了,清淡点,你随便发挥,家就交给你了。"林梅婷拿包出门。

整个上午陆雨都没有歇,收拾房间,买菜,做饭,还整理了林梅婷的书柜。她说她书柜宝贝最多,就是好久没拾掇,乱了点。陆雨有着他

125

的勤快，记忆中，姥姥就是个爱干净的人，一年四季，把家收拾得齐齐整整。就算那个年代的农村人，穷得吃不起穿不上，姥姥也能把炕头擦得光光亮亮，家里仅有的几件家具，也是一尘不染。母亲就更不用说，父亲走后，她只要在家，手里往往拿着块抹布，她说："出门身上要清爽，在家屋里要干净。不能让人小瞧了咱。"

有样学样，陆雨随母亲，衣服好歹不说，从来干净利落，不能让人看到一丝窝囊。家里卫生从来都是他上手，里里外外整齐光亮，谁去了家里，都不会觉得混乱肮脏。苏瑾的闺密都羡慕死了，"你家小归小，哪哪都那么干净舒服，比我家保姆都做得好。"

陆雨忙归忙，只要回家，就是忙着洗衣服、做饭、收拾屋子。可人就是这样，你做惯了，别人也就没觉得有什么好，觉得理所应当，且毫无功劳可言。苏瑾就是这样，老说吃面条用醋调和难吃死了，换了打卤面又太咸了，说他不会创新，老三样，脑子僵化，不与时俱进……总之，咋做咋不对，人和物件一样，被用旧了，总想换个口味，换个花样。当然，也有敝帚自珍的人，习惯了就难以割舍，无法改变。

在书架上翻出一本唐诗，一页被折叠，陆雨轻轻打开，是李白的诗：《月下独酌》。

花间一壶酒，独酌无相亲。举杯邀明月，对影成三人。月既不解饮，影徒随我身。暂伴月将影，行乐须及春。我歌月徘徊，我舞影零乱。醒时同交欢，醉后各分散。永结无情游，相期邈云汉。

陆雨见林梅婷写过几次大字，"花间一壶酒，独酌无相亲。举杯邀明月，对影成三人。"此时翻出来，他还是有些触动。

孤独不是一种生存状态，说到底，是自己的选择。但这选择背后，有一份用心良苦，就是希望所爱的人能幸福。

虽然林梅婷不要求，等忙完儿子、父母的事，他想多陪陪林梅婷。尽己所能，让她快乐！

爱，并不只有婚姻一种方式，还有心甘情愿的付出。

34

这个月真难熬啊！

夜班催人老，陆雨自从当了编委，隔三个月就要上一个月夜班。原则上，一般报社是副总以上值夜班。但都市报情况不同，副总中年纪大的、身体有恙的，就把三个编委吸纳进来，轮流顶替上夜班。大多数时候执行双值班制度，一个副总、一个编委，各负责报纸的一部分，谁有事就可以临时离开，由另一个全盘负责。这个制度，设置初衷是为了双保险，避免形成空档，同时减轻夜班领导的工作强度。但，什么制度无论设置初衷如何，都是要人来执行，起初必然具有优越性，可时间一长，就有人找漏洞、有对策，执行执行就偏了。所谓上有政策下有对策，说的就是制定政策若没有相应的惩罚机制，极有可能被执行人曲解、歪曲，最后变得不伦不类，习以为常，让人不得不接受，又颇为无奈。

双夜班制度执行到后来，就是编委扛大头，副总们倒落得清闲。想干就干，不想干就天天请假，有了成绩是他领导有方，出了问题一推六二五。到什么地方，干活的永远是那些人。即便报社这样讲究专业技能，要靠本事吃饭的地方，也有偷奸耍滑、拈轻怕重的人。靠溜须拍马上位者，比比皆是，概莫能外。

值了五六年夜班，大多数工作驾轻就熟，如何分配稿件，如何选择头条，如何检查漏洞，哪些地方可能有纰漏，他只检查那些就够了。好在还有总编室主任，他的职责就更具体，要对稿件分量、内容、错别字等做出处理。有拿不准的要请示值班总编，遇到重大事件或者临时性稿件，夜班编辑部的气氛就很紧张，不仅要抢时间，更要零差错。程序上不能有一点马虎，校对两校一检查，即除了本版编辑自我校对，校对组还要两个人轮流校对。编辑全部改正结束后，检查员还要再校对一次，然后才能交值班总编签字。这个叫清样，这个版可以传递印刷厂。这时编辑部人员就算结束流程。由传版员挂广告、形象宣传等图片，然后合版，再给印刷厂传版，传递需要一个过程，一般不出差错二三十分钟搞定。所以说，离开最晚的是传版员。值班总编可以签版之后就离开。

陆雨几乎每晚都是十点半离开。这算是很早的下班点，每次离开前，他都会去总编室，看一下夜班编辑们，给大伙儿说一声"辛苦大家了，干完了早点回去休息"。话是这么说，很多时候，因为过了瞌睡的点，到十一二点，反而睡不着，下夜班的人就三五成群去喝酒撸串，到凌晨才散去，借着酒劲回去睡。

年轻那阵子他做过5年夜班时事编辑，太清楚夜班的辛苦。在报社干，做编辑的会采访，做记者的熬过夜班，做总编的跑过新闻，做经营的干过编辑，这是常态，更别说有的人哪个行当都做过。做报纸与唱戏还不太一样，虽然也讲究团队分工合作，但戏剧演员生旦净末丑，专业性更强，而新闻从业者就往往可以触类旁通，虽然有分工，但需要的时候，就要当一块砖，一团棉花，哪里需要就去哪里。

陆雨请了假，6月7日，高考在即。往年新闻中心是忙着做高考策划，如前期踩点、现场报道、作文分析、往年回顾、今年预测等，忙得是人仰马翻。今年不同，因为陆子丰要高考，陆雨把担子压给了部门主任。他要专职陪儿子，做好后勤保障。

明天下午开始看考场，次日全程接送，三天，他会寸步不离。司机、保镖、保姆、心理辅导老师……陆雨想，不管平时如何，这几天儿子不能有闪失。

陆子丰倒是轻松，高考前放三天假，他睡了两天，陆雨回到家，陆子丰正在和苏瑾玩象棋，见他进门，苏瑾赶紧说："不能玩了，睡觉，明天不能睡到10点了，8点起床。"

"老妈，可怜可怜我，八点半叫我。"陆子丰拿出撒手锏，撒娇最管用，苏瑾吃软不吃硬，儿子一捏一个准儿。可陆雨就不会撒娇，小时候在母亲跟前他就没撒过娇，和老婆更不习惯。

可是，他会在林梅婷跟前撒娇，真是奇了怪。

想起林梅婷，陆雨觉得心中有愧。上周末，为了帮他拉关系，林梅婷约了她两个女性朋友，陪着边厅长去近郊的鸣乐庄园。那个厅长不愧当过兵，身体素质好，上午骑马，下午游泳，晚饭后听说放露天电影，非要重温童年，回到云中都夜里11点了，陆雨借了辆商务车，一一把大家送回去，回到家都12点半了，惹得苏瑾又发脾气，说，哪有周末半夜才回家的。

陆雨赶紧解释，边厅长管招生，陆子丰考试不行，报志愿人家有经验，答应帮忙，这可是多不容易的事……苏瑾这才熄了火，悻悻地安静睡下。

林梅婷早就劝陆雨，提前和苏瑾讲明白，是为儿子的事，趁人家领导有空才能成行。现在领导不敢要钱，请吃饭都叫不到场，送礼就更难上加难。唯有这样，小范围朋友聚会，花钱不多，既联络感情又不张扬，人家领导才会出现。不是寻常关系很难请动，陪伴固然珍贵，但要看陪的是谁，谁愿意让你陪。

陆子丰考完，风也似的和同学玩了一周，他要学俄语专业，最好去上海周边城市，其他无所谓。陆雨心领神会，开始发挥自己的特长，到处打听摸底咨询。填志愿可是个费心力的活，白天忙填报志愿的事，晚上继续上夜班。

陆雨忙乱不堪，根本无暇思考爱情。严格说，是林梅婷没空搭理他。一个人的爱情，不是液态的水，就是气态的云，差了一些物理反应，就不能称其为真正的爱情。

陆雨父亲的病情有所好转，可能是天气转暖吧，能自己下床，到院门口晒太阳。母亲也一天天强壮，自己起来做饭、打扫卫生，表姐轮流买菜、送米面，日子终于暂时平静。但还远不是"平安无事"。

林梅婷的继母病了，起初只是不爱动弹，在家懒懒的，后来下不了床才着了急，一查，乳腺增生，有癌变迹象。虽说是初期，可人一天天显瘦，关键是父亲没人照顾，老头急得一天三个电话催。林梅婷把父亲和继母接到她家，一面给继母化疗，一面照顾父亲。忙不过来，从老家请了个远房表妹来帮忙。

陆雨更加失落。真是按下葫芦起了瓢，刚安顿好自己父母，林梅婷又是一摊子家事，不知何时能消停。林梅婷恐怕没空想自己，没空孤独了吧。

陆雨自怜自艾，自己竟遗失伊甸园！

长也是不置可否。真见鬼了,报社其他中层议论纷纷,各种传言不断反转,到最后,都懒得去管,反正这么多年,类似的言论不在少数。都市报,仿佛是个异类,在爹不亲娘不爱的情形下,艰难生存。以为这次不过是沉渣泛起,不足为虑。

不料,7月中旬,风云突变,集团突然发出公告,以都市报经营状况不好为由,打着整合集团资源的旗号,宣布2017年元旦之后,都市报停刊,人员分流……

既没有停刊的讨论论证,也没有详细的分流方案,更不对都市报20年发展进行评价,就这样黑不提白不提,一纸公告,宣告停刊解散,这么多年的奋斗、挣扎、功绩成果,全被寥寥几个字抹杀掉。得到消息的时候,是下午两点半,集团一个副总召集都市报中层以上人员,就念了几行公告,并不解释一个字,"我还有会,先走!"撂下一群目瞪口呆的都市报人。

在集团领导关上门的一刹那,在场的人才恍然大悟,"我们这是被卖了?!"

就这样轻而易举,他们被一张纸,寥寥数语就给卖了。一张创刊20年,有百来号记者、编辑,具有正规刊号的报纸,就这样被无限期停刊,没有说法,没有解释,认集团做了20多年爹,最后发现人家根本没把你当儿子。

如同孤儿般的凄凉,还有一种被出卖的愤怒。扫地出门也不过如此吧!

整天同情这个,怜悯那个,突然发现自己比谁都可怜,活脱脱一条丧家之犬。

从被宣布停刊到晚上9点,都市报能动员的力量全部出动,有的找熟人,有的打电话,希望集团的领导能出面解释一下,给他们一个申辩的机会。但是，领导都忙，没有人肯出面，或者不屑吧。总之，弃妇多惨，他们就有多惨。

社长更是上蹿下跳，无可奈何。上夜班的编辑是最先得知消息的，编辑部吵翻了天，没人有心思做版。稿子发到采编系统，都是空版一张。

陆雨和其他几个不上夜班的中层干部，无计可施，在办公室里转来转去，回家吧，实在不甘心，心里也不踏实。可待在这里也是枉然，有劲没处使的憋屈。

陆雨憋屈啊！发微信给林梅婷，她说还在北京，给父亲和继母办出国签证，要下周才回来，单位的事她听说了，具体情况不太了解。等回去再说，让他少安勿躁，等等再说。

走在回家的路上，陆雨听说编辑部拒绝做版，集团不给明确解释，就罢工。已经10点，再不做版就来不及了，明日罢工误报一事公之于众，舆论岂不哗然？

都市报真是多灾多难，内部实习记者事件刚平息，外部停刊事件又起，真心是风口浪尖上过活。

后来听说，集团协调让其他子报的编辑临时救场，勉强出了次日报纸。但仍没有人出面，于是第二天连记者都愤然，不肯交稿子了，记者罢工可谓少之又少，却被陆雨他们报社碰到了。真是倒霉得不轻。

这样的沉默和对抗到了第三日才结束。虽然集团没有给出说法，好歹同意坐下来讨论。或许事情还会有转圜，陆雨天真地想。

夜班编辑陆续开始上班，可稿子还是少之又少，整个报社气氛凝重压抑。连过去急吼吼的社长，也像被霜打了的茄子，蔫头耷脑。杨总干脆住院养病，说心脏病又犯了。他最幽默诙谐，和大伙儿打成一片，批评人的时候，总爱叫心脏都要跳出来了，唉，可怜的，这次怕是真犯了。

其实，犯了病的何止一个杨总。好几个上了四十岁的同事，有的腰疼肾虚，有的神经衰弱，有的鼻炎反复，相继请长假。也有的找借口谋划其他出路，调动、借调、停薪留职……

陆雨惶惶不可终日，儿子分数下来了，上二本没有问题，边厅长建议去上海师范大学。分数不太高，还有俄语专业，且校区在上海……暂时，陆子丰是不必操心了。陆雨趁周末，带着儿子去了趟晋宁县，看望了即将上高中的郭小洁，带了一批儿子高中的课本和相关书籍。算是了了陆雨的一桩心愿。当然，他还记得给郭小洁的礼物——一款崭新的华为智能手机。

陆子丰说，每个月30元电话费，他来负担，从他的生活费中扣除……陆雨很欣慰，儿子真是长大了，懂得体谅别人。不论钱谁出，能让儿子懂得悲悯、宽容，他觉得就是做父亲的胜利。一个男人的魅力，不是身体多么高大健硕，常常是能够放低姿态，懂得宽恕和善待弱小。

假期的其他时间，陆子丰被安排到平陶奶奶家和蒲城爷爷家。老人们老了，能见到高高大大、帅气懂事的大孙子，怎能不安慰欢喜？！小县城比不得省城，但小有小的好，男孩子玩的地方就那几个，几天下来，陆子丰就有了好朋友，玩的都是新鲜的事物。山高皇帝远，离开父母，老人们惯着他，别提多自在。

苏瑾的"文艺病"日渐严重，儿子高考完她彻底解放，被压抑后的反弹很强烈。她跟着闺密一会儿自驾旅游，一会儿听美学讲座，每个周末都安排各种外出活动，像去美容、看电影、做指甲等常规活动都不满足了，整得都是各种俱乐部、沙龙、讲座……休闲步入专业水准。

陆雨这边风声鹤唳，苏瑾那边风光无限，同样是人到中年，怎么就两重天？陆雨常常想不明白，自怨自艾，只想逃开。可他显然不能对妻子的业余生活评头论足。能够相安无事，天下太平，才是陆雨最想要的生活。

穿穿戴戴的小资品位，已然不能适应苏瑾这些白领阶层的中年女人。她们比年轻人更实际成熟，比老年人更精力充沛，比男人更感性浪漫，她们或许不是时代精英，却成为新时代最先觉醒的人，在中年就开始有意识地谋划晚年。

这让还处在事业惶恐期的陆雨，万分羡慕。

同样的中年，然而危机却全然不同。有人惧怕青春已去，有人担心身材变形，有人惧怕婚姻"瓶颈"，有人因事业上的风吹草动就惶惶不可终日……年轻时的底气，再接再厉的激情，相信未来会更好的盲目，在皱纹和白发的外在危机面前，内心的自我否定，才是不安的源头。

对着镜子里的自己，陆雨一遍遍梳理两鬓的头发，白发隐约可见，像一个可恶的偷窥狂，觊觎着你的美貌和青春。

36

林梅婷回来了！陆雨在报社大院迎面看到林梅婷，他们已经两周没见了。

林梅婷父亲要带老伴儿去美国，大儿子是医生，据说有很好的治疗方法。林梅婷是不大同意的，起初两人结合，说好只是搭伴过日子，不领结婚证，为了带老伴儿去美国探亲，两人领证结婚。如今，为了给继母看病，父亲又要带着她去美国。而林梅婷的母亲呢，从来没有这些享受和待遇。

大哥在电话里一再劝解："小婷，你不要阻拦，母亲的仓促离世，让我倍感伤心。子欲养而亲不待，内心煎熬不能自拔。当初是当初，我刚来美国没有基础，也没能力为父母做多少，现在条件好了，我也过了知天命之年，我想孝敬父亲和继母，只当是为了母亲。继母待父亲好，也是替我们尽孝，你不要钻牛角尖，老是过不了那个坎儿。母亲在天堂，也是希望父亲安康，希望生者知足安乐吧……"

林梅婷大哭一场，觉得不如放下执念，把继母也当作母亲一般孝顺，或许自己会好受一些。对父亲而言，也是一种解脱和安慰。

在省城看了一个多月病，始终不见好转，继母一日比一日消瘦，找了专家也无济于事。于是决定接受哥哥的建议，送两个老人去美国。父亲年迈，继母有病，必须有人去送，林梅婷决定趁着单位一盘散沙，自己正好跳出去，出国溜达一圈。她好些年没有见到哥哥嫂子了，女儿小汀下半年要去德国留学，正好可以同行，去美国练练口语。

前一周，林梅婷就是去北京办签证。这个陆雨知道。他紧走几步，追上林梅婷问："回来了，办妥了？"

"嗯，基本没有问题了，我上上周打了报告，申请去美国探亲，也快批下来了。时间若来得及，8月底9月初可以成行。"林梅婷据实以告，其他并没有再提。陆雨热脸贴上了冷屁股，扫了兴致。"那我们还能见面？你的事，我也帮不上什么忙。"陆雨低沉地说完，自顾自地走开了。

林梅婷不动声色。她何尝不日日想着陆雨，想与他一起营造伊甸园。可是生活多现实，多残酷，老人、孩子、家庭、事业、爱情……哪一个照顾不到，都会让你焦头烂额。陆雨不是不懂这个道理。他只是想当然的，希望在残酷的现实之外，能有属于自己的温暖与爱。虽然奢侈，但对于枯燥乏味、烦乱无望的日子，多少是点调剂，是点抚慰。

林梅婷何尝不是这样想。她多么渴望激情，更渴望长长久久的爱恋。她已经过了迷恋权力的年龄，早已厌倦了觥筹交错的热闹，也不喜欢一夜风流的空虚。年龄，让她看淡了功名利禄，看轻了虚夸赞美，她要的，就是一个人的真心,一段没有算计、没有功利的倾心。而陆雨,恰恰就是这个人。

难道是上天的安排,让林梅婷在奔五十的当口,有了一个真心待她的人?她信命,但不宿命!

忙了一上午,中午,林梅婷按照约定,去前任总编李杜之家里吃饭。李总编退休很多年了,是林梅婷刚上班时的老主任,对她非常赏识,传授她不少采访经验。有慧根的人,只需要几句提点,就可以心领神会,受益良多。

千里马常有而伯乐不常有,但前提是,你是匹千里马,否则就是伯乐天天围着你,也是枉然。林梅婷显然是匹千里马,对新闻的领悟和执念,都成就了她后来的事业。

一些人常常对女性领导怀有天然的偏见,认为她们不是靠美色,就是靠家世上位。仿佛女人离开男人,能够上位是不可能的。女人的姿色就像一道菜的色,要品相好,视觉上舒服,才有食欲。而其香、味,却是要靠实打实的自身。没有才华,何来"腹有诗书气自华"?香气自然无从谈起。而味道,就是长久酿造,积攒的气质和韵味,如酒窖藏,没个十年二十年,是不会有入口绵香,余味无穷的。

老总编七十有余,精神矍铄,谈吐不凡。见到林梅婷更是乐不可支,叫老伴儿"拿酒来"!林梅婷每隔一两个月,就会去他那里坐一坐,尝尝家常菜,品品竹叶青。老总编最爱喝竹叶青,林梅婷也喜欢,看见绿汪汪的一杯,心中莫名欢喜。

林梅婷与老领导无话不谈,她直截了当谈了目前集团存在的问题,一是没钱,不仅各子报没钱,集团也是捉襟见肘,举步维艰;二是人心浮动,有能力的记者流失严重,培养多年,真的很可惜;三是下一步如何改革的调子定不下来,或者说,都在等,都怕错,都不想担责任;四是有的子报班子不稳定，内耗严重，报纸质量随之下降，读者和客户流失都很严重……

林梅婷对新闻用情越深，越不能理解和忍受目前的溃败现状。爱之深责之切。林梅婷叹息不已，越说越急促，音调也莫名有些高。

老总编似乎也听说了都市报的事情。他严肃地说："整合是早晚的事，停刊哪家报纸要有公允的考虑，不能草率意气用事，更不能寒了记者、编辑的心。都市报在夹缝中生存二十年，集团领导应当心知肚明，危难之时，丢车保帅，可以理解。但不能不顾及人心，更不能一棍子打死。即便要舍掉报纸，也不该坑了记者编辑们。'本是同根生，相煎何太急？'一些人把都市报当眼中钉不是一天两天了，如果仅仅因为某些利益冲突，而牺牲掉一张报纸，那才是可悲可叹！"

老总编是山东人，性格耿介，说话率真。他与林梅婷算是忘年之交，感慨一番，又劝林梅婷做事谨慎，莫成为权力斗争的棋子，莫忘初心，做一个单纯的有信仰的报人！

林梅婷频频点头，她说定了去美国的行程，一去至少半个月，是不论是非的。在过去传统媒体格局下，按部就班，谁也能干好报社领导，与其他官员无异。可媒体变革中的报业，需要领导者懂经营做整合，拓展思路和渠道，让报纸在创新和改革上有所发展。官僚、僵化、懒政，在报社无一例外地存在。

而手起刀落地关停都市报，无疑就是懒政的表现。可怜一帮报人，成了拍脑袋决策的牺牲品。

最令林梅婷担心的还是陆雨。这个老实蛋子，在这样的动荡中该如何自处？她想想都烦心，中午本来不允许喝酒，少许也是无妨，可她竟然喝得晕晕乎乎，在老总编家睡到4点，才情绪低落地回到办公室。

多事之秋，她所为甚少，还是不要蹚这个浑水吧。问了办公室，说她出国探亲的申请刚刚批下来，护照也拿了回来。看来，万事俱备只欠东风，她要走开一段时间，避开纷争。

37

哪里有压迫哪里就有反抗。诚如斯言，概莫能外。

都市报的事情，在网络上不断发酵，通过各大公众平台，传得普天皆知。那几日，都市报的人灰头土脸，一个个像犯人一般被审视。

熟识的人或关心或有意，通过电话、微信、见面，不断探听着事态进展。而面对胶着状毫无进展的局面，除了添堵，实在不知对局中人有何帮助。陆雨不堪其扰。

有些时候，再不堪的场面都要面对，很难真正逃避。陆雨知道，只能硬着头皮面对！

报社内部的舆论在吵吵嚷嚷之后，逐渐变得理智克制，有人跳出来，总结出几条与集团对话的理由和原则。时势造英雄，说的就是纷争看似乱，但大家的利益必将达成一致，无非他是傻子，或者是内奸！

哪个朝代都不缺乏内奸，出于何种目的不得而知，或者理由花样繁多，但本质是一样的：没有骨气、缺乏底线，往大处说，就是民族败类，历史罪人；往小处说，就是品德低下，害群之马。

但人心隔肚皮，百来口人要意见一边倒也不容易，吵吵嚷嚷，写了洋洋洒洒十余条意见，具名签字，几大张上呈集团社委会。概括起来就是一句话，要想停刊，拿出完整方案，对人员分流慎重负责。

这年头，会哭的孩子才有奶吃。都市报这个庶子，从出生就不招人待见,后来的成长也是困难重重,虽然日渐长大,但抢了嫡子饭碗,动了嫡子奶酪的呼声,从未停歇。在报业困境,集团经营全面下滑的当口,掐死庶子给嫡子让路,在大多数眼中,合情合理,无可争议。

可兔子急了还要咬人呢。何况他们不是兔子,是静如处子、动如脱兔的记者。

协调会议一拖再拖,一推再推,直到有内部人员汇报,有记者联名上告,才有人出面。出面是出面了,目的无非还是疏通说服,不要闹事,不要上告。见说服不行,就有人恐吓,放出一些狠话。

突然觉得世上的事,有时非常可笑,本来让人家吃了亏,受了伤,还要做出一副正义凛然、一心向公的姿态,甚至在公开场合,抢占先机"这些人真是没良心,我这么做可都是为了他们好……"

最终,都市报被暂时保留下来,但不保证未来不会被撤销,集团保留再次将都市报停刊的权力。是啊,权利和权力,一字之差,却息息相关,互为表里。没有权力的人,往往就意味着权利的丧失。而能够彰显权利,就证明其具有行使权力的能力。

不就是头上悬着一把刀么,谁怕?!

陆雨觉得从未有过的英勇,有种杀人不过头点地的慷慨,还有种悲剧人物的艺术美感。他昂首挺胸,再不想垂头丧气了,这就像反正是个死,挺直了腰杆扬起头,起码死得好看点。

林梅婷去了美国一周,一直马不停蹄和女儿各处游玩。微信朋友圈晒了不少美景美食,这下可是吃美玩美了。陆雨又高兴又羡慕。

儿子入学通知书下来,上海师范大学俄语系。总算是心想事成,虽然学费贵,一年8万元,最后一年还要去俄罗斯交换学习,但陆雨已经是烧高香一般满意。儿子终于走上一条康庄大道。

现在上大学,真是简单。带几件衣服,其他带卡去刷即可。不像陆雨上学那会儿，早早就要准备褥子、被子、皮箱、日用品都要备好，大包小包带到学校，跟搬次家一样。交通不便，丁零当啷，到学校累得半死。陆子丰是个男孩子，衣服拿的更少，人家去上海，要自己挑选。苏瑾一摊手，看看陆雨说："我没意见，放权！"

儿子争取到了上大学的第一个福利，有了自己的小金库，自主安排上学后的吃、住、行、游等。陆雨也有些羡慕，他几乎没有享受过这样的待遇。结婚前是母亲事无巨细管，口袋里多余的就是十来块钱，够吃饭而已。工作后，除了吃饭和日常，节余全部交给母亲保管。结婚后，财政大权交给苏瑾，他顶多留几百块，大宗开支要报批，苏瑾认可同意了，才能动用"家庭国库"。

这有两个好处：一是男人没钱变坏的可能性小；二是家庭稳固少有纷争。但有两个致命的坏处：一是男人想尽办法设立小金库，与女人斗智斗勇；二是容易制约男人争强好胜，消磨了他挣钱的斗志。反正钱没我什么份，干吗那么想尽办法去赚？

陆雨觉得自己就是如此，到了40多岁，还没有过削尖脑袋，为自己谋利益赚钱的时候。他可不是不缺钱，就是安于现状，没觉得特别迫切。如今想来，悔之晚矣！

陆子丰不让家长去送他上学，行李也非常简单，一个拉杆箱，一个双肩背包，一张火车票，雄赳赳气昂昂地走了。看着儿子义无反顾的背影远去，苏瑾抽抽搭搭，在陆雨怀里骂，这个小没良心的。

是啊，这个小没良心的，但愿一切顺利，不要再让父母操心。但不让父母操心了，孩子就是翅膀硬了，飞走那就是迟早的事。在这点上，天下父母的心，都是纠结而无解的。

38

趁着单位人心惶惶,陆雨回平陶看望了母亲,又去蒲城看了父亲。陆子丰前段时间还算乖巧,住在奶奶家和蒲城爷爷家,都不曾惹是生非,起码没有被人家投诉。

母亲在夏天搬去了大姨家的西厢房,大姨夫过世前,这里是姨夫的书房,他也喜欢看书写字,晚年基本上以练毛笔字为乐,兼或去平陶城门口的广场上写地字。就是用一支类似于拐杖,前端绑上海绵装的笔尖,蘸水在地上写大字。既锻炼了脑子,也能锻炼手臂、腰部和腿。

陆雨年少时,喜欢到西厢房来,房间不大,长条形,西墙一溜书柜,是姨夫书房的大件。姨夫退休前是农业技术推广员,书架上专业书不少。偶尔才能翻到《钢铁是怎么练成的》《家》《春》《秋》三部曲,《红楼梦》《西游记》《水浒传》等名著。大姨说:"你姨夫也没啥文化,顶多是个初中生,当了几年兵,在部队上学了点文化,退伍分到农业技术推广站,一干就是一辈子,没啥出息,也从无过错。他就是崇敬有文化的人,老说自己文化浅,非要收拾个像样的书房……只可惜,他走了,这书房也没用了,就一直闲着放杂货。你妈一个人住我也不放心,不如我们搭伴过,你没意见吧?"

陆雨赶紧说:"求之不得,老人怕孤独,在一起有个照应,我们也就放心了。"西厢房从清晨就阳光明媚,姨夫的书柜还在,只蒙了一大块布。写字的桌子还在,被挤到一角,放了一张单人床。母亲平时住在这里。陆雨回来,临时搬到大姨住的正房去了。

心里从没有过的平静。昨夜一场雨,清晨的空气甘冽湿润,院心种的蔬菜被洗刷得清脆可爱,大姨心脏不好,常年不出门,顶多与邻居玩会儿麻将。母亲与大姨同住，也是各住各的，连吃饭都是各自按照喜好做。陆雨不想打乱她们的生活，出去找那些发小吃饭。

陆雨以木讷见长，虽然做记者，眼睛很毒，笔下刁钻，但言辞从来滞后，特别是在公众场合，心理素质差，紧张得要命，偶有应酬，也是上不得大场合，沉默寡言，不苟言笑。与相熟的人在一起才会自由发挥，滔滔不绝，妙语连珠。

自从与他熟了，林梅婷也才发现，陆雨其实很能说，很愿意表达，甚至有时像个话痨，婆婆妈妈，絮絮叨叨。人真的好奇怪，有这一面还有另一面，在不同人面前扮演不同角色，展现不同风采。又能说哪种是真，哪种是假？

发小不多，四五个而已，以前人数众多，一桌根本不够，吵吵嚷嚷，觥筹交错，可是散席后毫无印象，对谁都毫无裨益，单纯就是为了吃饭而吃饭，极其索然。逐渐淘汰，人数少了，人员也相对固定。

传统而言，就是彼此地位身份使然，是世俗的距离造成的差距与隔阂。其实，常常是志趣不同，是没有话可讲，彼此鸡同鸭讲，所谈话题风马牛不相及。于是，曾经再好的关系也散了，也消失殆尽，无影无踪。陆雨常常帮助一些老同学，却怎么也不肯与他们去吃饭。因为帮忙就一刻，为的是人情，而吃饭就不同，若不相容，硬被拉在一张桌子，相距不足一米，待一两个小时甚至更久，那是多么煎熬的事。陆雨受不了。

有了微信，从小一起长大的老同学联系更方便了，他们邀请陆雨去群里，他都拒绝了。从童年到少年，从青年到中年，环境变了，状态变了，生活的圈子也变了，对世界、对生活的看法就很难一致，哪怕是趋同都难。我们可以容忍外貌不同，职业有别，健康差异，贫富有异……但三观不同是很无奈的。

在群里难免会讨论一些事情，观点相左可以理解，但胡搅蛮缠，冥

第八章　祸兮福兮

35

人生，何处不是战场？有硝烟，无硝烟，要么即将爆发，要么烟消云散，要么战火纷飞。躲，显然是消极而无益的。

陆雨好不容易熬完夜班，刚轻松没两天，报社又出事了！这消息不啻为一记响雷。

夜班编辑罢工了！听多了出租车司机罢工，学生罢课，公交车司机罢工，工厂工人罢工。真的，极少听到说，记者罢工，编辑罢工。更何况还是夜班编辑。相当于采购回来菜，服务员就位，大师傅撂挑子不炒菜了。顾客可是前一年就订了报纸，等着明早上菜呢。

事发也非常突然，陆雨也是一头雾水，不解惊诧。先是平地起风波，传出元旦之后都市报停刊，全部人员分流，集团解决三分之一的岗位，其他人员清退。朋友圈传了一周，报社内部人员倒是不甚明白。不断有同行打听情况，陆雨被问得心里发毛。问了杨总，说不甚清楚，问了社顽不化就无法接受了。不反驳，有悖自己的良知，正义之心，媒体之责，但反驳，有些人还听劝，用脑子去思考你说的话，而大多数就是一副无赖样子，反正不听……那可真是癞蛤蟆上脚背——不咬人恶心人。

惹不起，还是躲着走。自己又不是圣人，并无教导他人的责任。还是相安无事，多一事不如少一事。

大家约到老家平陶古城的老街上。幼时，陆雨每天上学都要经过这里，路很窄，两边人家又在门口堆煤渣、烧土，到下雨天就泥泥滑滑，有一回还摔倒在地，一身泥不能去上学，回家去换衣服，母亲此时正在街道被服厂上班。天上虽然不下雨了，可地上还很泥泞，他一身的泥，边走边哭，路边人的侧目，内心的狼狈，他都刻骨铭心。那条路太长，他走着走着就大了，那些雨后的彩虹什么的，他都不曾看到，一个没有父亲，生活清苦的孩子，怎么配看到彩虹，赞美彩虹？

如今街道平整光洁，两侧变成了店铺、客栈，还有咖啡屋、酒吧，似乎已经将过去的痕迹全部抹掉。歌舞升平，无限光鲜。但只有自己明白，在不安和被抛弃的阴影下长大，他怎么可能真的阳光无虑？

生他养他的故乡，却再次触动陆雨内心隐秘的那根自卑的弦。

他需要疗伤。虽然自我疗伤了30多年，伤口还是一碰就疼。

39

简直不可理喻！陆雨怎么会想到，看上去老实厚道的大强会做出这样的荒唐事。

大强是妹妹陆秀的丈夫。这个与陆雨没有血缘关系的妹妹，长得如花似玉，肤白如脂，眼睛更是水灵灵的，既活泼又和善，第一次见面，就让陆雨真心认下这个妹妹。

但就有人不知珍惜！常常，他们并非不满足于自家的东西，而是贪婪地希望得到更多，至于别人家的是不是比自家的好，他顾不得，因为他缺乏抵御诱惑的能力。

大强的所作所为令陆秀伤透了心。原本和和美美、人人艳羡的家庭，顷刻间硝烟弥漫，横眉冷对。大强是被女方的丈夫带人捉的奸，人家开口要10万，让他当场写下借条。身上的现金不够，就只能向陆天求救。大舅子和妹夫本来关系很好，平日里相处得非常融洽。为这种事求助，气得好脾气的陆天暴跳如雷，可不给钱对方不放人，还要把照片挂到网上去……陆天不是怕大强难堪，他实在是见不得妹妹陆秀伤心。那么玲珑剔透、心无杂念的妹妹，怎么受得了这样的背叛？

当年为了追求妹妹，大强花了多少心思，费了好几年时间，诚心实意，发誓赌咒，可谓感天动地。浪漫温馨，堪比琼瑶剧。可是时过境迁，结婚10年，就不安分到如此地步，让人寒心。

莫忘初心，并非那么容易做到。起初的信誓旦旦，随着时间流逝，环境更迭，多少会有所变更。能经得住时间洗涤，平淡日子损耗，始终如一，那才是不忘初心。说起来容易做起来难。走着走着就忘了，回头看时，会疑惑出发的目的。而常常，我们是温水中的青蛙，被蒸被煮，浑然不知。

大强是个生意人，钱都在生意上，流动周转的资金本来就没多少，且有点积蓄都是陆秀保管。一时半会儿怎么能拿出那么多钱？事情拖到半夜，没奈何，陆天从县财政局自己管理的小金库里提出8万元，临时救急。

没过一周，大强就弄来8万元，还上大舅子的窟窿。可天下没有不透风的墙，几天后，百度蒲城吧出现了一个帖子，是大强被捉奸时的照片。花了钱却没办成事，大强可真够倒霉的。打电话去质问，对方说，女方不依不饶，要与丈夫离婚，男方得了一笔钱，以为收拾一下媳妇就算了，事情就翻篇了。不料女方恼羞成怒，放话"不过了"！男方被逼急了，撕毁之前达成的协议，报复性地贴出来捉奸场面……

无比劲爆，举城哗然！

陆雨赶到蒲城时，全家人已经哭作一团。父亲病情稳定，已经能够坐起来说很久的话。父亲见到陆雨便老泪纵横，指着坐在炕沿的陆秀，说不出一句话。继母为了这事，在床上躺了两天了。一家子愁云惨淡，凄凄惨惨。

在他们眼中，陆雨的到来就是救星来了一般。岂不知，陆雨是为了躲避报社的混乱，跑来躲清净的。可哪里有清净啊？

别人的苦痛还可以说出来，甚至哭出来，而他的呢，无处可说，张不了那个口。说自己快失业，自己就是个落魄的小记者，还是说自己以前的"高大上"的花架子从此过去了，成了落架的凤凰？他说不出口，他得自己消化，自己掖着扛着。

陆天在去高铁站接陆雨回来的路上，已经把事情原委告诉陆雨。一家人互相望了一眼，无须多言，就剩下哭了。陆雨拍拍陆秀的肩膀，"你跟我出来。"

陆秀止了泪，跟着大哥走到院子里。院子东北角搭了瓜架，到夏季爬满了葡萄、葫芦、南瓜……架子下面摆了桌子、凳子，是小院里最热闹的所在。低处的旱莲花，橙黄绚丽，远处的黄瓜、青椒、西红柿，果实累累。一小块碧绿晶莹的，是芫荽，若配上青辣椒，一点蒜末用热油一炝，那味道……想想都流口水。陆雨没来由地想吃饭，莫非就是梅婷说的"吃饭疗法"？

没有比吃喜欢的东西,更让人容易淡忘烦恼的了。陆雨想,自己是被林梅婷传染了吗?

"大哥,让你操心了,我……"听到陆秀怯生生,我见犹怜的声音,陆雨才收回飘忽的心思,打断陆秀的话头,示意她坐下。兄妹俩坐在瓜果繁盛、凉风习习的凉棚下,从与大强认识到现在的婚姻生活,陆秀都毫无保留地讲述一遍。陆雨听完,也颇为动容。

"既如此,我和大强谈谈,你的意思我明白了,网上的帖子我会找人删掉,这个在来的路上已经处理,不会再扩散。至于大强的态度,你们夫妻也要好好沟通,反思一下问题出在哪,以后怎么办?不能有问题就离婚,你能从长远来考虑,是对的,大哥支持你,我会让大强长点记性。男人嘛,人常说就像条狗,要时时给点约束,太过放松不管束,自己就找不到北了。只要本质不坏,还是能教育好的。"

陆秀被陆雨"男人是一条狗"的说法,逗笑了。泪水未干,陆秀笑起来还是那么美,陆雨想,怎么有这么好的妻子,男人还不知足,还去偷腥。

那自己呢,苏瑾不差,有事业心,有家庭责任感,长相也不差,身材匀称,可自己怎么就爱上比她大的林梅婷?

也许,有时,出轨不是因为自己的配偶不好,而是在某个阶段他不能满足你,需要其他人代替。而有的体现在肉体上,有的则体现在精神层面。

有了大哥这个主心骨,陆秀一扫萎靡,麻利地下厨房,给远道而来的陆雨拾掇午饭。别人都吃过了,陆雨在父亲炕头,摆了炕桌一边吃饭,一边陪父亲说话。这当口大强来了,站在房门外,问了句"大哥回来了",就是不敢走近陆雨。他是不确定这个大舅子会不会扬手打他。

陆雨故意黑着脸,对大强指指厨房,"去和陆秀好好谈谈。把她哄好了再来和我照面。"是啊,陆雨可是娘家人,给妹妹撑腰是多么英武的事,这件事本来很扯淡,但至少给了他这个机会,做了一个大哥该做的事。

这对陆雨而言,有着说不出的温暖。有兄弟姐妹真好,有事情,有人会替你出头,打抱不平。那感觉太棒了!

40

两口子没事了,尽释前嫌,该吓唬的也吓唬了,该制止的也出面摆平了。白脸红脸,不就是这样维持着一家人的平衡。

离婚,并非一方出轨后解决的最好方式,虽然可能我们会义愤填膺,离婚一了百了,可是然后呢?首先要看感情是不是破裂,彼此是不是都不想过了,是不是单纯的一两次出轨,有没有挽留的必要。回头是岸,在婚姻中更为重要,人性化不光是说放对方一马,给他一次改过自新的机会,何尝不是给自己一个机会?

陆雨长舒一口气,他以为事情就此过去了,消停了。

然而,一波未平一波又起。陆雨觉得老祖宗说的那句"福无双至,祸不单行",简直就是至理名言。

刚回到云中家中,弟弟陆天打来电话,他出事了。被人举报挪用公款——就是替大强垫的8万块。虽然只用了不到一周,可对方狗急跳墙,不仅要搞臭离了婚的前妻,还要咬一口大强,出出气。陆天躺枪。

死马当活马医。陆雨病急乱投医,找了蒲城县所在平阳市的领导。

陆雨找了平阳市纪委副书记,只能论私交,人家出面告诉蒲城县纪委，陆天挪用公款的事只能低调处理，不能捅到市里。理由自然不是有人找他，而是陆天所在财政局不比其他单位，牵涉面太广不行，问题处理不能出县……

就这样，陆天最后被警告一次，在单位作书面检讨，大会批评。陆雨听到这个消息，总算放了心。他之人脉不过尔尔，就是人家肯帮忙千恩万谢，算给面子，若人家置之不理，也是无可奈何，只有干看的份。

报社已然乱作一团，人心涣散到没人交稿子。更有人在报社内部群里大放厥词，认为报社耽搁了他们青春年华，不如早散早好……有人说自己创业去也，不和你们玩了……有人跳槽离开，说了一堆怪话……

陆雨心知自己无能为力，勉强管着手下稀稀落落的人，催催稿子，做做策划，也不能太勉强手下记者。不发工资很久，大家能半死不活地坚持，实属不易。

一天，社长颠颠地从楼上跑下来，走过长长的楼道，发出愉快的气息。与他擦肩而过的人，都能清晰地接收到讯息。有人说，鱼就靠水的传导作用，将快乐或不快扩散开来。人是不是也一样，通过空气，把愉悦或愤懑的情绪传递给周围的人，像一个个看不到，却在空气中激起的涟漪，散发着每个人的能量。积极的正能量，还是悲观的负能量，就是一个人身上的信号。

爱八卦的小陈，做了二十年记者，将他的缺点成功地转化成了优点。在探听小道消息，及时传播突发事件上，他常常触角灵敏，反应迅速，堪称职业精神的另类体现。新闻敏感这种特质和狗的嗅觉一样，天生是有的，但需要培训和强化，否则会渐渐迟钝，继而退化。缉毒犬、搜救犬等警用犬只，都是在体质相对好的基础上，对狗的嗅觉予以强化，才能培训出优秀的警犬。

小陈再次嗅出了蛛丝马迹，迅速开动"自带雷达"，加上各种迹象判断,得出结论:集团开了口子,给了一笔发工资的钱!

他的揣测不是因为证据确凿而被广为传播,而是因为深得人心,民心所向而所向披靡。不到中午,整个楼层散发着愉快的、窃窃私语的味道。

半年没有发工资,那是什么概念?刚参加工作的记者,要啃老;有家有子的得听爱人唠叨;家庭殷实的,有了坐吃山空的恐慌……

到下午,依然没有确切的消息,信息来源的小陈坐不住了。对自我敏感度的高度自信,和对新闻真实性的求真精神,都不允许他坐视不理。

真相,从来就怕爱较真、敢追问、不懈探索的人。

记者中从来不缺乏这样的人,只可惜真相,有时残忍,有时离我们太远,有时姗姗来迟,犹抱琵琶半遮面!

41

在陆雨和他的同人们为了能发一个月工资,而欢欣雀跃之时,汾东县发生了一起煤矿瓦斯爆炸事故,死伤20余人,这可是重大事故。

辛平煤矿位于汾东县,是青山省焦煤集团公司的二级矿。因煤炭品质高,适合炼焦等工业用途,一直是焦煤集团高品质的主力矿井。

此次辛平矿顶板大面积垮落,导致瓦斯爆炸重大事故,造成15人死亡、10人受伤,直接经济损失可能达3000万元。

第一时间,省委宣传部明令不允许媒体私自派记者前往,等待官方通告。到第三天,陆续有其他媒体发来现场报道,都市报才派出当地驻站记者,在医院采访了受伤矿工,以及参与抢救的大夫和护士。

小陈记者从外围得到一些消息，说抢救很及时，没有出现以前瞒报等现象，如此重大矿难，可能会平稳处理，不会有新闻层面的大起大落，更不会有什么独家新闻。

据官方发布，这起责任事故的直接原因是：辛平煤业311工作面（100米延长段）违规实施顶板预裂爆破，诱发工作面采空区顶板大面积垮落，使得该工作面采空区瓦斯等有毒有害气体瞬间涌出，形成冲击波，造成人员伤亡和设备毁损；该采空区内处于爆炸浓度范围的瓦斯，逆流到工作面皮带进风巷，冲击波造成高压电缆受外力撞击破坏产生电火花，引爆瓦斯导致了事故扩大……

煤矿主的刻意隐瞒，乡县市各级政府部门不作为，与黑心的煤矿主沆瀣一气，互相包庇瞒报，漏洞百出，群众意见很多。

以正义和监督为己任的媒体，就成了正义的"来福灵"，在瞒报的地方深入调查，揭示矿难真相及其背后的官商勾结。但曾几何时，煤矿乱象，也成了媒体人"分一杯羹"的领域。

敲诈勒索，让媒体人颜面扫地。有一年，陆雨也被其他媒体相熟的同行叫去，三个人组团浩浩荡荡去了出事的煤矿，接待的人可能已有经验，驾轻就熟地安置他们住下，"先吃饭，不急不急，其他事好说好商量！"

到第二天，又来了两个没听过名字的杂志记者。这些门类繁多的杂志报纸，很多像陆雨这样的资深业内人士，一样一头雾水。一些杂志就是在某宾馆包了一间房，就挂牌营业，出不出版不清楚，但所谓的记者满天飞了。想来，很多煤矿的人也搞不清楚，反正有个记者证、采访证、工作证，就算记者呗！

鱼龙混杂，乱七八糟。后来竟然出了个"记者村"，识不识字都敢称自己是某报记者。

陆雨一看架势不对，当晚找了个借口，和另一个记者打道回府。和一群乌合之众在一起，能有什么好事，真丢人！陆雨觉得与这些假记者同流合污，是对自己崇敬的职业的亵渎。

过两天，与相熟的同行吃饭，有人透露，那次矿难去的人见者有份，只是多少不等。中央级媒体多少钱，省级媒体多少钱，市级媒体多少钱，名气大的媒体多少钱，不太知名的多少钱，根本没听过的也不会空手……总之，人人有份，无非分了三六九等。

是啊，见人下菜碟，在什么时候都一样。做记者的，自身的素质、能力、知名度很重要，但更重要的是所处的平台。平台就像台阶，你再矮站在高台阶上，常常比身处低处的高个子要高。出身是如此，有三六九等分别，职业何尝不是如此。

媒体和媒体是不一样的，记者和记者也是不一样的。

又过了几天，媒体大发"矿难财"的消息，便传得沸沸扬扬。各种曝光，让外界大跌眼镜。有媒体报道这次矿难的进展时，发现并对外公布：数十名新闻记者在采访事故过程中收受当地有关负责人及非法矿主贿送的现金、物品等，存在严重的经济违纪行为。并随后详细公布了涉案新闻记者名单，涉案记者受贿金额10万元。

陆雨事后反省，他能逃过一劫，绝对不是简单的侥幸，而应当说，是自己心中的那根弦还在，脑袋里有职业的荣誉感，知道新闻工作者的职业底线在哪。

靠侥幸，能走多远？人到中年，陆雨更加坚信，记者不光是一份职业，还应当是一种信仰，具有情怀和理想的人，才是这个职业的中坚力量和坚守者。

林梅婷深以为然！做了快30年记者，林梅婷借工作便利去坑蒙拐骗、敲诈勒索的机会，不是没有。可她有自己做人的骄傲，更有对自己钟爱的职业的骄傲。她不愿随波逐流，更不屑与那些人同流合污。她的清高和骄傲，使她在职业生涯中，能够洁身自好，立于不败之地。

她自然因为熟悉和相信陆雨的人品，才与他心心相印。

其实，通俗来讲，两个人能"臭味相投"，不是因为性格相投，地域相近，性别相同，而是三观一致或者趋同。

没有世界观、人生观、价值观一致这个前提，脾气再一样，在漫长的相处中都会生出嫌疑，产生摩擦，越走越远，最后一拍两散！

第九章　琐事缠身

42

常言道，小别胜新婚。陆雨与林梅婷半个月没见，彼此的思念已然堆积如山。

还好有微信。到了洛杉矶，林梅婷将父亲和继母托付给大哥，自己带女儿四处游玩。检查结果出来，大哥与林梅婷做了长谈，希望在老人同意的前提下，留在他这里一段时间。"病情不是非常严重，我会看着治疗，就是想和老人多在一起，房子也够大，住下来我陪伴些时日，以解思乡之苦。"大哥说得非常动情，林梅婷也是泪水滂沱。

大哥高中就离开家，一直读书很好，上海交大毕业后，去美国留学读完博士，留在学校的附属医院，结婚生子拿绿卡……与家乡和父母待在一起的时间很少。

有的人越远离情就越淡，有的人则相反，越远离越思念，越情难自禁。人真是个复杂的生物！感情更是难以琢磨，耳鬓厮磨是一种情浓义浓，而若即若离何尝不是距离产生美的诠释？

有时相濡以沫一生，都无法抵御一个眼神的留驻，好像建造城堡，外表看无比坚固，但某一个弱点被发现，可能会一击而中，轰然倒塌。

林梅婷的大哥林舒，中年之前刻苦读书，为着自己安身立命，光耀门楣，但过了不惑之年，越发想家想父母，远在他乡，总有一种漂泊，无法安然的感觉。母亲5年前的仓促离去，令他深受打击，更理解了孝敬老人不能等。子欲养而亲不待，多么深的痛。他愿意补偿，哪怕是继母，他也愿意让她代替母亲，得到他的照顾。

"老吾老以及人之老，幼吾幼以及人之幼。"林梅婷泪眼矇眬，点头答应了。父亲自然乐意，儿子是医生，妻子能得到更好的照料。父子俩也好多聚聚，享受天伦之乐。

林梅婷只身回国，一身轻松。女儿小汀则要在大舅家多待几天，学习一下口语。

陆雨借口去北京开会，赶过去接林梅婷。他原本以为林梅婷会在京待几天，不料一下飞机，林梅婷就一刻不停说"坐高铁回家"。一路很顺利，三四个小时后，两人拖着两个大箱子，回到了林梅婷在河西的高层大宅。

这三周，陆雨来过三回，浇花搞卫生。所以家里很干净，和林梅婷走前并无差别。扔下行李，换了家居服，林梅婷这才活跃起来，在屋子里新鲜地四处看，"我要检查一下，我不在时你有没有带人来过，我很敏感，蛛丝马迹都难以逃脱我的……"林梅婷拉着陆雨在家里东看西看，陆雨见她这样胡说，突然抱住她，低头吻起来。两个人懒得管炉子上水壶发出的鸣叫，纠缠在一起……

"到了我这个年龄，谈爱已老，谈死还早。"风平浪静后，林梅婷吟出这么一句。惹得陆雨又一次怜惜，"别乱讲，姐姐是我的女人，我会一直在你身边,给你爱和全部!"

"爱和全部?!"林梅婷笑笑,"傻话。我早就不是甜言蜜语能哄到的年纪,但,实话说,还是很受用。女人经不住糖衣炮弹,一准会缴械投降!"两个人在一起腻到次日下午,陆雨在林梅婷家,写好在京采访的稿子,林梅婷补觉倒时差。到下午三点,两人才前后离开林梅婷家。

林梅婷去销假,去向社长、总编报道,申领近期的具体任务,然后才坐回自己办公室。回了几个必要的电话,告知几个朋友自己已经上班,之前预约的事情可以继续。今日就是这样,会也不必开,她早早出来,约了两个闺密去喝茶。

在美国天天喝咖啡,苦的酸的煳的,尝尝可以,真要喝几天下来,受不了啊!还是中国的茶好,绿茶清淡,加茉莉花、菊花、玫瑰、枸杞,都很好。口感好,看着它们在玻璃杯里沉沉浮浮,漂漂摇摇,仿若自己就是那朵花,在自由漂荡,妙不可言。前些年,林梅婷会选择铁观音、武夷岩茶,味道浓烈,放两颗桂圆进去,带着一丝甜味,没有绿茶清香,却醇厚耐泡,像极了中年。近来流行喝老树茶、黑茶、白茶,普洱泡出来的汤色非常漂亮,黄色透明,偏暗有劲,还暖胃消食,的确是茶之精华。林梅婷却降服不住,喝了晚上睡不着,翻来覆去数绵羊。

但每次闺密聚会,她还是会选择普洱、大红袍等茶。放几颗枸杞,大家聊天说话,能消磨很长时间。

陆雨本月不值夜班,开完碰头会,交了稿子,就回家了。在外面耽搁了3天,不知苏瑾在忙什么呢?

他不是没想过万一苏瑾知道他与林梅婷的事,后果会怎样。可是他实在从干巴巴、压抑的生活中找不到亮色,看不到希望。这几年能给他内心期骥的,就是有朝一日,与那个心仪的女人来一场倾心爱恋。

人总是要有点梦想,万一不小心实现了呢?陆雨觉得自己好勇敢,利用一次外出采访的机会，竟然达成所愿。虽然有违道德，但他至此并无半点后悔。

陆雨近来在写随笔，他想，终有一天他会将与林梅婷的姐弟恋告诉儿子，告诉他人生可能会有很多爱恋，有时一闪而过，有时终身停驻，有时短暂交汇，难以忘怀。他不想儿子被婚姻所吓倒。

苏瑾对此毫无察觉。她忙着自己的事情，集团公司工会近来设立个女职工委员会，其实就是做妇女工作，事儿不多，职位还不低。她费了好大劲儿，疏通关系，调动成功。虽然工资奖励比在分公司要少，但时间宽裕，工作轻松自由。即便是工作，也是座谈聊天、组织文体活动、家访慰问等，儿子上了大学她彻底解放，心性大变，周末练习瑜伽，去看望母亲，吃大嫂做的红烧肉，听咪咪唱歌。平日里下了班找几个闺密做美容、唱歌、吃饭。反正排得满满当当。就是没有陆雨的缝隙，回家就是各自倒头睡。有段时间，她微信不停响，连震动都那么惊天动地，气得陆雨老说影响睡眠。两个人为此没少拌嘴，唉，当年的恩爱甜蜜，在漫长的婚姻中就成了右手和左手的关系，离不开也不能老捆在一起。

陆雨被撵到儿子的房间。两个人事实分居，其实这几年，苏瑾因为忙，就不怎么让陆雨碰她，"烦不烦，都累死了。周末吧，快睡，明天一早两个会……"几乎成了苏瑾的口头禅。

到了这个年纪的女人，谈爱太老，谈死太早，如之奈何？

43

时间在滑动，年龄在增长，人怎么可能安之若素，一直保持原状，不去适应和改变？

苏瑾不想再那样活。她为家庭付出了最宝贵的青春，如今到了为自己活的时候，她要不顾一切追求高品质的生活。哪怕钱不够多，也可以尽量爱自己，活出精彩的自己。她要先从衣着打扮、生活方式改变。锻炼是第一位，瑜伽、游泳要坚持，不吃面条、杜绝油腻辛辣，餐食尽量如西餐的清淡少烹炒。如此一来，陆雨做的饭她是不能吃了。早饭两片面包，一包牛奶，外加水果若干。午饭在公司食堂解决。晚饭与闺密约会不吃，陆雨就这样丧失了为妻子效劳的机会。做好家务就行，他们家几乎没什么烟火味了。陆雨早上多年不吃饭，小时候养成的习惯，到10点多才饿，以前都是给妻子孩子做早饭时，自己偶尔吃一口。现在再也不必早起做饭，岂不快哉！

午饭平时陆雨就很少回家吃，主要是太远，二十年来就在单位食堂，有时去外面和同事大吃大喝，这几年越发喜欢家的味道，有时去家住的近的同事家叨扰，几个相熟的自己动手，丰衣足食，陆雨总能被夸赞厨艺。可在家他从没有得到过苏瑾的赞赏，儿子也是不屑一顾。真有些远香近臭的感觉。

晚饭反正回去也晚，以前等儿子下自习再吃，现如今，没人吃，自己也索然，回到家就是饿了，也是方便面一块，草草了事。做饭这件事，虽说是给自己吃，但若没有其他人品尝，再有兴趣做饭的人，也会索然。就像唱戏，一个人在台上唱得再好，若台下无观众，也是激情全无。

陆雨想表现，连对象都没有，还表现给谁看？！好尴尬的状态，好无奈的生活。

好在还有对陆雨温柔体贴的林梅婷。这让陆雨心下窃喜，无比骄傲，至少他还有她！

但他也不是时常能见她，说到底，她并不属于他。她有自己的圈子，自己的生活，自己的想法。她只是开放了一部分私人空间给他，而她深层次的世界，陆雨仍无法走进去。他也主动地停滞不前，因为他明白，自己不能给对方什么，而爱那么轻，他与林梅婷只能在爱的层面讨论，再深入的日子、生活、家人、朋友，都太奢侈。

　　与自己过了20多年的妻子，不是也将自己屏蔽在外？很多事情并非全部开放。何况是婚外的一段感情。虽然，陆雨觉得自己绝非游戏，更不是一夜情之类的滥情，但他不能给她婚姻，给不了她未来。如此，他有什么资格去要求什么？

　　徒然无功。陆雨心痛而无奈，一种深深的伤痛袭来，他不禁潸然泪下。现实的残酷，令他顿时没有了欢愉感觉。他不想失去林梅婷，可他又不能许她未来。他为自己的无能为力锥心地痛！他要马上见到她，对她说"亲爱的，对不起！我不想有一天失去你……"

　　林梅婷今晚回得很晚，她知道陆雨下午就去了她家，编了去采访的借口，今夜陪她。可是她还是身不由己地十点半才到家，醉醺醺地敲门，陆雨扶住她，她躺在沙发上脱了外套和鞋子。

　　陆雨满腹的话要说，可是林梅婷醉得又哭又笑，陆雨给林梅婷熬了姜汤，冲了蜂蜜水，可林梅婷还是吐了一阵子，抱着陆雨，心痛委屈泪流满面。常常，孤独不是一个人的寂寞，而是一群人的喧嚣，自己却还是冷彻寒骨。她在饭局上是有分寸的，极少喝醉，意识都是清醒的。今天明知道陆雨会等她，林梅婷心情畅快多喝了两杯。此刻，抱着陆雨，她脆弱得一塌糊涂。这个男人不属于她，只是片刻的欢愉，她林梅婷，一夜贪欢，再好再难忘，都是别人的，总要还，总要离开。

　　她真的只愿长醉不愿醒。陆雨哪里能猜到林梅婷的心思，还在自己的内疚中心疼林梅婷。两个人越觉得难舍难分，就越理智心痛。那一夜，林梅婷拽着陆雨的一只胳膊，哭哭笑笑地沉沉睡去。

次日清晨，竟然睡到自然醒。睁开眼就阳光满屋，香气四溢。一看床头表，9点了。她很少这个点起来，宿醉难消，但浑身散发着慵懒的气息。

"起来了，吃饭吧。我炖了排骨汤！"陆雨看见林梅婷穿着拖地长睡裙，披着长发，摇摇曳曳地走向餐桌。他被如此美的画面惊呆了，背后是明媚的阳光，格子的长裙，黑色的长发，坚毅成熟的脸，脚下如同飘着一般。林梅婷悠悠地笑着，陆雨等她走近，迎上去抱着她，不顾一切地吻了下去。

他从来没有见到苏瑾如此，一起生活了20多年，苏瑾身上浓郁的小市民气息，就是只讲究小情调，却不懂得大格局。他不是抱怨，是感叹，人与人是如此相同，又如此不同。

两个人相拥着喝汤，直到两个人的手机此起彼伏地歌唱。没奈何，林梅婷嘟着嘴拿起手机进了卧室，陆雨把手机调成静音，去了厨房回复短信。

早饭被无情打扰，便草草收兵。林梅婷从卧室出来，已经换了出门的衣服，快速收拾手提包，然后换鞋拿钥匙。"我来不及了，有个开业典礼要去捧场，时间来不及了，有车在楼下等……你……"她回头抱歉地看着陆雨。

"你先走，我来收拾，放心！"陆雨站在厨房门口，看着林梅婷急促而干练地走出家门。屋子还是那个屋子，可是她走了，像被抽掉精华，一刹那黯淡无光。陆雨还沉浸在清晨的甜蜜中，那样饱满的依恋，盛极而衰，一股担忧莫名涌出。

越沉溺，陆雨就越担心。他家与林梅婷家一个在城市的东北角，一个在城市的西南方向。远远超过彼此的活动半径，陆雨想能被熟人遇到的概率，简直是低之又低。更何况陆雨和林梅婷从不一起去公共场合，被人点破的可能性几乎没有。但是，要想人不知除非己莫为，陆雨悲催地在超市里碰到了苏瑾的前同事。

彼此并不熟悉，就是觉得在哪里见过。几天后，妻子苏瑾就被传话，上个周末的一天，看到陆大记者在河西某超市买生活用品……

这不可能啊，陆雨不是去五台山采风了？他在云中没亲戚，怎么会出现在河西？

什么是小概率？就是天上掉馅饼那种，手气好得可以买彩票了。陆雨就是这样，几乎被砸晕！

44

苏瑾多么骄傲的一个人！闻听陆雨疑似有外遇，全身的寒毛都竖了起来。不相信，不相信，不相信！同事揣测自己家庭不和，老公有外遇，这不仅关乎婚姻稳定与否，还关乎家丑不可外扬的面子。苏瑾像斗败的公鸡，极速将陆雨召唤回家，十万火急，刻不容缓。

陆雨早就给自己打过预防针，被苏瑾发现是早晚的事，不必过分紧张。要沉着应对，好好解释。

陆雨非常清楚，被人看到或者被人揭发出来，其实不过是早晚的事。他并无怨言，反而觉得是一双靴子的另一只落地了，心里反而落停了。

陆雨的解释自然不是坦白他与林梅婷的事，他再傻也明白，这种事最好是不清楚，说不清楚不说，说清楚了婚姻也就到头了。他没有做好离婚的准备，他与林梅婷远不是要结婚过日子的关系。林梅婷在他心中，是女神一般存在，不是要柴米油盐，举案齐眉的老来伴儿。说实在话，护。离婚可能是最简单干脆的方式，可离婚造成的伤害，离婚后，漫长岁月彼此间的仇恨，比较而言，这种暂时的权宜之计，是对彼此伤害最小的方式。

左奶奶家就在林梅婷家小区后面，是个旧小区，只有三栋六层楼，被林梅婷家高层的高档小区掩藏在一隅。陆雨确实在前两年无意中遇到左奶奶，看她一个人孤苦无依，就时常来看看，买点东西做些家务。与林梅婷相好后，陆雨更方便了，抽出半个小时，就能去一趟，看望老人帮她处理家务。

他决然想不到，有一天左奶奶会帮他度过婚姻危机。人啊，很多时候没有前后眼，不知道后面会发生什么，为此，就当多行善事，多帮他人，也许这些善行善举，会帮到大忙。陆雨并不真紧张苏瑾会发飙，但他也决然不想打破现有的婚姻。男人的现实性在于，更愿意屈从于习惯，被常规和惯性驱动。男人的自私更在于，一定从自己能把控的范畴去处理问题。陆雨不过是其中之一罢了。

左奶奶一见陆雨，激动而热情，见苏瑾也来了，说了一大堆陆雨的好话，称赞苏瑾嫁了个好男人！陆雨熟练地在左奶奶家，放好买来的日常用品，检查还需要添置什么，清洗擦拭，归置摆放。不过1个小时，就全部做完，看得苏瑾无话可说，倒是很惭愧自己的狭隘。答应过年过节也会来看奶奶。

陆雨想，苏瑾会远远从城北到河西，看一个并不熟悉的左奶奶，实在太难了。她连自己的婆婆，顶多就是过年看一次，清明节看一次。

陆雨的公益心和爱心，也常常被苏瑾嘲笑。"迂腐，可笑！"苏瑾心地善良，但言语刻薄，"那些做好事的不是贪图名利，就是别有所图，快别相信他们了，都是骗人的，就你们信……"观念的不同，让陆雨时常无语，争论没有结果，无非让妻子说出更多刻薄的话。因此，唯有回避这个话题。他的很多思想都要压着，不能在家庭中得到释放，好在儿子陆子丰是个单纯热心的男子汉。学习好坏在其次，至少他能在帮助他人时获得快乐满足。

就这样，陆雨幸运地逃过一劫，苏瑾对陆雨心服口服。但女人就是这样。嘴上说信任你，眼睛却不断搜寻，鼻子在不停嗅，最为可怕的是，要命的直觉——第六感，就像雷达一样，全天候开启，随时扫描！

接近更年期的女人，是不是雷达信号更加强烈？一个个就像克格勃，从惯常的散养，不理不睬，到近身盯人，战术的改变令陆雨始料未及，苦不堪言。

过去，苏瑾不会查看他的手机，不会检查他的口袋和包。现在很小心仔细，及时抽查，虽然不至于当着陆雨的面，可他一转身就觉得有人动了包，翻了钱包，拿了衣服……过去，苏瑾懒得问他行程。只用一个留言，陆雨就可以出差去了，现在不行，去哪，和谁，具体行程，都要一一备案。还学会了让他分享位置……美其名曰，关心他，人到中年，不能有丝毫差池云云。

"这也太明显了，我和坐监狱差不多。"陆雨不止一次向林梅婷诉苦。"女人到了这个岁数不是折腾自己，就是折腾男人，是不是孩子大了，没啥挂念，突然发现身边还有男人，开始行使管辖权，动辄就开始念'紧箍咒'吧！"陆雨哭笑不得，又不便为这些小事与苏瑾发生冲突，一直隐忍，装作毫不知情，浑然不觉。

陆雨从开始与林梅婷在一起，就养成及时删掉留言，消除通话记录的习惯。他不想惹来不必要的麻烦，无论对林梅婷还是苏瑾，他都一样，各不相干，相安无事。20多年，就是一根木棍也能暖热，也有了好看的包浆。何况是夫妻俩，即便不做什么，他们也是亲人一般的关系，不忍对方不开心，不快乐。

婚外情感，再有理由和借口，它的隐私的性质是不能改变的。就像身体的私处，注定是要藏起来，不可以堂而皇之，四处张扬。陆雨心知肚明。

第十章　风起云涌

45

　　陆雨心知肚明，却无法自拔。他爱着林梅婷，不是一天两天，不是一年两年，他对她从倾慕到迷恋，本来不关梅婷的事，是自己与自己的较量，是本能的反应。然而，当他觉察到梅婷对自己的赞许后，欲望膨胀，渴望真的得到对方的回应，期骥有一份纯真激烈的情感。

　　如此美好，却必须秘而不宣，陆雨每每想起，痛心不已。林梅婷看在眼里，很长一段时间，刻意回避陆雨，不回复信息，不约他见面，参与很多外出活动，跳出陆雨的视野。对陆雨而言，这无疑是残酷的考验。

　　苏瑾的神经质和林梅婷的疏离，都令他苦不堪言。恨不能少回家，常常用夜班来打发时间，减少与苏瑾的交流，来逃避可能的胡搅蛮缠。他越逃避，苏瑾越步步紧逼，有一回破天荒的晚上9点多，开车去报社接陆雨下夜班。真是啼笑皆非，他在报社二十年，苏瑾来的次数十个手指头能数清，老夫老妻了，她却来查岗？！

对媳妇如此紧张自己，陆雨不知该喜该忧。女人的心思更不能猜。苏瑾最爱与各种女性闺密做美容、锻炼、喝茶、看花，为了看住自己，一个多月几乎两个小时联系一回，晚上不定时来单位接他下班。原先最讨厌的夫妻双双把家还，苏瑾也能做出来了，来接他还要挽着胳膊一起走。他避开人就拿开苏瑾的胳膊，"好好走路，不怕摔倒"？苏瑾用白眼看他，疑惑而恼怒。

女人的心思太蹊跷，她乐于秀恩爱，但并不是乐于对你好，目的很单纯，就是要秀，在外人面前的用心，一则表明主权，二则观察身边可能的情敌。其用心真是良苦，但如此丈夫往往只是道具，并不能从所谓的紧张和恩爱中受益，只能有被监视和束缚的困顿感。长而久之，疲累反感，反抗只是迟早的事。

陆雨向单位请了长假。暂时去北京帮一个朋友做自媒体平台。报社经营状况不好，鼓励员工停薪自谋生路，陆雨犹豫很久，原先是儿子母亲羁绊，觉着自己年龄大了，一直在推脱，不料快被苏瑾逼疯了，再加上朋友三番五次力邀。逃出苏瑾的监视，才是喘一口气的良策。否则过不了多久，他不在其中死亡，就在其中爆发。

可怜的女人啊，男人的爱，不是女人监视或束缚的结果，而是靠本性和良知。他无比想念林梅婷，可为了避嫌，最近断绝了一切往来，他去北京，给林梅婷去过电话，她说："不妨试试，北京机会很多。我可以介绍两个业界朋友，看看有无更好的机会。到了北京，骑驴找驴还是方便些……"

有了她的支持，陆雨签了报社一年期的停薪留职合同，与苏瑾摊牌。

苏瑾也累，苦不堪言。原以为儿子走了，可以翻身解放做回自己，不料，突然意识到，还有丈夫的事，中年男人最容易出轨，成熟、有经济能力、幽默、有魅力……自己辛苦培养了二十年，将男人从懵懂的大男孩培养成成熟有魅力的中年男人，竟然有人来抢胜利果实。是可忍孰不可忍！

为了维护家庭，苏瑾使出浑身解数，采用盯人防守，虽然至今无功而返，毫无所获，但她的注意力既然转到陆雨身上，就要弄个水落石出，不达目的不罢休！

可怜的女人啊，所谓的目的，就是找出男人出轨的证据？找到了又如何？将男人捏得如此紧，那点爱不是被散落，就是逼得男人不得不寻找出口。在婚姻中，靠全场盯人战术，往往会适得其反，将对方"逼上梁山"！夫妻关系中，起码的空白和空档还是要有的，水满则溢，月圆则亏，这个道理不能不懂。很多中年家庭危机，多半是空闲下来，突然发现不知该用什么填补彼此关系，过分盯着对方，或者根本忽略对方，矛盾和分歧自然就免不了。

听说陆雨要去北京，苏瑾嘴上说"你一个人去了，我怎么办"？心里还是暗暗放松，这下可好了，不必劳神费力，她前半生为了儿子，后半生可不想为了丈夫，内心里，她还是想有自己的惬意生活。那些高品质的城市消费，才是她梦寐以求的生活啊！

陆雨逃一般离开家，追着雾霾去京城。二十年前，他离开家乡平陶，放弃稳定的企业干部，去了都市报工作。那时心中豪情万丈，前路虽漫漫，但他相信一切困难都不在话下，因为他年轻有朝气，他不畏惧困境，不害怕失败。更何况还有爱情，只有去省城工作，才能与苏瑾在一起，也才能改变日复一日相似重复的单调生活。他待够了那座围墙林立、古旧闭塞的古城。那里有他太多的苦难和伤感，他要离开，用离开放逐心灵，他义无反顾，无所畏惧。而今天，他在不惑之年，还要披挂上阵，与年轻的后辈们去挣一碗饭，去重新打拼一方天地。他不可能没有压力，更不可能坦然面对。

报社半年没有发工资，他不走，他愿意相信新闻不死，新闻人不会消亡，报纸或许会被替代，而新闻职业和新闻价值都将永恒。但苏瑾的严防死守，盯人战术，成为压垮骆驼的最后一根稻草，他觉得无法呼吸，除了逃走，他不知道还有什么办法。

是啊，爱和成长一样，需要学习，对他好有时只是一个借口，而听我的，才是一些人的目的。其过程可以不择手段，因为婚姻就是保障，就是我对不对，都要承受的理由。要么分手要么忍受，爱，常常比恨更残忍！相爱的人，伤害彼此更深，若没有足够的变通能力，就像花被频繁地浇水而烂根，被紧紧地包裹而窒息。

陆雨宁愿躲进京城的厚霾里，不愿面对猜忌的苏瑾。2016年的深秋，陆雨徘徊于京城，踟蹰惆怅，深知前路莫测。

坐动车3个多小时即可到达京城，陆雨从来没有觉得时间像这次一样漫长和艰难。他要为了生存去讨生活。朋友的自媒体公司在西四环，距离北京西站不远，陆雨去年去过一次，刚刚开始，规模并不大，就是租了两间办公室，几台电脑，一切因陋就简，帮其他公司推广自媒体公众号，两三个人做后台编辑，其他人拉业务。陆雨因为有媒体从业经验，全权负责编辑这块，除了搜罗网络信息进行编排刊发，还要定位采访和编辑，吸引眼球是第一位。他刚进报社时的老总，就非常关注拟标题，他是经过其千锤百炼的，对标题自认为有些心得，无奈，他的那些思路远远不能适应自媒体"标题党"的步伐。

堕落啊，为了点击量，为了10万+，陆雨觉得自己已经在不断降低底线，像个脱衣舞舞娘，为了迎合客人的口味，更为了对标其他自媒体，他已经脱得剩不下多少衣裳。可悲复可怜！

46

人的一生好奇怪，转着转着就回到原点，匪夷所思，却无可奈何。陆雨怎么也不会想到，自己有一天要重新找工作，要面对职场新人才有的困窘。朋友这种关系，若变成老板和下属，有了利益和管理者与被管理者的纠葛，就极为容易变味，以前的说话随便和现在的严肃，将朋友变成最尴尬的关系。与其让大家连朋友都做不成，最好的办法就是分开——辞职！

干了不到两个月，陆雨就以住得太远为借口，离开了朋友的公司。他此前投过好几份简历，3周过去，如石沉大海，没有回复。陆雨明白，他在省级媒体积累的经验，放在人才辈出、新人喷涌的京城，优势并不明显，况且年龄……他郁闷到了极点！回去吧，就是一个笑话。出去容易回家难，面子上怎么挂得住？加之苏瑾，岂肯放过他？无论男人的尊严还是生存的压力，他都不能轻言回家。

渐渐步入冬天，他已经好几周没有休息，辞了职，终于可以歇口气了。朋友说，公司刚刚起步，工资不能按时发放，看在朋友的分上，先给1万块，等以后公司盈利，手头宽裕了再说。好吧，其实，陆雨明白，他的到来不过是帮了一段时间忙，朋友再恳切也不会给高薪，毕竟古话说得好，亲兄弟明算账，何况人家也有难处，他们更非什么亲兄弟。

拿着1万元，还顶不平他两个月租房子添家具吃饭交通的花销。余下的严冬，他要如何面对？看着树叶飘零，长安街上的人换了冬装，他瑟瑟发抖，来得急，没有带冬天的衣服。要不要回趟云中，拿几件衣服来？提起回家，陆雨有点发愁了。苏瑾的更年期莫非提前了？

林梅婷最近把自己的日程排得满满当当。原先介绍给陆雨的一些客户，现在只能自己应付。在报社做广告是有提成的，每家报社的政策不甚一样，但性质和目的相同，就是刺激大家多拉广告，有利多起早。林梅婷需要钱，送女儿出国，并没有向前夫李超开口要钱，但女儿说自己还想在国外读一些语言课，收费都很高，爸爸给的学费已经很高了，不能再伸手。林梅婷也同意，一次性打给女儿10万块。

林梅婷越来越觉得，按情理说，很多感情不能靠金钱来衡量，但实际上是，没有钱做基础，就无法表达爱和情感。她的骄傲和清高，第一次被撕碎、践踏。她若想去国外看父亲、看女儿，没有金钱铺路，她也是望洋兴叹，无计可施。知天命的年纪，她莫名感到恐慌，感到没有金钱的人生，是不确定和没有安全感的！

她希望将多年积累的关系和人脉，变现，成为可以数清楚，可以揣在兜里的货币。

人会变，说得好听叫与时俱进，懂得变通。说得不好听，就是忘记初心，随波逐流。

林梅婷想有了这些资本，她才能帮助其他人，才能坚持自己的观念和爱。她别无选择，迂腐到拒绝金钱，那才叫无可救药呢。

陆雨发来无数条留言，林梅婷装作很忙的样子，没有回复。她怎能不知北漂的苦，即便陆雨从不叫苦，她心里也明白，却不能戳破。做人要厚道，别人刻意隐瞒保持自尊，若够善良，就不该紧紧相逼。装作识不透，于人于己都是成全！

从陆雨被苏瑾怀疑，到陆雨不得不远走北京，林梅婷自知难以当作与己无关。这段感情，她是受益者，对陆雨家庭的伤害不能因为没有被揭发，就当作不存在。离开陆雨固然不难，她并不缺一个短暂的恋人，她需要和渴望的是一个爱人，爱她，能给予她精神满足与灵魂补给的人。陆雨便是一个！

陆雨在报社时，她介绍的关系，至少能替陆雨拿到八九万块的提成。这是合理合法的收入，陆雨拿得心安理得，林梅婷也觉得并不辜负于他。是啊，钱不能代替什么，但它能表达很多，例如爱不能量化，但金钱可以给它一个标签，称出其斤两和价值几何。

例如，离婚本来是情感破裂导致，但最终，人们的关注点都会在财产如何分割，抚养费给多少合适。足见，婚姻也有斤两，金钱作为货币单位，其实也是一个人爱不爱，爱的深浅，孝不孝，孝的程度……很多感情的砝码！

林梅婷前几天联系了一个在北京的同行，听说刚刚调去国家人口报社，任副总编辑。杨力宏是原先《京中时报》的副社长，他一心跟随的社长向少刚算是少壮派，在报业改革和转型中，深得报社内部人员的支持。可是改革就有风险，枪打出头鸟，出头的椽子早烂。他受到所在的华北报业集团高层的非议，一些领导对报社的运行和发展方向，屡屡制衡，不满之后就是刁难、掣肘。引发一些外界不明真相的纷争，令《京中时报》受创不小。为避免摩擦升级，也为了保护记者、编辑的利益。年初，向少刚一纸辞呈，愤然离去！

向少刚的突然出走，在报纸行业引发哗然，种种揣测种种假想，都不能改变报纸被人宰割的命运。本是同根生，相煎何太急？在权力与利益的争夺中，真正以报纸赖以生存的人，是最大的受害者，是牺牲品。

兔死狐悲，物伤其类。杨力宏受到排挤，在年中，不得已投奔到国家人口报麾下，谋得副总编辑一职。刚刚站稳脚跟，就急着招兵买马，建立自己的队伍。《京中时报》是何等风光的都市类媒体，比一个行业性的报纸有分量多了。"那就不是一个量级。以前我用什么平台发布信息，现在我只能委曲求全，做一个专业报纸的稿子，太憋屈和无奈了。"杨力宏说的是真话，他既不能以社长的身份对报纸做调整，也不能调原先

《京中时报》的手下过来，那样就犯了大忌。可需要自己的羽翼，才能实现自己的新闻理想之万一，他不可能完全被旧有体制套牢，更不会完全什么都不做，他注定要奋斗。

林梅婷思来想去，向杨力宏推荐了陆雨。

林梅婷所虑，一是陆雨一去可能放弃云中的一切，与自己从此陌路无疑；二是陆雨能否不辱使命，让杨力宏欣然接受，而不是被否决打了自己的脸；三是国家人口报社内部纷争不断，陆雨去了能否待得舒心，很难说。若是不好，自己岂不是帮了倒忙？

但若无人引荐，以陆雨的年龄、学历，想谋个好职位，恐怕很难！

林梅婷决定为了陆雨，开这个口，落这个人情！

47

心急吃不了热豆腐！

很多事要时间来熬，就像做饭，食材好是基础，好厨艺是关键，若没有慢工出细活的时间作为代价，何来好滋味的美食？

陆雨又找了一家网站，去当网站外勤记者。快十年了，陆雨自从当了主任，只有重大选题或者自己感兴趣的选题，才外出采访。他的主要职责是安排记者采访，做好策划和稿件整合，不料想，人生如戏，陆雨沦落到与刚毕业的后生抢稿子的地步，他不是觉得苦，也不是觉得落寞，就是觉得无望，他已经没有"多年的媳妇熬成婆"的勇气。因为过去二十年他一直在熬，在期待能当"婆婆"的一天，怎能想到，终于到了做婆婆的年龄，家没了，他这个媳妇不仅要改嫁，还要重新从小媳妇开始熬，这种长得无边无际的感觉，让人悲观到疯。

悲观，与其说是对现实和世界的绝望，不如说是对自己的不满意。在一两年时间里，陆雨身边的媒体同行，病逝者不乏其人，抑郁症死亡的也不鲜见。陆雨想媒体人对外的活泼健谈背后，或许有着压抑更深的无奈。当现实的不如意，成为自我认知差的最后一根稻草，一件小事，就会要了他们的命。何其悲哀，何其不幸！陆雨想到自己没入北漂大军，无路可退，心绪不宁，会不会抑郁？一个寒噤，他开始摇头，试图挥去这个不良念头。

他记得，一个写诗的大姐，人很美，心地善良，在靠近黄河边的一个县城任新闻中心主任。很多次采访他们都见过，大姐诗情画意，大气热心，让接近她的人如沐春风。有一回他们市里组织采风活动，大姐一路唱民歌，秋日的枣园，一边摘枣，一边歌唱，从没见过那天那么惬意的阳光，高远的天空和徐徐的风，就在黄河的轮渡上，她的歌声掩盖了柴油机的轰鸣，抵消了轮渡难以靠岸的紧张，还有正午饥肠辘辘的焦虑……可就是这样一位善解人意、温婉、富有才华的诗人，一个新闻从业者，在初冬的清晨，一跃而下，结束了刚刚50岁的生命。

她的歌声犹在耳畔，她的诗句还带着阳光的温度，她的生命却定格在2016年的深秋。陆雨在渐渐清冷孤寂的京城深夜，不禁潸然泪下，他为大姐落泪，更为自己，为生命的蓬勃与凋零流泪。

"六军不发无奈何，宛转蛾眉马前死。花钿委地无人收，翠翘金雀玉搔头。君王掩面救不得，回看血泪相和流……"陆雨在灯火阑珊的暗夜，吟咏《长恨歌》，悼念一个生命的离去。

这些痛，他不能与人言说。他的离去，让苏瑾如释重负，不再纠缠不休。其实，离开本该更猜忌担忧，而常常我们不能放过身边的人，却可以假装看不到。反正鞭长莫及，苏瑾反而踏实了，她不再操心，因为他并没有戏耍林梅婷的意思，但他们之间婚姻绝对不是最好的结局。最终是要心怀美好，相忘于江湖的。

进家门，苏瑾又哭又闹，头发也乱了，沙发上被扔得乱七八糟。他定下神，坐在她身边，"怎么啦？先说清楚再哭不迟。"

苏瑾也没什么证据，无非是猜测和流言。她质问陆雨为何骗她，却出现在城市的另一角？陆雨倒了杯水给苏瑾，安抚她。

"你记不记得我有个远房爷爷，去世多年了。他晚年有个再婚的老伴儿，你应该见过，在爷爷的葬礼上？"陆雨不紧不慢地说。

苏瑾点头，"记得，你表叔要赶走人家，老人当年在一起没领结婚证。葬礼上，老人哭得很伤心，现在快80岁了吧？"

"她后来搬离爷爷的住处，一个人住在河西下元一带。我是有一次去社区采访孤寡老人，碰巧遇到了，老人身体还好，就是孤孤单单，人老了好可怜。子女嫌弃她当年另走了一家，表叔们怕她要分遗产，撵走她。好在她手里有钱，衣食无忧，就是缺人照顾，我隔三岔五过去看看，陪老人吃顿饭……"

苏瑾疑惑地看着陆雨，陆雨搂着她的肩膀，"傻瓜，别人瞎猜，挑拨我们夫妻不和，那是嫉妒你工作好了，家庭和睦，你可不能中了招。"苏瑾擦擦泪，倒在陆雨怀里。她信了他20多年，从没有想过自己的老公会有什么花花肠子。

"可是……"她还有怀疑，但仍不能完全放松。

"算了，你穿衣服，我们现在去左奶奶家一趟，我也是一周没去了。她的生活用品也该用完了。"陆雨站起来，开始收拾沙发，喝完杯子里的水，等着苏瑾穿衣服，涂抹化妆品。他凝神看着苏瑾，当年活泼开朗的她，脸上也有了皱纹，出现了白发，身材也不复当年苗条。陆雨心里难受，岁月催人老啊！

他不是想欺骗苏瑾，他觉得善意的遮掩，才是对目下婚姻最好的维太远,她如此安慰自己。分开,不能解决猜忌本身,但可以因为增加了成本,转变近身盯人的战术。

林梅婷留言,让陆雨有空与她联系。陆雨的留言都快溢出来了,林梅婷才发来一条。陆雨觉得都快绝望了,突然有一丝阳光射进来。若没有事业,起码他还有爱情。老天爷,对不对?

陆雨打电话过去,林梅婷接起来说了句"可好?"陆雨的泪都要下来了。近来无端地脆弱,无端地悲天悯人,莫非是真的老了?!

正值壮年,陆雨对自己都有些不相信了,昨天上午刚刚看到21世纪报系总经理刘健东跳楼身亡,就在上午10点多钟,从南方日报报社大楼跳下……陆雨不在现场,也能从记者群里了解到细节。到中午尸体还没有搬走,搭起了防雨篷,据说还是抑郁症!

都快疯了,同行中人,隔几天不是猝死就是跳楼,有个前媒体人给女儿募集治疗费用,还一时用力过猛,在社会上炒作一团,各种争论质疑,满天飞,这是怎么啦?媒体人不是发现新闻,报道新闻的吗?从何时起,他们也成了制造新闻的主力军?如此重度雾霾天,再罩上抑郁症的阴影,怎一个愁字了得。

抑郁症,下一个会是谁?千万可别传染上自己,陆雨不寒而栗。好在,林梅婷的微信适时来了,给了陆雨一针强心剂。"你去《国家人口》,我发杨总电话给你,你尽快去找他,你的情况我都和他说了,能帮的他一定会尽力……"林梅婷说得很简单,并不讲前因后果,也不说破陆雨的窘境,她是个聪明而善解人意的女人。

放下电话,陆雨感慨着。若能与她朝朝暮暮该多好。偏偏,他以为最适合捅破那层窗户纸的时候,自己已然无力保护这段感情。就算此刻林梅婷在他身边,自己又能怎么样?能给予她什么?生存有危机,连轻松无碍的心情都没有,还谈什么欢愉?谈什么爱情?痴人说梦,痴心妄想，不自量力！陆雨的无限悲凄，没有因为即将得到一份工作而有所改善。

自我否定，是比感冒更严重的心理疾病。受天气影响，更受心态所左右，更是自身现状的一种投射。

陆雨给儿子发了一通信息，他不清楚孩子忙什么，不好去电话联络。小伙子说刚去学校就有了女朋友，上海当地女孩，那么精明的上海女孩，儿子是怎么搞定的？陆雨真是打心底里佩服。而自己，全心全意为家庭，换来苏瑾满腹牢骚，好容易有了点小动作，又被苏瑾贼一般盯着严防死守。

《国家人口》是中央级行业性报纸。陆雨去的那天，杨力宏正在三楼办公室喝茶。

他如今孤家寡人来新单位，没有自己的臂膀不行，但大张旗鼓招募人更会招人嫌弃。能悄无声息招揽人才为我所用，何乐而不为呢？杨力宏先不说正事，和陆雨喝茶喝到快下班，打了两通电话，"中午没事吧，一起吃个饭，介绍你认识两个人。"杨力宏看上去非常阳光，说话干脆不拖泥带水。"见了面说说你们报社的情形，多讲讲你做过的大的稿子和后期反馈，总之，不要怯场，就说是我朋友，有我在不用担心。"

陆雨都快感动哭了，心里骂"瞧着没出息的样，给你点阳光就灿烂！"他觉得自己就像一只丧家狗，游弋在浩大无边的旷野！

48

"人究竟需要多少谎言，才能巧妙地度过一生？"人，得有多少贵人相助,才能渡过一个又一个难关?

"这是陆雨,我朋友,在青山媒体二十年,资历和经验都丰富,目前想在北京寻个出路。谁有路子,可别忘了。"一上桌子,杨总就一一介绍,让陆雨坐自己旁边,频频举杯,虽说中午不能喝酒,他们还是叫了果啤,象征性地举杯,目的很明显。

中午吃的工作餐,大家吃得很轻松,杨力宏口才好,特聪明,在饭桌上一会儿玩笑几句,一会儿正事几句,似乎完全不经意,就是与下属的寻常交流,但仔细想,他的每一句都点中要害,那些玩笑不过是插曲,不影响这次聚会的主题。

到临结束饭局,办公室曹主任主动与陆雨交换了联系方式。"陆老弟,我们的曹主任可是报社百事通,官方消息他最了解,你可得多多请教。不如再敬曹主任一杯……以后大家去青山,就找我兄弟。"杨总不愧是人精,几句话让在座的人都明白,报社下一步进人,他这位兄弟要想着点。

午餐简单短暂,几个人愉快轻松地往回走。杨总问同行的社长助理欧阳,"郭社下午在不在?""在,四点半以后差不多回单位。"杨力宏笑着对陆雨说,"巧了,不如上报社去,喝杯茶再走。"

"自然好,下午我没事,不耽搁你正事就行。"陆雨明白,杨总要把他介绍给他们郭社长。

下午杨总连着参加会议,都不长,情绪愉快地进进出出,陆雨翻了几页书,喝了一肚子茶。到5点,杨总回来,摊着手说:"我总算闲了,陪你转转办公室,该见的都见见,没坏处。"陆雨感激地点头。两个人肩并着肩,从楼道的一头依次参观。

这个点是报社最繁忙,人最全的时候。忙碌了一天的记者,回来交稿子,改稿子,主任们开完碰头会,开始催稿子,修改稿子,叫这个,打电话问那个，冷清了一上午的办公室，顿时像集贸市场。上夜班的编辑陆续来社里，开始准备工作。上白班的编辑还没有完成校对，正在加速收尾。

上午来的时候，陆雨粗略看了看这里的办公区，此刻杨总郑重地带他参观，目的昭然若揭，就是让报社的人认识一下，心里有个底，是做给报社高层看的。走到楼道尽头1号房间，房门大开，一个底气十足的男人正在打电话。他撂下电话的一刻，杨力宏出现在门口，笑着说："郭社你在啊，我带个同行看看咱报社。不打扰你吧？"

"进来进来，刚忙完，开了一天会。"郭社高高壮壮，浓眉大眼，热情地招呼杨总。"郭社，这是我青山的朋友，都市报的编委，陆雨，一表人才，才华横溢，目前在北京发展……"杨总很简单介绍，"郭社，我们报社的老大，为人仗义，受人爱戴……以后还要郭社多多帮忙！"

陆雨快走两步，与郭社两手相握，彼此客套几句。杨总并不坐下，见他俩握了手放开，就催促说："我们先走，郭社还有事要处理，咱们改天再聊！"

从大楼里出来，天色已晚，华灯初上，飘起了细碎的雪花，落在地上就化了，地面湿湿潮潮。除了空气里的霾味，其他都好得让陆雨心情大悦。倒了两趟地铁，陆雨回到住处，在小区外面买了几个菜，一瓶酒，他要好好喝一顿。

收拾停当，坐下来准备开吃了。陆雨打开微信，林梅婷的留言令他周身暖和。

"这几天雾霾大，能不出门就别出门了，身体要紧。"

"抓紧见杨总，他们报社驻青山省的记者站空缺，是个好时机。"

"实在不行，就回来吧，不要硬撑，最多几个月，事情就会有转机，不要想太多，都会过去的……"

最难得的是，末了一句，赫然写着"想你了！"陆雨拿起酒杯，灌了一大口，干冽刺激的感觉，给了他莫大的勇气，周身兴奋起来。他要回去，他要见到她，他和她一样，想她了！道德，名誉，忠诚，他只知道，此时此刻，她是他的良药，是他起死回生的灵芝。

陆雨立马给林梅婷留言，"我想马上见到你！"一边用叫车软件，预约了去北京西客站的出租车，一边买了最近一趟北京去往云中的动车。快速穿好衣服，一个双肩背包就是他的全部家当。坐上出租车，看手机并没有林梅婷的回复，他管不了那些，就是想回去了，想见见她，更想逃离京城浓浓的雾霾。

据说云中的雾霾也很严重。陆雨心想，当初从云中来京城，以为逃离是最好的方式，是摆脱困境的唯一途径，不曾想，困境就是困境，岂能逃得掉？他无语面对自己生活的一地鸡毛。

因为雾霾天，林梅婷下午一直待在健身房，然后约人看了场电影，回到家，才看到陆雨的留言。叹了一口气，放下手机，打开冰箱拿牛奶。有人按门铃，林梅婷一惊，谁这么晚来她家？陆雨？不可能，他在北京，何况他有她家门钥匙啊。

满心疑窦，从猫眼往外看，那人戴着口罩，戴着鸭舌帽，正卸下双肩背包，低头从包里找东西……门开了，林梅婷几乎泪水盈眶，她的三个字留言，他就连夜赶回来。风尘仆仆，一身寒气，陆雨将林梅婷紧紧揽在怀里。

是夜，雪下得更大了。林梅婷开大了暖气，两个人坐在飘窗上，捧着红酒，数着雪花，远处轮廓分明的高楼大厦，变成了一幅童话图，一张水墨画。他们心照不宣地不谈分离，也不问怎么就回来了，思念，是最好的明证。眼神是最直接的表达，身体给了爱一种印证，让抽象变具象，让虚无变清晰。

是的，人性经不住考验，那就先抛开人性，只看眼前，他们在中年的无奈与困顿中，彼此相守，对个体而言，不能不说是一种拯救。

第二天是周末，陆雨买了东西，看望了林梅婷家后面的左奶奶。他在去北京前，专门找了社区，给左奶奶找了个义工组织，签订了一对一入户帮扶协议。保障每周至少两次上门服务，买菜、买粮油、收拾房间等。还有陪伴唠嗑的志愿服务，左奶奶与志愿者相处融洽，心情也好了很多，陆雨也算了了一个牵挂。

下午，林梅婷在家练毛笔字，陆雨看书，房间里音乐袅袅，墨香扑鼻。不时两人停下来，喝点茶，卿卿我我一番。陆雨想，这就是神仙过的日子吧。电话响起，陆雨不情愿地放开林梅婷，竟然是弟弟陆天打来的。"哥，哥，你在哪儿？爸爸，爸爸，他不好了……"陆天在电话里失声痛哭。

"别急，我马上回去，你不要慌，送医院！"陆雨匆忙往外冲，林梅婷急忙拉住他，"开我的车走，等一下，车钥匙，你能行吗？要不找个人给你开车，你这个状态，我不放心。"

陆雨定下心来，急也没用，几百里路，总要一点点开过去，父亲身体不好不是一天两天了，大家都有心理准备，天气突变，有反复是可以想见的。他长出一口气，拿过林梅婷递过来的车钥匙。"放心，我能冷静开，你不必担心。只是你的车我开走，你咋办？""没事，你不要管了。先把老人的事处理好。"

现找人给自己开车，显然来不及，老人情况不明，不知要回去耽搁多久。陆雨抱了抱林梅婷，自己冲下楼，开车消失在茫茫大雪中。

第十一章　送别父亲

49

  云中 2016 年冬天的第一场雪，陆雨赶上了，上高速没多久，前方因大雪封路了。

  没奈何下了高速公路。高速出口的车排了长长的队，陆雨焦虑万分，他点着烟缓解自己的烦躁。

  苏瑾的电话打进来，说要去吉林雪乡一趟，约了几个搞摄影的朋友，自驾去拍摄。她的兴趣越来越广，何时又去搞摄影了，三天两头折腾。陆雨说："我正往蒲城赶，我父亲恐怕熬不过这几天。"

  "那怎么办？我们都约好了，雪乡的房间也订好了，特别火爆，不预订都没的住。"苏瑾在电话很不开心地抱怨。

  "没事，你去吧！注意安全，我会看着办的。"他明知苏瑾想去雪乡，无非通知他一声，为免口舌之争，他赶紧打断她，让她安心去玩，父亲的事，自己能搞定！

能搞定是什么概念，陆雨的亲生父亲去世，儿子陆子丰远在上海，又快期末考试了，肯定回不来，而妻子苏瑾要去度假游玩，也不能回来。他孤家寡人要怎么面对家人？

可陆雨的苦楚，苏瑾又怎么能体谅？真是怨不得苏瑾。自己的危机和焦虑，苏瑾怎能体会？她能不严密"监视"他，已经是谢天谢地。

撂下电话，陆雨打开广播，音乐或许可以缓解压力，分散自己的注意力。

赶到蒲城已经是次日凌晨了，父亲在县医院重症监护室，已经昏迷了两天了。雪停了，空气冷冽刺骨。陆雨和弟弟、妹夫守在监护室门口，妹妹陆秀在家照顾一病不起的继母。

一连三天，陆雨衣不解带，除了到附近的小饭馆吃饭，其他时间就守在监护室外，上午、下午可以各去探视父亲一次，可惜，父亲紧闭双眼，毫无知觉。陆雨每一次进去都泪流满面，难以自持。这个给了他幼年关爱，少年苦难的人，是他今生唯一的父亲，就这样与他渐行渐远。

此生可能再无机会，叫"爸"时他能答应了。到第三天，医生说已经没有再救治的必要，在医学上，父亲已经脑死亡。"不如趁还有口气回家去吧！"医生见惯了生死，语气沉重而严肃地通知患者家属。

插了氧气，一家人找救护车送父亲回在城内的小院。院子里的瓜棚还在，只剩下干巴巴的枝条，横七竖八地缠绕在一起，积了厚厚的一层雪。倒像极了一幅水墨画，在下面沏一杯茶，画出来，一定美如仙境。此刻，哪里还有心情？！

父亲到家就走了。父亲的遗体被安置在正房客厅，家里哭声一片，相好的近邻朋友陆陆续续进来，与死者告别，对生者安抚。屋子里沉闷得像盖了一层厚雪，让人透不过气来。弟弟忙前忙后安排后事，他什么忙也帮不上，走到瓜棚下，依着柱子抽烟。

"大舅，你抽这么多烟，会生病的。我妈妈说，姥爷就是抽烟太凶……"一个稚嫩的声音传来，陆雨心头一暖，是陆秀的女儿萱萱。这个时候，他太需要一个安慰。小人儿就站在他身后，蹙着眉头，盯着雪地上的十几个烟头。

陆雨猛吸一口，掐灭烟头，蹲下来，看着小丫头的脸，多么完美的小人儿，眼睛乌溜溜，婴儿肥的小脸颊，浓浓的眉毛，还有因生气噘起来的嘴巴……陆雨拍拍她的小脑袋，"还真生大舅气了？我不抽了，再也不抽了。想大舅没有？"

孩子立马扑进陆雨怀里，"想了，可想了。妈妈说大舅天冷了就会回来！"她这样讨巧地说着，扭头指着正房，"姥爷怎么啦？大人们怎么都哭了？死了，就是再也见不到了，就是化成灰了，就是……"说着说着，孩子的泪扑簌簌落下来。陆雨抱紧了孩子，用手擦了自己的泪，放开外甥女，从口袋拿出纸巾，轻轻替她擦拭。"姥爷会在天上，日日看着你长大。长大了，不要忘记姥爷，他会一直在萱萱的身边。"

父亲会在天上一直看着他吗？陆雨不知道。他曾经看着星星、看着月亮想父亲，父亲可曾知道？如今，他还要骗孩子，骗自己，父亲会一直看着他们，守在他们身边。陆雨怎能不泪流满面？

"小丰，爷爷去世了……爸爸，没有父亲了。"陆雨到晚上才给儿子打电话。他不想打扰儿子正常的生活。"……爸，你要坚强点，人都会死是不是？起码，你还有我啊。"陆雨听到儿子的安慰，声音莫名哽咽，他不想让儿子看到他的脆弱，赶紧打岔挂断了电话。

父亲在家搁了三天，出殡。埋在县城边的一块坡地上，半年前父亲查出病不好，就自己买了这块墓地，往东北方向就是家乡平陶。陆天说："父亲心心念念一辈子，再没有回过老家。那是他的痛，他心里的一根刺！到临终前几天，他还说，要带着他的一半骨灰回平陶，就撒在村外的沟里，就当他回去了吧！"

陆雨点点头，他会按照父亲的心愿，带着弟弟妹妹回一趟平陶老家——梁家寨。让弟、妹认认老家，让父亲魂归故里。

50

家，是一条路，无论离开还是归来，都莫名地急切。离开，像鸟儿离窝，展翅飞翔，回来，像天色暗淡，鸟儿归巢。离开时满心欢喜，外面的世界多么大，那么奇妙。而归来时，念着房前的树，院外的池塘，村外的河。家乡的美食，还有熟悉的人，都让人难以割舍。

不能割舍的还有祠堂和坟头。小时候爸爸每年带陆雨回村里上坟，对孩子来说，就是有玩有好吃的，还有有趣的人和事物。后来爸爸远走他乡，在乡下种地的叔叔，每到清明节，就会接陆雨回村里住两天，凌晨天蒙蒙亮，他就被大人们唤醒，提着一盏马灯往祖坟走，庄稼地里的小径，露水每每打湿了裤子和鞋子，走着走着天就亮了，路和田野就分明了。

后来长大了，陆雨就自己回来，也不拘是不是清明，清明前后他就抽空回来，独自到坟地去烧纸，不过就是个念想，一份寄托。他老幻想着，能像电视里演的一样，突然在村头或者坟地，看到父亲的影子，哪怕就是一个背影，他也能认出来，也就心满意足。

可是，他从来没有这样的幸运。叔叔一家待他极好，陆雨来了就是好吃好喝。小时候，老听见婶婶和邻居家悄悄议论"这孩子命苦，可怜的娃……"陆雨能察觉到怜悯和同情，自小就分得清什么是爱，什么是同情。他厌恶同情的眼神，害怕被怜悯的爱。于是，他刻意远离这份同情。

后来长大后清明回去，他尽量不去打扰叔叔一家，在村外烧了纸就悄悄离开，偶尔被人遇到，才去叔叔家转转看看，留下钱和礼物。他见到叔叔的尴尬与叔叔看到他的尴尬一样，父亲的背叛，成了陆雨与家族的隔膜，他无法跨越，没法当作什么都没有发生。那是他的血缘的家园，是他的根之所在。父亲，是避不开的一座山。

他现在才明白，这么多年，父亲用永不踏入家门，惩罚着自己，放逐着自己。他甚至将陆天和陆秀挡在家族之外，当年的决绝离去，父亲承受了多少煎熬，有家不能回的愧疚，都是陆雨从未想到的。

人与人之间，很多伤和恨，有一半都来自不沟通，不交流。另一半，就是太了解，太透彻。其实，愧疚比辱骂更让人坐立难安，因为前者是发自内心的情绪，而后者是外力的施加，后者可逃，前者却逃无可逃，避无可避。

回老家前征求过陆秀的意见，她要不要一起回乡，陆秀很坚决，"当然要去，怎么说我也是爸爸最疼的女儿，我要去送他，要去认祖归宗。"陆天自然不反对，他说因为父亲以前觉得对不起家门祖宗，自我放逐不让孩子们回去。这样做，也算是在惩罚自己。

叔叔好久没见陆雨，一见面就得知哥哥的噩耗。他埋怨为何不通知他。陆雨解释，下雪了，时间也紧，叔叔年纪也不小了，怕有个什么闪失。叔叔只有两个女儿，都在深圳打工，常年不在家，陆雨成年后便再没有见过。

叔叔说，多年前他专门去蒲城找过哥哥，想劝他回家看看，哥哥说，别给先人脸上抹黑了，这样挺好，离得远远的，不惹人心烦。"那时他身体还好，没想到就这么走了……"叔叔和婶婶围着他们大哭了一场。

雪后深冬，南墙根的雪还没有化掉，田野里萧条灰暗。陆雨扶着叔叔，兄妹三人提着父亲的一半骨灰和祭祀用的东西，在弯曲的田间小路上慢行，心头满是哀伤，空气仿佛都凝住了。

祖坟并未树碑，一大片坟地，寂寂无声，远处的鸦声凄惨尖锐，有的是高大的砖砌的碑，有的是石碑，有的则是水泥垒的碑。陆雨和叔叔，在一个长满荒草的坟头前停下脚步，几块红色砖头垒成的祭台，就是陆家祖坟。陆雨开始用带来的铁锹去铲荒草，并添上了新土，重新整饬了坟头和祭台。陆秀扶着叔叔将拿来的祭品摆上去，陆雨燃响一挂鞭炮，绕坟一圈。响亮的鞭炮声顿时搅动了处于沟洼的坟地。陆雨想，父亲或许能听到，回到家了！

几个人沉默着，肃然跪下，叔叔开始烧纸，陆天帮着用棍子拨动着纸钱，让它充分燃烧。陆雨在坟头一侧，挖了坑将父亲的一半骨灰放下去，边落泪边用手掬土，到后来竟泣不成声，跪不住了，弟弟和妹妹围着陆雨一起落泪。"爸，回家了！爸，回家了……"他一声高过一声，凄凉而突兀，叔叔也难以自持，坐在祭台前老泪纵横……

叔侄四人待了好久，才一步一回头地离开。坟地梧桐树灰黑的枝条，直愣愣地竖着，鸟窝摇摇欲坠，陆雨觉得那鸟窝就是自己，在没有父亲的人生中，一直都摇摇欲坠，无根无梢。

送走陆天陆秀兄妹俩，陆雨回到县城，他要去看看母亲。

母亲冬天还一直住在大姨家。小院没有了夏天、秋天的繁荣，雪覆盖了院心，对花圃四周的牡丹、芍药、月季花根，无疑是很好的保护。大雪保墒，来年才会有好收成。

母亲年轻时落下病，到雨雪天就腿疼，下不了炕。搬到大姨里屋的炕上，炕烧得热热的，母亲还是腿疼，严重的时候晚上疼得忍不住呻吟。陆雨陪了母亲两晚，母子俩在一起卧谈，从童年讲到现在，陆雨谈了父亲，谈了自己的自卑，谈了人到中年对父亲的理解和同情。他觉得心头的坚冰在融化，心头的石头也落下了。终于释然，懂得放下。

母亲叹息一番，沉默良久，说了句"人活着活着，就想开了，就原谅了，就不计较了"。

陆雨感佩母亲的豁达与宽容。他觉得童年的事，该放下了，而眼前报社的纷争和不明朗的局面，也没有啥大不了的。人生，除了生死，再没有啥大事。塞翁失马，焉知非福，退一步海阔天空。

之前步步紧逼，感觉喘不上气的压抑，竟然逐渐消失。陆雨在一个清晨告别了母亲，离开了大姨家。他爱这个小院，爱简单寻常的日子，慢慢变得心胸开阔，生活节奏慢下来，回归自我，开始问自己，我到底要什么？

陆雨开着梅婷的车一周多了，梅婷得多不方便啊，他的事怎么老是麻烦人家，虽说彼此惺惺相惜，真诚以对。可自己总帮不上人家的忙，老让人家操心，于心不忍啊。

陆雨回到云中，直奔林梅婷家。去超市采购了一堆生活用品，送了一些去左奶奶家，然后就马不停蹄开始忙碌。收拾屋子，做饭，炖了一锅羊排。米饭配羊排，外加一些凉拌青菜，还有上次回来腌好的泡菜，一瓶红酒……不要再好。

陆雨忙忙乎乎，眼看着快到12点半了，林梅婷还没有回来。回程时他和梅婷联系过，约好中午回家吃饭，怎么就还没到家？

一个电话打进来，陌生号码。陆雨接通，对方急匆匆地说："你认识林梅婷？她出车祸了，正在急救中心医院抢救……"陆雨的脑袋都要炸了，怎么会发生这样的事？

他着急忙慌关上厨房煤气，穿衣服，拿了钱包和车钥匙，边往楼下冲，边不断自责，都是因为自己开走林梅婷的车，她才会出事。"千万不要有事,小婷你要挺住,我就来。"陆雨一边飞快开车,一面嘴里念念叨叨。

51

医院的电梯永远都是人满为患。

陆雨心急如焚,哪里顾得等下去,分单层双层停靠也就罢了,还分4~15层,15~28层。三层以下要去楼道尽头才有个医用梯,专供急救手术使用。陆雨一步三个台阶,喘着粗气到了三层,依然是人满为患,乱糟糟的人群。很多人说,韩国的医院几乎没有人声,陆雨想医院怎么可能没人声?又不是太平间,哄鬼呢。这里有伤痛悲苦,有生离死别,有拿不定主意的慌乱,有添丁进口的欢愉……怎么可能不发出声音?怎么能够装作无喜无忧?那还是人吗?

痛了,就可以喊出来;喜了,就可以笑出声;悲了,就可以哭两声,谁不是活生生的人?脸上的悲戚,心头的愁苦,有时也是声音。在空气里弥漫,回荡,久久不散,耳朵能体会到,因为它与鼻子相同,所以最灵。

陆雨顾不得斯文,抓着一个路过的护士问,"有没有个姓林的女士在抢救室里面?"护士摇头,"不知道。你去护士站去问问。"陆雨的脑子懵懵的,晕乎乎地被几个小护士推来推去,一会儿去一层,一会儿进监护病房,一会儿说可能在输液室……陆雨完全不能去思考,等累到走不动,停下来歇息,他才想起先前给他打电话的那个人。

回拨,很长时间没人接。陆雨不停摁掉重拨,再摁掉重拨……他反复打了二三十分钟，对方才接起来，疲惫而不耐烦地说："你谁呀？连着打 49 个电话，手机都快没电了。"

"不好意思，不好意思。那个，刚才你给我打过电话，林梅婷，哦，不，是林女士，她怎么样了，她在哪？"陆雨紧张得语无伦次。

对方犹豫了片刻，似乎也听出来陆雨大口喘息的紧张。缓和了一下口气，说："别着急，她手术刚结束，马上就可以转到病房了。在门口等着！"

"哪个门口，我去哪儿等？她伤到哪里了？"陆雨还是不放心，接着人家话头，急急地问。对方并不挂断，也不回答，犹豫了一会儿，"我推她回病房，你在急诊室门口等我。"

"哦。"陆雨智商急剧降低。其实，到医院智商降低的人不在少数。

一个穿着绿色手术服，戴着口罩的男医生扶着一个活动病床，从紧闭的急诊室出来，后面一个护士在旁边边推边观察吊瓶，一个在后面推。自动门在他们身后再次合上，围上来的患者家属，看了一眼，失望地慢慢退后。

陆雨一个箭步过去，握着床边扶手，忙问："她怎么啦？要紧吗？伤哪儿了？"护士并不理睬，麻利地推着病床向前……陆雨看了一眼沉睡的林梅婷，泪都快下来了，祈求地回头看着那个医生。

医生停下脚步，"先去病房吧，不急，就是伤了小腿，右手臂有擦伤，没有伤到骨头。小婷身体素质好，养一段时间就会恢复，不会有后遗症……我姓李，是骨科的主任医师。""谢谢医生，谢谢啊！我就去办，改天，不，我安顿好就去谢你。我先去病房。"陆雨其实情商也不高，颠三倒四地说了几句，跑着追林梅婷的病床，在电梯门要合上的一刻，他钻了进去。

骨科在住院部的 11 楼。两个护士推到病房门口，就有护士等着接病人，四个人麻利地签字，插氧气，调试仪器，核对床头患者卡片……

陆雨帮不上忙，知趣地退在床外两米处。先前的两个护士拿了几件东西，很默契地简单几个动作，点点头，飘一般走了。剩下的两个显然是骨科病房的，重新检查一遍，对陆雨喊："家属在哪？病人麻药还没有过，等一下注意观察，有异常摁这里，叫我们。或者到楼道中部护士站找我们。"

小护士声音脆生生的，嘴皮子利索的，能比上华少了。华少何许人？不看综艺节目？浙江卫视当家小生。与巧克力主持人朱丹搭档主持《我爱记歌词》《爱拼才会赢》而名满天下。后来在《中国好声音》的一则广告，以47秒说350字走红网络，传为美谈，被称为"中国第一好舌头""中国第一快嘴"。

陆雨还在愣神，小护士已经走到病房门口，转身提醒："病人手续不全，一会儿去护士站办理一下。"顺手关门而出。

护士站对面的病房，是个能放6张床的大病房。林梅婷住在靠窗的一侧，光线很充足。陆雨过去拉了窗帘，不让太阳直射到林梅婷脸上。她似乎醒了，睁了几下眼睛，又沉沉地合上，她太累了吧。陆雨心疼地握着她的左手，右手臂上缠着纱布，手上还输着液，陆雨小心翼翼，不敢动右手，拿了凳子坐在床的左侧。

等一瓶液体输完，陆雨才叫了护士，换另一瓶液体，护士说，有三瓶呢，恐怕今天都不能放松。他趁着刚换液体的空当，到护士站去补办手续。

护士说，让他去找李主任，拿患者的随身物品。李主任的办公室就在护士站的后面，写着主任办公室的牌子。

陆雨顺从地过去，敲门，里面有人答"进来。"

李医生在监护室门口见过，此刻已经换上白色的医生服，白净高大，浓眉大眼。见陆雨进来，李医生站起来示意他坐到门口沙发上，房间不大却很干净整洁。茶几上还摆了一盆蝴蝶兰，风情万种。

"小婷醒了吗？"李医生开口问。拿了林梅婷的手提袋和一个纸袋，走到茶几前轻轻放下。"这是小婷的东西，你收好！"

"谢谢大夫！小婷她醒了又睡了，护士说，要多睡一会儿。"陆雨恭敬地回答。他其实在手术室已经困惑，一个医生怎么称呼她"小婷"？莫非是熟人，反正林梅婷认识的人很多，看来两人应当很熟。

"我处理一下手头的事，一会儿过去看她，你去找护士核实一下手续。小婷小腿骨折，术后会很疼，我给她输了点镇静剂，不要紧，过12小时就不会那么疼了。放心！"李医生一板一眼，态度平和冷静，淡淡的微笑，俊朗的脸庞……

陆雨拿着东西告辞出来。

关上门的一刻，他看清楚了门上贴的标签，主任医师的名字：李超。

陆雨去护士站核实信息，被告知住院费李主任已经交了，给了他报销发票。陆雨的心啊，五味杂陈。

回到病房，林梅婷睡得很香，陆雨忍不住亲了一口她的发际。手提袋似乎被打开过，身份证护士刚有给他。那个纸袋里有两本书，都是名人传记，陆雨喜欢小说，曾经被林梅婷笑话，长不大的孩子，丰富的想象力。

谁说长大了就不该有想象力？童年，母爱和苦难，都是一个人不竭的创作源泉，无论是文学还是艺术。陆雨宁愿穿廉价的衣服，也想坐在有品质的书店，风云突变的海滩和花开花落的庭院。

这个表面质朴无华的中年人，内心却藏着满满的浪漫情怀。

纸袋里还有一个开了封的快递。被沾了污渍，陆雨拿出纸巾擦拭表面，犹豫再三，经不住好奇，看了一眼睡沉的林梅婷，掏出了薄薄的一张卡片，也不大，很精美。不就是一张贺年卡，陆雨想着长舒一口气，犹豫着要不要打开卡片。

这个当口，李医生进了病房，查看了仪器，一切正常，转头轻声问陆雨，"睡得稳吗？"眼睛却盯着陆雨手里正要打开的卡片，微微一笑。"你是小婷的同事？"

陆雨点点头，"我是她下属，也是做记者的。"

"多谢你这么照顾小婷，她身边没什么亲人，孩子也在国外，挺不容易。"李医生说着，不等陆雨答复，转身向病房门口走去。撂下一句话，"她再醒了让护士叫我！"

陆雨站在床的一侧，看着那个帅气的李医生关门离去。他糊里糊涂地打开卡片，雅致的底纹上，两行潇洒有力的字：

My Dear 小婷：

　　圣诞、元旦两节将至，祝福你吉祥如意，永远年轻漂亮，青春无敌。

Your Dear 李超
2016 年 12 月 12 日

对了，就是这个李超！李医生，李主任！他就是梅婷的前夫。

怎么就这么巧呢？！陆雨一阵惆怅。

52

陆雨的惆怅还不止这些。

林梅婷到下午 4 点半刚醒过来，李超进病房不一会儿，陆雨手机就催命似的，不停响，是苏瑾，他的妻子从雪乡归来，问他在哪？

陆雨拿着电话有点尴尬地走出病房，去外面接。李超已然有所怀疑，他难道并非林梅婷的正牌男友？

林梅婷精神还好，看见李超在眼前，心里更踏实了，爽朗地笑笑，"多亏你了，说好除了孩子，能不见面就不见面的嘛。"她调侃地说。"能开玩笑就没事，你觉得哪里不舒服告诉我。"李超和颜悦色，毫无大多数医生的冰冷。

"我哪儿也不舒服，头有点蒙，胳膊不能动，腿被架在半空中……你说怎么舒服？！"林梅婷撒娇地回道。李超四下看看身边并没有人，其他病床的人并不注意他们，弯下腰，低头对着林梅婷，"你说吧，想怎样？我都答应，失身都没有问题。"他压低了声音，坏笑地看着林梅婷。

林梅婷举起完好的左手，去摸李超的脸。被李超反捏住摸了自己的脸，"色诱成功？！看，我也有好多皱纹了吧？"

"少使美男计，本小姐不……上当。哎呀，怎么哪儿也疼？"林梅婷撒娇地拉下他的手。"我收到了你的贺年卡，谢谢啊！我很喜欢。"林梅婷开始笑眯眯地看着李超。

李超直起身子的一刹那，轻轻吻了林梅婷。然后若无其事地说："我就是投其所好，反正给你其他你也不要，视金钱如粪土嘛！"

林梅婷满意地笑了，"你知道我更好色……"两个人心照不宣地笑了。陆雨回病房，看到两人聊得开心，气氛非常融洽轻松，自己倒有些不知所措。站在较远的床头，手脚不知怎样放才好。"你们认识了吗？我介绍一下，我前夫李超，这位是我同事兼知己——陆雨，都市报编委，资深记者，如今在北京发展……"两个人见了第三回了，才郑重地被介绍认识，握手，并不多言，各怀心思。

"我们见过了，你在手术室时他给我打了40多通电话，赶上我一个月的外部电话了,差点就没电关机呢。"李超调侃一句,打破空气中的那丝尴尬。

林梅婷也感觉到了,这种场面的确有些不自在。她看着李超,"我需要住多久?得请个护工,都拜托你了。"

"一个月吧!"

"那么久,李主任求求你,早早放我回去,这张床太贵,再说老麻烦你,怎么好意思!"林梅婷说着噘起了嘴。

"那得看你的表现,听话别动就好得快。我去安排晚上的护工。你们先聊!"李超快步走出去,虽然年近50岁,李超的帅气依然不减,干练爽快,一丝不苟。

陆雨回过神,坐回林梅婷床边。"我……"

"你出来几天,也该回去了,苏瑾知道你从北京回来,小心查你的行踪。放心,有李超在,我没事。"林梅婷打断陆雨的话头,安慰似的拍拍他的手。陆雨捏着林梅婷的手,久久不放,又无可奈何。

"我先回去看看,你有事给我打电话。哦,对了,车在医院院里,钥匙我放你包里,包在这个柜子里,你伸手就能拿到……"陆雨不放心,还要啰嗦,被林梅婷打断,"抓紧时间,我可以照顾自己,还有护士呢,放心。"正说着,护士进来,放下几件生活用品,"这个是李主任安排买的,他说您需要什么就直接告诉我们,放心吧,我就在对面,摁铃就行。"

陆雨没啥借口了,迟疑着走向房门。回家所要面对的比这里复杂得多。他开始胸口发闷,头疼加重,真不如和林梅婷换换,自己躺在病床上也行,唉……

林梅婷看着陆雨依依不舍地离开,心里也不是滋味。这个单纯的大男孩,心中燃着一把火,他的激情与爱,让林梅婷感佩不已。少有的纯真,或者可以叫傻吧,就是她寻寻觅觅希望找到的。可惜,他不属于她,他终将回归自己的生活轨迹。他们不过是一对擦肩而过的路人。

事情是怎么发生的呢？中午11点多，林梅婷着急往家赶，走下楼被《青山经济时报》的米总拦住，非要谈他们年终任务核减的事。经济报上半年因为违规被停刊整顿3个月，不出报纸就没有收益，但去年年底由社长与集团签订的任务责任合同，还是往年的50万元。米总担心交不够钱，他自己拿出的社长抵押金5万元不给返还。林梅婷作为他们报社的主管领导，自然脱不了干系。可是他来得不是时候，答应陆雨中午早点回家吃饭，他中午还要赶回家，苏瑾好像下午要回来。

可是米总更着急，一年有四分之一时间停刊整顿，整顿结束复刊后，元气大伤，有些年轻人另谋高就，特别是广告经营人员，人家手里有资源，到哪儿都有饭吃，就苦了这些报社老人，出去再找地方不甘心，在这家报社干了一二十年，年纪大了，再从头当见习记者，怎么能放下那个身段。米总都要哭了，没工资就算了，连自家的5万块也飞了，那可是鸡飞蛋打一场空。

林梅婷好容易安抚了米总，急忙往报社大院门口走，约的滴滴司机说不好掉头，让她过马路到对面。现在是用车高峰期，林梅婷也理解。马路对面也不远，只是十字路口没有红绿灯，林梅婷加快速度穿过马路，差两米多就到了网约车跟前，一辆出租车嗖地从她和网约车中间钻过去，林梅婷被剐蹭了，摔倒在地……

小腿骨折，右臂着地，轻微脑震荡……当时就一阵眩晕。被120拉到医院，觉得天旋地转，急救医生检查时，问家属来了没有，林梅婷想到了李超，他就在这家医院，就让医生通知他过来。

李超平时一副鹤立鸡群的样子，看见受伤的林梅婷，心疼得一个劲催赶紧安排手术室……李超作为急救中心医院骨科第一把刀，亲自上阵，为林梅婷做手术。

临上手术台，林梅婷让李超给陆雨去个电话，别让他傻等了……

李超晚上9点才依依不舍地下班。一下午来了六趟林梅婷的病房，安排护士、护工，送零食，嘘寒问暖，或者只是进来问候一句都让林梅婷心情大悦。

他们分开了十年。她在他心中，依然那么美，光彩照人。一个骄傲的李超，遇到当年同样骄傲的林梅婷，在彼此事业最辉煌上升的阶段，他们互不相让，性格决定命运，这句话真的没错。两个个性都很强的人，针尖对麦芒，怎么可能走到最后。人生是场长跑，婚姻是其中最锻炼耐性，最磨炼人品质的过程。

时隔多年，李超仍耿耿于怀。林梅婷何尝没有后悔过，可是覆水难收。如之奈何？

53

离婚，给了不幸的婚姻一个解决的渠道。或许会重新来过，造就另一段美好姻缘。但有时，离婚就是冲动的产物，由一个又一个小事件推动，被迫朝离婚的方向飞奔。如同一块下坡的石头，越滚越急。

虽然林梅婷与李超的离婚，并非全然是冲动的结果。但人到中年，林梅婷仍对此耿耿于怀，如果能重新来过，她愿意彼此再谈谈，愿意对婚姻做更多的让步。

李超现在过得也并不幸福。

与林梅婷离婚没两年，留学归来的医学博士许敏分到医院急救中心，她专攻血管外科。业务熟练，人也年轻，思想活跃前卫，敢作敢为。见到30多岁,帅气儒雅的前辈医生李超,奋不顾身地猛追。什么条件都答应,别说约法三章,约法五章都没有问题。女人在爱情面前,智商急剧下降,这和学历高低无关。

不生孩子,无所谓,免了很多麻烦,两个人过多好。他有孩子,无妨,她视如己出。说不定可以当闺密呢。不干涉孩子和她母亲来往,她管那么宽做什么?许敏真的没想到,爱情不能当饭吃,更不能当日子过。

一起开始过日子,李超的强势和保守,许敏的活泼前卫,在很多方面都不搭调。不和谐的时候多了,两个人开始热战,然后冷战,最后拉锯战,到后来两人都疲惫不堪,徒劳无功,谁也不能改变对方,谁也说服不了对方。在这场婚姻面前,彼此对自我的坚持才是最强大的壁垒,是不能打破的屏障。

是啊,不是善良就是最好的品质。若善良的背后藏着一个自私的种子,那这善良只能是一颗露珠,太阳出来,一照耀就灰飞烟灭,无影无踪。

许敏被李超背后的强大自我所控制,常常有理说不出,什么问题到了李超这里,简单几句扔下,"你听就按我的来,不听就免谈。"拒绝交流和协商,要么服从要么走开。夫妻关系与其他关系不同,虽说不是讲理的地方,但若一方一味强势,一方要么甘拜下风,彼此相安无事,一方若不能次次忍,一次不如意,另一方就拿出撒手锏,这日子就难挨得很。

如果一方很弱,甘心情愿做个小女人,那日子还是可以过下去,加上如果运气好,强势的一方又有能力做好一切,那可谓皆大欢喜。这样的例子不胜枚举。在外人而言的不登对,不般配的一些夫妻,能够和谐美满地过下去,原因就在于进退之间。

显然,受过高等教育,有着令人羡慕的职业,有着独立的思想,她不可能一再忍下去，她的发飙折腾，甚至泼妇骂街，对李超这样超级有定力，内心非常强大的男人，可以说完全是小儿科，不足挂齿。李超装的是防弹玻璃，要用加农炮去轰，一般的打几枪，放上一两挂鞭，他只当挠痒痒。

搞得许敏精疲力尽，无计可施。反正李超以不变应万变。不断屈服，让许敏生无可恋。许敏想出国旅行，李超说，母亲怕坐飞机，不能去远处。许敏想过二人世界，定了去香港过圣诞节，李小汀一说要去，马上取消原计划线路，全程陪女儿逛……许敏不是来做李超生活的补充，她是来与李超过日子的。然而，是她想多了，李超并不是这样认为，母亲和女儿，对李超而言才是生活的全部。爱情或者说女人，对他来说可有可无。

事业上的成功，遮盖了李超身上所有的缺点。他的外貌和微笑就像一味毒药，让被他迷住的女人，生不如死。

女人这一生，能遇到一个宽宏大度，彬彬有礼的男人，确实是她的福气。

许敏常常发疯一般自虐，难道自己就是天生要被折磨，而得不到想要的爱情？即便明知，她在李超心里没有什么分量，但她还是舍不得放手，她不甘心，这么好的男人，自己怎么就和他过不下去？就这么忍无可忍？莫非是自己的问题？莫非是自己不够优秀，不够漂亮？或者没有为他生儿育女？

显然，都不是！她的优秀与他无关，她的漂亮也可以忽略，婚姻中，他需要绝对的控制权。不按他的心思，一切免开尊口。

许敏在近乎崩溃中，选择分居。一年后，两人关系毫无进展，李超好像忘记自己有婚姻，好像根本没有想过要付出什么努力，他的平静和无所谓，让许敏选择逃离，她再次出国留学，读博士后。但婚还是没离，她舍不得，宁愿这样名存实亡，也不能忍受他连名义上都与她无关。

与许敏分居快 3 年了，她没有提离婚的事，他也没有提。时间久了，觉得这样也没什么不好。彼此偶尔联系，问候几句，不认真过日子，什么都好说。最简单的解释就是，远香近臭，距离产生美。最复杂的解释就是，有的人只适合做朋友，不适合做夫妻。

李超不是坏人，工作热情，专业能力强，不打人骂人，没有不良嗜好，没有婚外情，洁身自好……然而，他又是婚姻中最坏的人，比冷暴力还要冷的控制欲，让与他生活的女人，如同在探照灯下，哪有什么幸福可言。不能让自己的女人快乐的男人，岂不是婚姻中最坏的人？

许敏在最难的时候，曾经找过林梅婷，诉说自己的痛苦。两个人在咖啡馆坐了整整一下午，许敏的泪就没有停过，"我爱他，若说我不爱他，或者在他身上真挑不出什么毛病，但就是我的爱与他无关，完全无视我，在家庭中被摈弃在外，走不进婆婆女儿的心，更走不进丈夫的心……"

即便如此，她依然爱李超，刻骨铭心，无法自拔。林梅婷着实安慰一番，其他也是爱莫能助，除了陪着落泪，别无良方。

李超说到底，只爱他自己，他有强烈的自恋倾向。怎么会真正在乎一个女人？

54

自恋是一种病，得治！

李超在优越的家庭背景和专业背景下，有能力一直维护自己的自恋，在坚持自我、忽略他人的路上，勇往直前。一个可以一直光环闪耀的男人背后，一定有一个，甚至好多个犯傻的女人。

林梅婷当年心高气傲，想要活出自己，在对方丝毫不肯让步的时候，及时止损，避免了彼此更深的伤害。

"止损"，一个经济学的名词，在情感上面一样实用。过多付出的感情，长时间得不到回报，更看不到前途，这时候果断收手，斩仓平仓，将损失，无论是情感损失还是时间损失，都降低到最小范围。

李超每天早上8点到单位，换衣服，检查病例，开例会，到9点开始查房。科室的大夫、实习医生、护士，在他身后跟了一大堆。浩浩荡荡从靠近护士站的西侧病房，开始一一查房会诊。

到林梅婷病房已经快10点，林梅婷捧着一本书《有一种生活叫行走》在看，这是她纸袋里的一本，出版四五年了，是本随笔散文，写生活和情感的小文章，挺适合在病床上阅读。

李超进病房，先处理其他病人，最后走到林梅婷床边，回身叮嘱其他医生继续查房，自己重点处理这个患者。只留下负责林梅婷病床的护士，汇报了一下早上血压、血糖等检测结果。

"还不错，没啥问题，你自己感觉呢？"李超露出爽朗的微笑，调皮地看着林梅婷。"就是这个姿势太不舒服，石膏太硬又重，何时能拆？"林梅婷精神不错，开始给李超撒娇。

"你这么听话，应该快了。放心，一个月能出院……"

"不行，最多10天，我在医院待不住，太不方便，行行好，早点放了我吧。"林梅婷作势要拜。李超开心地笑起来，"这下可有人治你了。"

有医生带着病人家属进来，像要找李超谈事情。他回头看了一眼，温柔地说："你耐心治疗，骨头总要慢慢长，不能操之过急。我先处理件事，中午我来病房陪你吃饭。"他潇洒地转身离开。

若不是为了自己喜欢的新闻事业，相夫教子，和这样的人儿过一辈子也不赖嘛。林梅婷颓然摇头，美丽是要付出代价，和这样的男人在一起，付出的何止是代价，有时是尊严。他敏感而强烈的自我意识，只适合若即若离，朦朦胧胧的爱恋，不适合两情相悦，卿卿我我的缠绵。

男人是不是可以分两种，一种适合谈恋爱，一种适合结婚？

陆雨属于哪一种？适合恋爱吧。

婚姻到底是什么妖魔鬼怪，让恋爱中你侬我侬的男女，一旦走入其中，就像换了一副皮囊，拿出的都是长矛匕首。

婚姻不是两个人在一起，而是一堆人在一起，不仅包括彼此的家庭，还有亲戚朋友同学，还有彼此的童年！

童年，不会因为遥远而消失，反而越沉淀越积聚能量。因为抓不住，所以遥远缥缈，扑朔迷离。要知道，很多时候，童年是我们人生的最大敌人。是另一方的致命杀手，因为看不到，才高明无比，杀人于无形。

陆雨觉得自己的灵魂，仿佛常常走在家乡的田埂，古城的街巷。在梦里，他奔跑着，天下着雨，他看不到前面的路。站在路上茫然四顾，迷雾重重，走不出去，无人指引。

"不要，小婷，小婷……"陆雨大叫着醒来，泪水盈眶。一场又一场梦魇，惊得陆雨满头大汗。苏瑾从沉梦中被惊醒，极为不满地抱怨，"怎么老是做噩梦？小婷是谁？"

陆雨抱歉地拍拍妻子，"没事，小时候的事，怎么就在梦里头出现？你睡吧，我喝口水。"陆雨要尽快逃离苏瑾的火眼金睛，女人的第六感太可怕，一旦碰触，火力严密得令人无法逃脱。

"少骗我，你是不是在外头有女人了？"苏瑾对着逃走的陆雨背影，大声地质问。

躲闪和逃避，就是心虚的表现，就是有问题。陆雨还是嫩了点，苏瑾以中年女人的敏锐，一眼就看穿了，得意地扑向陆雨。

苏瑾追出客厅的时候，陆雨正站在茶几旁边喝水。她毫不客气地单刀直入，完全没有了连日奔波的困顿，方才的迷糊飞到九霄云外。

没有比发现老公的蛛丝马迹，更令女人兴奋的了。汗毛倒竖，鸡冠膨胀，双目圆睁，一副披上铠甲的勇士，只待对方一个回应，就会不顾一切地扑上去，撕咬拉扯，斗个你死我活。

陆雨灌了一大杯水，放下杯子，回身对着苏瑾，疲倦而无奈地说："我要是没有点花花事，是不是还对不起你了？没事找事。"

这样的回答显然不能满足苏瑾的好奇心，她紧盯不放，看着陆雨说："你别糊弄我，我不信，那你给我发誓。"

"没有就是没有，发誓就有了？幼稚！"陆雨越发没有好气儿，男人有没有外遇，靠发誓能解决什么？不是掩耳盗铃，自欺欺人？

刚凌晨5点多，两口子你来我往就开始吵上了，注定接下来的几天，这些车轱辘话要说上十几二十遍。陆雨头疼欲裂，又无计可施。梅婷还在医院，还不知怎么样？

害怕再次刺激苏瑾，陆雨好几天没有去医院，发微信也是等苏瑾上班走了。告诉林梅婷不能在下班时间给他发微信，担心苏瑾检查。

常言说，百密一疏。

陆雨不是个不精细的人，可是架不住女人起了疑心。苏瑾的确没有发现手机里有通话记录、短信记录，连微信里也没有发现。但她在陆雨微信的通讯录里，看到了一个名字"梅婷"。这个名字不仅让她想起了陆雨梦魇中喊出来的"小婷"，还有两人大学时的女老师——周梅婷。

离开校园20多年，可周梅婷的美貌与优雅还令她难以忘怀。那时女生因为崇拜她，专门去听她的讲座，为的不是听她说什么，是观察她的穿着打扮，是学习她的举手投足。来听她讲座的男生，也有一些人怀着这种心理吧。

她不知现在如何，变成什么样了。陆雨和周老师一直联系，他怎么没有说过？进入梅婷的朋友圈，苏瑾越看越疑虑重重，好像不是一个人。

梅婷的朋友圈对陆雨完全开放，所以什么都有，吃喝玩乐、新闻采编，国家大政，苏瑾像一只训练有素的警犬，东闻西嗅，敬业且专业，一丝一毫都不肯放过。如同拿了显微镜、放大镜。任谁也难逃法眼，难躲佛手。陆雨被盯上，只能念一句"阿弥陀佛"。

除了佛，还有谁能救他？而佛有时很忙，顾不上救每一个人。陆雨在劫难逃。

陆雨从卫生间出来，发现苏瑾拿着他手机低头抄写研究，堪比专业刑警。

像被踩了尾巴一般，他冲过去夺过手机。"无不无聊，你干吗呢？"

苏瑾也吓了一跳，她太投入了，从梅婷朋友圈的内容，她在脑海描画着此人的肖像，爱好吃，喜欢旅行，是个媒体人，有个女儿出国留学，有文化，朋友多，还活泼……

此梅婷显然非彼梅婷！

55

家庭中，最可怕的不是吵闹、打架，是冷战。往大了说，就是冷暴力，往小了讲，就是家庭气压低。

苏瑾的家，从此进入低气压状态。陆雨对她的疑问，不能给出合理的解释，因为解释就是掩饰，掩饰就是有问题，而有问题就是有外遇、出轨，对家庭不忠诚……

这时候，女人要的不是解释，更不是不解释。多完美的解释也无法抹去女人的疑惑，严防死守地拒绝解释，更是对抗的态度，没问题为何不解释，不解释就是有问题，有问题就是有外遇、出轨，对家庭不忠诚……

陆雨摊上大事了。睡觉前唠叨，上街唠叨，做个饭要唠叨，洗个碗也要唠叨，"外头有人了"都快成苏瑾的口头禅。"没证据就能说明没问题？没证据只是说你不老实交代。没证据，谁说我没证据……"苏瑾的话简直如真理一般，无可辩驳。

陆雨再次被炙烤，苦不堪言。你不能在她视线之内，会让其看见烦，不自觉地开始唠叨，也不能离开她视线太久，会让其焦虑，怒气冲冲，不安全感急剧增加……妻子怎么就成了看守所的狱警？他怎么就糊里糊涂成了罪犯？连律师也不能请，如何抗辩？

家就不是个讲理的地方，拼的是谁更爱对方，谁更珍惜对方，更珍惜这个家庭。

陆雨被盯上的这段时间里，开始创作短篇小说。不出门不会友，没有短信不玩微信，苏瑾让站就站让坐就坐，听话顺从，无懈可击。渐渐，苏瑾放松了警惕，陆雨才得以苟延残喘。

他终于放下悬着的心，打开微信，蹦出来的，又是一个噩耗。

39岁的国家网信办移动网络管理局副局长、原《人民日报》河南分社采编室主任曲昌荣，于2016年12月16日6时48分因病不幸辞世。

据不完全统计，曲昌荣是今年去世的第28位媒体人。

陆雨的心再次被撞击。他不认识此人，但同为媒体人，陆雨真的心有戚戚焉。

林梅婷换了二人间的豪华病房，而且是一个人住，李超隔三岔五来送零食，送欢笑，逗得林梅婷心情很好。医院食堂饭菜不错，大小三个食堂可以选择，李超有时从医生食堂打饭过来。他们还叫外卖，在晚上吃饭时间，与远在德国的女儿李小汀联系。德国比中国晚7个小时，晚上吃饭时间，正好是德国午饭时间，一家人难得地视频通话，聊得特别开心。

一家人虽然分开这么多年，可是欢乐并不少。李超从不限制林梅婷来看孩子，接走也随意。节假日还会腾出时间，三个人去公园、逛游乐场。李小汀是被父母家人呵护着长大的，幸福感和安全感极强的孩子。即便有了后妈，她也是公主待遇，至高无上的"约法三章"，就像护身符，只有她发飙的份儿，没有后妈说话的份儿。更何况，她与后妈许敏相处不错，不算闺密，起码彼此投缘，能说很多知心话。

没有了夫妻的枷锁，李超和林梅婷反而相敬如宾，不再看对方不顺眼，更不去强迫对方听自己的。没了权利与义务，朋友间的距离感，应有的礼貌和尊重，让林梅婷与前夫如闺密一样，无话不谈，无玩笑不开，一起吃饭玩耍，乐不可支。除了没有床笫之欢，其他的都祥和舒服，相处融洽。

林梅婷心里跟明镜似的，李超决然不会是她后半生的依靠。闺密就是闺密，变成家人不是亲上加亲，而是打回原形。谁的原形能好看？没有瑕疵没有漏洞？

但人都有虚荣心，都想享受被呵护，被包容的感觉。特别是在与其他女人的竞争中，自己大获全胜的虚荣感，谁能够抵挡？

李超再婚，林梅婷不是没有腹诽。许敏是年轻的海归医生，样样拿得出手，李超约法三章，人家满口答应，连孩子都不生了。这得是多爱啊！可现实就是这么残酷，有孩子还能维持时间长一些，没有孩子，婚姻就像纸糊的，说散就散了。

一纸婚约又算得了什么？人与人之间，或者靠爱情维系，或者靠利益维系，或者靠亲缘维系，还有脾性、地域、境遇等，最不牢靠的，是爱情。

许敏的出走不是对爱情的绝望，是没有利益羁绊的无奈之举。若可以，林梅婷会劝许敏趁年轻，再生一个孩子，否则连爱情也保不住。

陆雨回家了，林梅婷不敢主动找他，怕给他造成不必要的麻烦。陆雨的处境已然艰难，不能让他雪上加霜。

陆雨主动打来电话，主要是解释自己被严格审查，身不由己，不能去医院。

"你不必来，护工非常专业，一切都很自在舒服，还有闺密时不时来解闷，李超也在身边，你就放心做自己的事。"林梅婷的话又温暖又通情达理。

陆雨一时接不上话茬，自己什么也不能为她做，还自身难保。

是啊，这世上不光有爱，还有爱不可及的地方。例如没有金钱支撑，爱就是自行车后座的甜蜜，是天桥上看风景的浪漫，是串串叔叔的美味。但有了条件，爱就如虎添翼，可以是豪门的私人飞机，是游轮豪宅，是烛光晚餐，是奢华首饰……附加值看似与爱本身无关，但附加的部分就像人的衣着配饰，与廉价地摊货相比，豪奢品牌会让你身价自提三分。

林梅婷撇开单位的事，父母不用操心，女儿有自己的爱情和学业，她开始考虑自己，琢磨身边的男人。

所有的爱情若没有婚姻作保，不仅是耍流氓，还是挂了羊头卖狗肉的耍流氓。林梅婷在很多段爱情中试水。但现实是，好男人都是别人的老公，剩下的歪瓜裂枣还自视甚高，凡人看不上眼。

哎，老人们说得对，黑馍馍多就菜。

林梅婷像过筛子一样，把心里头的男人过了一遍，自己看上眼的没几个，即便彼此对眼也才是万里长城第一步，门当户对、生活习性、性格爱好、价值观人生观等，都是成为夫妻的基本前提，哪一项处理不好，都是隐患。要么在婚姻中自我化解，互相磨合，要么积累起来集中爆发，就像瓦斯，达不到一定浓度就不会有事，但并不意味着可以高枕无忧，平安无事！

56

陆雨为不能陪在林梅婷身边而自责时，苏瑾却找到当年留校的同学，拜访了大学时代的偶像，现在已经临近退休的教授周梅婷。陆雨微信里"梅婷"二字几乎成了魔咒，让苏瑾寝食难安，坐立不宁。明知此梅婷非彼梅婷，苏瑾还是愿意来试试，以帮助自己打开心结，得以释放。

老师完全变了样子，除了眉眼还似当年，身材气质完全变样，一个风韵犹存的气质大妈。岁月是把杀猪刀！

高校的课本来就少，临近退休的几年，周老师的课就更少了，一个月排不上几次。有大把时间，用来做自己的事。

可周老师最喜欢做的，竟然不是写作、旅游、广场舞，而是带孙子。问题是，周老师30多岁都还没有结婚，哪里就有孙子了？

一个大龄剩女的脱单历程。

周老师到四十岁上，经人介绍，与一个退伍军官结合。对方比她大9岁，丧偶，带一儿一女。女孩小，已经上初中了，儿子刚上大学。一个如花似玉的文艺青年，最后竟然"栽"在一个丧偶鳏夫的手里。还给两个孩子做后妈，真是令人大跌眼镜！

然而，她不觉得委屈。丈夫粗中有细，不多言语但心思缜密，待人和善、彬彬有礼，虽非文人而有儒雅之气。周梅婷顶着美女才女的头衔，耽搁了自己最璀璨的青春年华，人到中年，才领悟没有爱的花不会长久，而肥沃的家庭土壤才是爱的源泉。

她乐呵呵地给儿子寄学习资料，寄生活用品，关心女儿的早恋，一次次去找老师和对方家长谈，仿佛她本来就是母亲，就是自然而然的角色转变。

丈夫完全放开手，由她去着急高兴或者担心。那种滋味真好，被人爱和有人可爱一样，能给予你无穷的力量，所向披靡，无所畏惧。周梅婷心态的转变令穿衣打扮也即刻转变，丈夫赞叹她，"你越来越像母亲了！"周梅婷并不领情，反唇相讥，"什么像，我就是孩子们的母亲。难道不是吗？"

投入烦琐的生活，周梅婷不似过去优雅了，衣服寻常了，举止低调了，可她安之若素，她变得随性忙碌，爱和碰到的人说："我得赶紧回家，我家老李没有帮厨可不行……"这种带着嘚瑟成分的显摆，让正被婚姻折磨得体无完肤、疲倦不堪的人，咬牙切齿。

她家老李退休后，他们更爱显摆。出出进进，买菜逛街，浪漫得像新婚，都老夫老妻了，怎么就不能低调点？

"宽容，比爱更可贵。怎么就宽容了？就是接纳，接纳生活给你的全部，好的坏的，不好不坏的，乐呵呵地接受。任它怎么变，你都保有快乐知足的心。"周梅婷老师，拍着苏瑾的肩头，"不要自寻烦恼，退一步海阔天空。放过别人就是放过自己。婚姻中的为难，最大的受害者只会是自己。"

"老师怎么知道我有烦恼？"苏瑾与同学走出周梅婷的家，内心还是疑虑重重。说好是来看望老师，她是怎么看出来自己婚姻中有问题？

"你呀，女人的烦恼都在脸上写着呢。你为啥神经兮兮来看周老师，一定遇到什么事了，我们都不说破，不等于你自己不流露出来。"同行的同学调侃苏瑾。

女人是最藏不住事的，心里想的大半会体现在脸上。那些能沉得住气，不露声色，都是像甄嬛一样的狠角色。苏瑾出身小市民家庭，哪里有这许多城府。到中年遇到婚姻动荡的危机，她的心情复杂而纠结。

有一种说法是，到四十岁以上离婚率升高，原因多种多样，其中一条就是猜忌。自身的安全感降低，继而对婚姻、工作等开始重新审视，用监视的目光扎紧牢笼。有的夫妻适合捆绑式结构，培养共同爱好，夫唱妇随就能解决动荡，一劳永逸。就如同治理水患，有的小溪流就能靠堵得以处理。但有的家庭，不伤筋动骨一番，不足以重新建构家庭体制。也即，在中年之后，原有的家庭结构，已经发生变化，孩子即将成年，老人又待抚养，自己生理心理的改变，都影响着家庭中夫妻关系。

苏瑾向同学讲了自己对陆雨的疑问，被同学一顿批判，"纯粹是吃饱了撑的，你又没有证据，再说有了证据又如何？难道还真要离婚？陆雨被你折腾久了，没有外遇才怪呢。他是做记者的，认识人多，交流沟通是工作的一部分，你老这么一惊一乍，他不光反感，还会顺着你的期望去做……到那时，你就终于找到证据了，有病吧你！"

苏瑾也觉得自己太神经过敏了。怎么就没来由地不踏实，没有安全感。"你和男性朋友也一起越野徒步，人家就不怀疑你？你手机上就没有异性短信、通话记录？怎么就能判断人家外遇？更何况你就是猜测，连短信、微信都没有问题嘛。别没事找事，好好回家过日子吧。"

苏瑾被训了，心里还是高兴的。从母校出来，轻松了许多，乐颠颠地去了菜市场，准备买些菜，晚上和陆雨好好吃一顿，缓解一下关系。

与此同时，陆雨和林梅婷通完电话，准备一两天后回北京，继续跟进人口报的事。杨力宏没有再打来电话，但以林梅婷的分析，这是八九不离十的事，宜早不宜迟，还是主动点好，毕竟是自己的事。

收拾了一会儿东西，准备买次日回京的高铁票，上午走好呢，还是下午走合适？与苏瑾关系这么僵，短期内没办法缓解，要不先等她回家，商量了再买票。陆雨心想到此，手机乍响。

一看是杨力宏！真是想谁来谁。

"杨总，你好啊。"接通电话，陆雨马上毕恭毕敬地问候。"客套话就不说了，你尽快来京，报社这边有些松动了，带上你的简历和资料，多多益善，尽快！"杨总连珠炮一样说完，不等陆雨再多解释，"机会太好了，你可要抓紧。"

"是，多亏杨总，我马上订票，明天上午早班车，10点就能去你那里……"陆雨兴奋地连连点头。

太棒了！如果能进入人口报，工作稳定收入好，又是中央级媒体，档次比青山这边强了不是一星半点。真是天不绝陆雨！杨总曾经提过，他们报纸在每个省都有驻站记者，正巧青山没人，已经三年了，没人愿意下青山，陆雨要是进了报社，可以申请下青山。那样家也能照顾上，工作时间还自由，待遇好离家近，这是多少都市白领的梦想啊！这就要实现了！

事不宜迟，陆雨订了次日清晨6点最早一班去京城的高铁票。他在空空的房子里大喊一声，欢呼自己的喜事。拿出手机准备给林梅婷去个电话，也让她为自己高兴高兴。

房门被钥匙打开，苏瑾大包小包进来，"你神经啦，怎么在家乱叫？"她习惯性地批评着陆雨。陆雨心情正好，懒得去计较。"报告你一下，我明早5点就得起床，6点坐火车去北京。我之前和你说的，人口报要开始招聘了，我的事有眉目了，运气真好……"

喜悦，让充满阴霾的家庭顿时晴空万里。

第十二章　京城谋生

57

一时半会儿出不了院,林梅婷百无聊赖。陆雨在去北京的火车上,给林梅婷打了电话,信号断断续续,听了个大概,他去人口报的事,杨力宏来电话说有了眉目,即刻赴京。

这天雾霾高达 1000 μm(微米)。林梅婷正好不出门,反正腿断了,想出门而不得。

这几天,广州日报获得 3.5 亿元党报媒体发展资金支持的消息,甚嚣尘上。

据悉,2016 年 1—9 月,广东广州日报传媒股份有限公司净亏损 2.4 亿元。这笔 3.5 亿元的地方政策扶持,将作为营业外收入计入公司当期损益,并将对公司 2016 年度的业绩产生重大影响。

一石激起千层浪。在纸媒一泻千里的大背景下,广东的举措无疑给传统媒体一针强心剂。引发无数纸媒各种猜测和幻想。当然,也可能只是黄粱美梦而已。

林梅婷记得前段时间，省委新上任的宣传部部长来集团调研，对集团的经营状况非常不满，拿出北京系、上海系报纸停刊、合并的举措，提出，青山报业必须整合转型，与其半死不活，不如快刀斩乱麻，长痛不如短痛。

汇报时，林梅婷在座，她的发言意见是，不能单纯给口头政策，还要放松媒体约束，在经济层面上彻底用企业管理模式，宣传口径上可以适当收紧，至少不能一边捏脖子，一边批评没出息……话不能说得太直白，但意思就是不能只说管理，不论媒体死活。在企业发展上，政策性因素往往起到决定性作用，而作为省直单位的报业集团，何尝不是身处其中，不能自拔。

没有市场养活，拿什么发工资？但主管部门显然不会养活除了党媒之外的媒体。

如此境况，不能改变大环境，就只能改变自身。媒体人在苦苦寻觅出路，十八般武艺都使了出来，结果如何？目前来看，并不容乐观。

起步早的一拨人，利用自媒体平台，及早脱身传统媒体，开始在自媒体初期试水，占领了一个高地。以传统媒体的眼光和专业知识，借助原有人脉关系，实现资本引入，在纷乱的自媒体中，有了一席之地。

有一部分媒体人投身网络，实现从报纸载体向互联网的华丽转身，其实，华丽与否，只有他们自己知道。网站平台的大小，才是未来能否承载梦想的基础。暂时的喧嚣，不过是烟火绚烂，迟早会烟消云散。

还有一些人攀附中央级媒体，或者行业性报刊，最令人羡慕的，就是攀上高枝，重新过上传统媒体人的日子，不必转变，不必经历阵痛。跳上高一级的台阶，需要真才实学，也需要人脉关系，这是一群幸运的媒体人。

当然，还有一部分年轻的媒体人转行、考研，重新出发，另择高枝。因为他们还年轻，在媒体浸润的时间不长，身上的惰性和弊病还不太明显，没有形成高不成低不就的心态。

那些年过四十的媒体老人，说得好听是资深，说得不好听是老菜帮子，就没有那么幸运了。走又不甘心，留下奄奄一息，行业的阵痛，他们是最感同身受的一拨人。陆雨算是运气不错的，能够搭上末班车，攀上中央级媒体的高枝。

林梅婷一面为陆雨高兴，一面为自己所钟爱的新闻事业而难过。花无百日红，二十世纪八九十年代媒体的辉煌再也不可能出现了，新闻爆炸性传播，就注定了其核心价值被稀释，遭到贬值。

今年年初，林梅婷的大学同学申请去援疆，她还有些不理解，这么大岁数了，跑那么远去艰苦的环境中工作，会不会得不偿失？如今想来，人生并无定数，也不必非要一眼就能看到底的定数。在不同阶段，做些自己喜欢的事，也是一种率性。更何况，新疆那么大，蕴藏着无穷无尽的文化资源，对于感兴趣的人而言，像掉进了富矿当中。天高地阔，信马驰骋，一定精彩得不得了。

躺在病床上，林梅婷被迫停下脚步，开始思考人生。做新闻工作是极容易浮躁的。忙忙碌碌，急急匆匆，看似是杂家，啥也懂，啥都了解一些，和啥人都能聊到一块儿，实际上，略知皮毛而已。看土豪大款花钱如流水，看明星名人沉沉浮浮，看寻常百姓柴米油盐的艰辛，甚至弱势群体的无奈悲伤……身处其中，记者的幻灭感更加强烈。加上自己的生存困境，更是容易陷入泥淖。夸夸其谈者比比皆是，他们的所谓思考，并不能解决深层次的问题。

林梅婷觉得自己到了停下来的时候，3个月内，她不得不停下来，是上天给她的一次提醒。让她关注自己，思索未来。

陆雨在雾霾重重的京城，不断往返于住处和人口报社。看起来就要成功的事，在这个冬天，一会儿似乎望见轮廓，一会儿似乎转过这个街角就能到达，实际上，当他越来越介入其中，越感觉到这其中人际关系的微妙。不站队不行，太早站队更不行。就连杨力宏也是，有时也是头疼，一面鼓励陆雨不要气馁，再耐心点，一面叹气，如今的事越来越难办。肯负责的人少了，推和拖成了常态。想听到一句肯定的话，几乎不可能，每个人先自保，先考虑程序和后果，至于个人的能力只能作为基本指标。在一段时间里，陆雨觉得自己就是个皮球，被踢来踢去，在反复碾压中等待时机……

陆雨无名无分，开始为人口报采访和发表稿件，有点争表现的意思。可他已经没有退路。原本离开青山时想，大不了回去，此刻都不能作数。人就是过河的卒子，大多数的时候，不论好坏，都要向前，不能朝后。他如离弦之箭，在离开都市报，离开林梅婷的路上，奋勇向前。为此，他苦恼万分，后悔不迭。

生活就是这样，似乎开了一扇窗户，却关上了一扇门。孰轻孰重，孰是孰非，常常并不能分清楚。陆雨欲哭无泪。

林梅婷的心里何尝不是明镜一般。但她又能怎样？当初她选择让陆雨留在北京，她就明白，从来就没有万全之策，只有不断选择，做自己那时那刻认为对的事，如此而已。

58

在总结报业为何经济萧条，亏损严重时，很多人仍在用发行量、读者定位、自媒体冲击、传统观念等来解释，严格说，不是没有这些因素的影响，但更是整个大气候的低气压，市场紧缩所带来的必然结果。

报业的春天迟迟未到来，这个严冬才刚刚开始。能否挺过去，能否在春天大地松动时，长出嫩苗，都是未知数。古语有云，时也，运也，命也！报业命数，在劫难逃。

林梅婷想了几条退路，一是去高校教书，接过父亲和爷爷的教棒，站上讲台教书育人。这件事她在过去5年一直在做，为青山大学新闻学院和商务学院的研究生授课，经验不能说很丰富，起码不能说没有。二是去经商，靠过去建立的人脉资源，做一些自己擅长的O2O或者P2P的事情，赚大钱不去想，起码做个小老板还是可以。但显然她做不到，面子上也过不去。三是当个作家，专心写作，从地方历史研究开始，挖掘本土文化……

"到中年，就是人生的一次拐弯，别只顾往前不去反思，到头来，发现一场空……"闺密郝姐姐曾经这样说过。她接近退休的几年，本职工作几乎就是捎带，空出时间学习心理学、参加读书会、参加公益项目、户外徒步、练习书画……她比年轻时上班都忙碌，天天干不完的活，做不完的事，精神百倍，斗志昂扬。"学习，让我忘记年龄，忘记退休，忘记衰老和孤独。学习，是摆脱寂寞、失落、衰老的良药。"学习，学习，学习！林梅婷觉得，与其拓展自己的社交圈子，不如丰富自己的学习圈子，在不断提升的学习中，找到生活的方向，找到自己的兴趣所在。人生或许才有意义！

她思来想去，书法是她自小坚持下来的爱好，今后还将继续。除此之外，她还要学习绘画，写意国画应当不错，有了书法的底子，上手应该很快吧。她还想重新学习英语，把过去的英语捡起来，哥哥一家在美国，女儿在德国，她要抽时间去看他们，从头学德语显然来不及，英语有功底，入门也快，早早备着，说不定何时能用上呢。人生的事，谁又能说得清楚。

张斌在德国20年有余，回国时见过几面。他娶了同为留学生的中国同学，生了两个女儿，比小汀小一些，也该上高中了吧。

有人说初恋如何神圣，如何难忘，如何耿耿于怀，林梅婷没有这种感觉。虽然她为张斌的痴情而感动，将张斌称作自己一生的贵人，但事隔20多年，除了书信，后来是E-mail、QQ、微信……她对他还是不够了解，说到底，就是不够关心。

小汀说，去了德国后，张斌叔叔对她非常照顾，周末会邀请她和男朋友去家中，他的两个女儿都非常懂事，张斌的母亲跟着儿子在德国五六年了，一直悉心照顾一家人。令林梅婷没有想到的是，张斌的妻子3年前因病去世了！但张斌从来报喜不报忧，没有与林梅婷提及过。

她有些自责，该关心张斌一下。在微信上留言：近来可好？母亲可好？孩子可好？我出了个小意外，小腿骨折，在医院静养。若有时间可以多聊聊……

身边每每有人离去，特别是因病因心理问题离去，林梅婷都难以自拔地自责，她总觉得，自己如果多关心他们一些，或许他们就不会离去，如果……人生没有如果。

张斌博士毕业后，就留校任教。学校的工作严谨单纯，张斌非常享受在德国无忧无虑、与世无争的生活。虽然妻子因病早逝，给他带来很大的打击，但好在有母亲陪伴，抚养两个孩子长大，他也很欣慰。一家人度过了最悲伤难过的一段时光。

见到林梅婷的留言，张斌深知，看似很外向的林梅婷，对情感其实大大咧咧，不够敏感和细致，能突然这样关心自己，一定是她了解到自己丧偶的事情了。他其实不太愿意被人知道自己的现状，因为再多的同情也无法疗愈自己的伤痛。

他告诉林梅婷，这个学期在学校的课程早早结束了，到明年3月都在放假，他会花一个月时间去北极，看看大千世界。

当然她也邀请林梅婷去德国，请她喝最贵的咖啡，吃最大的比萨……当年分开时的约定，现在想来有些可笑，一转眼20多年了，人生真经不住过，他们都到知天命之年。

年轻时觉得爱情还会有，不去多想，忙工作、忙家庭、忙孩子老人，人到中年发现，爱情其实只有那么一点，用过了，就再没有了。剩下的心头那点澎湃，就像极了烧尽了的灰，还有一丝火苗，但明显的都过了，就差一点收拾残局了。

到了这个年龄，谈爱已老，谈死还早。

张斌明知林梅婷单身十年，但他宁愿相忘于江湖，一则林梅婷的心不在他身上，更不会为了他放弃自己的事业；二则他孩子尚小，还有母亲要赡养，自顾不暇，实在不方便谈感情。他宁愿在心里惦记林梅婷，思念，或许那才是最好的方式。爱实在太累，太不切合实际。

林梅婷觉得，很多爱经不住耽搁，几经蹉跎，就是一种对自己和对方的残忍。而自己何尝不是残忍，辜负了那个给过她全身心爱的男人。她以为自己一生会遇到很多这样的人，走到知天命之年，才发觉他的弥足珍贵。

陆雨的爱，固然单纯真诚，但实在不踏实，不切合实际。不过是一段露水情分，这让她有种幻灭感。爱，若不能给人安全和踏实感，就不能长久。露水而已，见不得光。

想到此，林梅婷心痛不已，难以自持。

59

一晃就到了年末。林梅婷出院回家养病，伤筋动骨一百天，她这个新年哪儿也去不了。也好，如此寒冬，守着明媚的阳光，几杯清茶，几本闲书，胜过外面凛冽的风。

报业的寒冬更加凛冽，林梅婷不由感伤。

2016年12月29日，《京华时报》在其头版发布休刊公告。公告称，《京华时报》（纸质版）从2017年1月1日起休刊。同时，保留和发展《京华时报》新媒体业务。

早在11月13日，《京华时报》便通过官方微博表示，《京华时报》主管主办单位变更为北京日报报业集团，并于2017年1月1日休刊。

不久前，北京日报报业集团在京华时报社召开了员工转岗交流工作会，明确将按照分层分批的原则，有序推进岗位安排工作，以确保有意愿在宣传系统工作、有能力胜任岗位要求的同志都能够安排上岗。对于选择自谋职业的员工，北京日报报业集团也将尊重个人意愿，按照法律规定妥善解决相关问题。

12月28日，上海报业集团宣布，上海国资以6.1亿元战略入股澎湃新闻。与此同时，从2017年1月1日起《东方早报》休刊。《东方早报》原有的新闻报道、舆论引导功能，将全部转移到澎湃新闻网。

与众多停刊的纸媒类似，《京华时报》将自己的窘境归结于"新媒体的冲击和市场环境的变化"。

而上海报业集团的媒体转型并不是被动的，也显得更为彻底。上海报业集团则认为，澎湃新闻在原创力、传播力、影响力等媒体核心指标方面都已经完全覆盖和超越了《东方早报》，《东方早报》具备了告别纸质版，实现向互联网新媒体彻底转型的条件。

有业内人士指出，整个传媒行业的整合，主要机会还是在国有资本手里，并且能够玩得起这个游戏的人是非常少的，绝大多数的人是没有资格玩的，这不是钱多钱少的问题。

是啊，很多转型都不是钱的问题。需要天时地利人和，需要一个敢于承担责任，并有着强大智慧和能力的人。任何的改革创新，没有钱显然寸步难行，但不是只要有钱就能解决的。

中国有句古话，有同行没同利。都是开店的，都是隔壁邻居做生意，但就有人赚了有人亏了，饭菜、卫生、人员、管理等都可能是差距，但不可否认，经营者的胆识与胸襟是企业长久的关键。

转型为自媒体，是不是会成为纸质媒体的最佳途径？目前而言，都未可知。有句话说，"皮之不存，毛将焉附。"没有纸的依托，报纸还能称之为报纸？其新闻载体改变，会不会意味着报纸的堕落，或者说是消亡？淘汰一种载体，用新的形式替代，就科学发展而言，是时代发展的需求，但报业没有了纸质载体，就像书不必印刷，通过电子书的形式出现，是不是就意味着传统书的消亡？

一切都不得而知。时间是最好的检验方式。唯愿，纸媒和纸媒从业者且行且珍惜！

2016年走到了尽头。无论人们多么不舍，时间都在一分一秒中流逝。一帆风顺也好，磕磕绊绊也罢，日子都要向前，无可抵挡。

陆雨在2016年的最后一天从北京回到云中。他心情灰暗而无助，前途未卜，雾霾依旧，戴上口罩像极了掩耳盗铃者，一副煞有介事的样子，顶不顶用，起不起作用，他是茫然不知的，但聊胜于无，只能做做样子，以求安慰吧！

林梅婷出院后，就一个人待在家里，陆雨好想去看看她。和苏瑾说要见个朋友，饭后才能回家。苏瑾正和一帮朋友聚餐，说，恐怕要过了零点才散……陆雨挂断电话，不觉轻松反而沉重，在他和梅婷亲密如夫妻的两人之间，喜乐忧愁一样无法相知，怎不感到孤独？

步履沉重，心事重重，陆雨坐着出租车，从火车站飞驰在快速路上，空气并不新鲜，夜色斑斓，寒风凛冽，他还是将后座一侧的窗户开了条缝。车外华灯闪烁，璀璨夺目，道路两侧鳞次栉比的高楼，如鬼魅一般，闪着诡谲的光芒。回到林梅婷家，即将见到心爱的她，陆雨还是高兴不起来。

在无边无际的黑暗中，他试图望见能感动自己的事物，可是没有，车经过最繁华的广安大街时，他想到了每年有不少落魄的人从桥上一跃而下，他觉得不祥地摇摇头，关上车窗。开始没来由地找烟，在京城的这段时间，苦闷和繁重的采访任务，令他开始用香烟麻醉自己。

大多数时候，男人吸烟不是爱那个味道，是心理需求，燃一根烟，消磨一些时光，或者排遣心头郁结。烟，是孤独的产物，是一个人与另一个自己独处的媒介！

不过几个月的时间，陆雨已然没有了当初的心情。期待见到梅婷的那份喜悦，仿佛是上辈子的事。曾经淋个落汤鸡也甘之如饴，可此刻的他万般沉重，不知如何面对林梅婷。工作尚是未知数，家庭于他无可奈何，林梅婷在病中，而他也无能为力。人的生存问题得不到解决，其他的心理需求、生理需求、精神需求等都将推至脑后。生存，永远都是人之第一位。陆雨明白，自己不是不爱梅婷了，而是无力去爱。

林梅婷坐着轮椅可以在房间里自由来去。虽然她的腿伤并不重，去了石膏拄着拐杖也行，可李超还是建议她减少运动，避免二次伤害，一不留神错位，就会受二茬罪，必须重新接骨。林梅婷自然要听医生的话，老老实实，以轮椅代步，隔天有钟点工来帮忙收拾卫生，购买生活用品。

陆雨进门时，林梅婷正在厨房炖猪蹄排骨汤。坐着轮椅干活的效率降低，动作缓慢迟钝，但不影响她烹饪的心情。陆雨在北京一定吃不好，日日奔波在外面吃饭，怎么比得上在家做的有滋有味。

她总是没来由地心疼陆雨。爱一个人有时不是想成为上天入地的神仙眷侣，是舍不得对方难过，舍不得对方受一丁点儿委屈的心疼。

陆雨进门顾不得多言，洗了手就把林梅婷赶出厨房，让她安静待着，其他他全包了。林梅婷笑嘻嘻，把轮椅推到厨房门口一侧，斜着身子探在门口与陆雨说话。

其他小菜都是现成的，切几片酱牛肉，两个凉拌菜烹油拌匀即可上桌……陆雨熟门熟路，三下五除二，不到一刻钟，饭菜摆上餐桌，陆雨把林梅婷推到桌子边，自己边开红酒，边抱歉地自责。"你遭这么大的罪，我都不能在你跟前，觉得都没脸见你了……"

两个人倒酒，干杯，一饮而尽。

陆雨觉着酒味并不甘甜，苦味更浓，喉咙刺痛，莫名地想流眼泪。2016年，过到头了，挡也挡不住。

第十三章　新年快乐

60

2017年，来了！欢喜也罢，讨厌也罢，它就这么不管不顾，自得其乐地来了。岁月无情，不在于来去自由，而在于没有回头的路，似乎是太阳升起落下的寻常日子，但今天的太阳已然不是昨天那个，就像一条河，踏进去的此刻，与再踏进去的彼刻，已经不是一条河流。

陆雨向林梅婷简单说了人口报的人事情况，因为报社社委会领导各怀心思，包括他在内的几个应聘者的问题，一直被拖着，不断出现新问题，但还是有转机，所以希望似乎近在眼前，却不肯落停，让人七上八下，不得安稳。

林梅婷劝了陆雨几句，顺其自然吧，过了春节，还是没有结果，就干脆放弃，回来吧。据说，都市报经过内部调整，目前自身发展有点起色，谈不到有希望，起码工资可以按时发放。人员流失不少，负担相对减轻，倒也是个减负的方法。

就媒体整体现状来看，能按时发工资，已经是相当不错的了。林梅婷的表妹在云中日报工作，他们也是拖延两个月工资，地市报纸的工资，整体降低了30%左右，能减少的开支，都在削减……

陆雨说，人口报如果不行，他也不打算做报纸了，想跟着一个做生意的老同学，去南方卖医疗器材……那可是暴利，他也顾不得斯文，打算弃文从商了。

"中年创业，还是做自己擅长的好，另起炉灶，非常容易失败。一定要慎之又慎，不可意气用事啊！"林梅婷一边劝着，一边多喝了几杯，等陆雨离开时，她都有些醉意，倒在陆雨怀里落泪了，"我也有可能动一动，这么热爱的事业，到了也是要放弃……"

陆雨在十点半离开，虽是不舍可担心苏瑾起疑心，他不能不心有余悸。到了这个年纪，怎么经得起时不时的家庭风暴？！

苏瑾此时还在灯火明亮，恍若白昼的酒店与朋友欢聚。她们几个闺密就逛街、喝咖啡、吃饭……年轻时都没有过的放松和惬意，在这个年龄段开始回归，一一找补回来。从发型到大衣，从色彩到口红，从咖啡到心理学……女人的聚会，特别是半生不熟的女性间的聚会，无论开头多少严肃的话题，往往到最后，都是关于美与审美的事，衣服与美貌，情感与心态，总是最不可避免的话题。

好在苏瑾这几个闺密是熟悉的，不必在衣服上多花时间，她们谈红酒的品鉴、朗诵的益处、心理学的培训、读书会的题目，还有旅行和越野。脱离吃喝拉撒的俗人生活，是很多如苏瑾一样中年女性的追求，有能力可以走一条与父辈不同的路子。

这是一个最好的时代，也是一个让很多人落寞的时代。

陆雨回家洗澡睡下，拿着手机浮想联翩。那么需要自己照顾的林梅婷不能陪伴，那么温暖舒适的家不属于自己，此刻冷丝丝的家，不知逛到何时才回家的苏瑾，都让陆雨产生了一丝怅惘。

可婚姻岂是说散就散的？二十年婚姻，亲戚，朋友，儿子，共同的记忆和苦难，他怎能不留恋珍惜，不可能轻言撒手。还远不到那一步，工作无着落，还不是谈感情的时候。

对于男人而言，责任之外，还有惯性。他可以为了一份感情而牺牲责任，但骨子里不愿为了某人而改变自己固有的生活。男性的现实性和自私正在于此。人到中年，诸事繁多，没有外力的加速和促进，没有几个人敢于冲出婚姻的牢笼。

而常常加速和促进的，大半是女性，第三者或者婚姻中的女性。作为妻子，面对出轨的老公，是拉一把，还是推一把，似乎一念之间，但结果大相径庭。

出轨固然可恶，比出轨更可恶的，是用道德去绑架，用舆论去火上浇油。婚姻，是两个人的事，对出轨行为是宽恕还是不可容忍，都是夫妻两个人的事，当外界介入其中，婚姻的走向就不可知了。当事人互相伤害，必然加剧矛盾。

陆雨讨厌自己的懦弱和自私，父亲的影子如影随形，儿子虽然大了，但他依然需要一个完整的家，他不能贪图一时的爱恋，做出有违道德伦理追悔莫及的行为。可是他明白，自己出轨了！

他无耻地贪恋梅婷，想闻她的气息，想和她在一起做任何事情，她有着成熟女性的优雅，有着职场女性的干练，有着母性的温存和包容的心。

回到云中见到梅婷，郁闷并无半分减弱，因为得不到，因为愧疚而来的无助感，都令陆雨神经衰弱，夜难成寐。

等苏瑾回来，收拾好，蹑手蹑脚走进卧室，躺在他身边，陆雨却紧闭着眼睛，装出熟睡的样子。他不想和她说话，起码今晚，他沉浸在对梅婷的思念当中，他愿意让苏瑾相信，他一切如常，不必多虑。

苏瑾再敏感，此刻一夜喧嚣，也令她无法开启雷达，虽说小别胜新婚，但何时开始，他们依然如右手拉左手，寻常麻木到没有知觉没有冲动。他还是当年那个矜持自重，有着忧郁气质，安静无猜的陆雨吗？是他变了，还是他不爱她了？苏瑾怎么也想不明白，她明确感到，他们之间出了问题，一定出了什么问题。

元旦，不似春节，并无特别的庆祝方式。老大不小了，也不能去逛公园吧，逛商场陆雨反对，苏瑾昨天也逛够了，也懒得出门，于是提议，该回娘家看看了。

陆雨沉吟不语，默默点头表示认同。丈母娘对他们不薄，儿子陆子丰小时候姥姥照看得多，作为女婿，他孝顺老人责无旁贷，更何况平日里人家并不需要他照顾，节假日买点东西去看看，也是人之常情。"这几个月忙，好久没去了，多买点东西吧。"陆雨边穿衣服，边自言自语。他是说给自己听的，也是在安抚苏瑾。妻子也不容易，他一去月余，什么也不管，没几句贴心安慰的话，真是说不过去。更别说在林梅婷的事情上，怎么说对苏瑾也是一种背叛，陆雨内心的自责更深、更痛。

有的痛无人可说，无人替代。他深以为然。

61

元旦之后，陆雨回到北京，事情终于有了转圜。在经过一轮与刚大学毕业的应征者一样的笔试、面试，在腊月二十，他工作的事总算有了眉目，春节后，他就能进入见习期。招录三个人，进入见习期五个人，本来尚有悬念，不料，其中一个考上博士，放弃这次机会；另一个因为文凭造假，在审核阶段被查出来，自动淘汰……在丙申年就快结束时，陆雨的心落停了，同时入职的还有一男一女，都是90后，学历高，且都是北京户籍，就他年纪大了，还不是本地人，为租房子每日发愁，过了年又要搬家。在放春节长假前，陆雨将自己的东西临时寄存在朋友那里，带着无限感慨，踏上回程。

腊月二十三，陆雨在小年夜前回到云中，万家灯火，零星的焰火，都让城市笼罩在节日的气氛中。儿子已经放了寒假，回来两天了。陆雨准备过年带着苏瑾和儿子一起回平陶老家，在老家过个年。这个想法他思虑再三，但依然没有把握成行。刚结婚一两年时，每年都要回去过年，后来有了儿子，苏瑾说老家条件差，儿子小，就这样一拖二拖，每年过了初三，他才独自回去看望母亲，苏瑾带着儿子回娘家。

日子就是这样，习惯成自然。到最后谁也觉得本该如此。等儿子长大一点，初三去苏瑾娘家拜年之后，陆雨就带儿子回平陶，苏瑾以太冷为名，过年极少回去。有两年也接母亲来云中过年，免了劳顿奔波之苦，却少了亲戚拜年的乐趣。

陆雨明白，逃离家庭的少年，已然成为期待回归家庭的中年人，到晚年，那种落叶归根的感觉会更胜。那些七大姑八大姨，那些斤斤计较的亲戚，那种内心深处最本真原始的亲情，正在随着年龄，一点点过滤掉不好的、错的，积淀下难忘的、好的画面。中国人的乡愁，原本就有着亲情的成分。是一方水土的基因在作祟，儿不嫌母丑，狗不嫌家贫，不是分不出好坏，而是人为地放大优点，屏蔽缺点。

林梅婷的骨伤并不碍事。她开始专注练习榜书，还参加了几次书法家联展。这几天，书法作品被送到一处新建的民营美术馆展出，昨天两人通电话，商量好，陆雨开车载着林梅婷去一趟。

回到家，苏瑾不在，儿子陆子丰和同学出去玩了。别人家小年夜的红火热闹，让陆雨又羡慕又无奈。他放下行李，去附近超市采购，还特意买了一瓶红酒，想一家人庆祝一下。他几个月来在京的努力，终于有了结果，就剩下年后上班办手续了，岂能不乐？

可等他做好饭，一切料理停当，还没有人回家，他孤零零对着热气腾腾的饭菜，倒进醒酒器的红酒散发着诱人的气息，他竟然毫无饥饿感，索然无味。

给陆子丰去电话，里面是嘈杂的音乐声，儿子和同学聚餐后去了卡拉OK，具体几点结束，谁也说不准。"你自己吃吧，这是我们中学毕业后第一次大聚会，怎么也得尽兴吧……"陆子丰几乎在喊了，陆雨才听到。颓然放下电话，叹了一口气，陆雨拨通了苏瑾电话。

很长时间没有人接，到十点半，才回过来电话，苏瑾说，马上回家，刚才在健身房，手机不在身上……

苏瑾不知何时开始信奉过午不食，这顿饭注定没人陪他吃了。陆雨无比寂寥，在微信里给林梅婷留言，恨不能现在就跑去见她。明早过去，还要等七八个小时，等得好心焦……到12点，苏瑾和儿子前后脚回来，都累得懒得和他说话，陆雨也装作瞌睡，打个招呼就算了。

一夜难熬。6点起床，陆雨热了昨夜的菜，随便吃了几口，苏瑾要9点才上班，陆子丰可能要睡到中午，他留了纸条在餐桌上，说自己要拜访老同事，今天会很忙，中午就不回家了。

走出家门才想起来，没有问苏瑾车在哪里停着，车钥匙也不知在哪放着，又不好意思叫醒苏瑾。犹豫一下，陆雨叫出租车，直奔林梅婷家。

虽然每天都留言互动，可已然难解相思之苦。陆雨无法形容在寒风凛冽的天气，期待一个火盆的感觉。林梅婷就是他心中的火盆，内心的温暖。

停下车，路边正巧看见卖水仙花的，陆雨毫不犹豫挑了两盆，林梅婷爱花，哪个女人不爱花？能在整个春节绽放的水仙，更让人欢欣愉悦。他兴冲冲地上楼，林梅婷从落地窗看到陆雨，一手提着一盆花进来，早早等在门口，给他开门。

一进门，陆雨忙着去厨房接水浇花，放置在阳台有光的地方，林梅婷坐着轮椅愉快地看他忙碌，一脸的幸福。

两个人自然地望着对方，像从没有分开的家人。"花开了，香气很浓，喜欢吧？"陆雨就近坐在最靠近阳台的摇椅上，施施然地晃着，看着林梅婷笑。

"家里的花叶子长得好，花却开得少，年前还想多添几盆花，过年看着喜庆。"林梅婷好心情地将轮椅推近陆雨，"过年，你怎么安排？"

"想回老家，陪陪母亲，今年初二还要给父亲上坟，今年是新坟，得去。"陆雨停顿了一下，问："你怎么安排，一个人闷了吧，我又不能陪你……"

林梅婷笑了笑，"别担心我，还在犹豫去不去我弟弟家，深圳过年能逛花市，倒是很合我心思。你离得不远回老家几天也对，你们初几上班，年后就要办手续了？"

"过了十五办手续，没那么着急，还得谢谢你呢！"陆雨说着，起身将轮椅拉到自己跟前，一把抱住林梅婷……

少顷，林梅婷推开陆雨，"要出发了，太晚了让人家等。"

陆雨意犹未尽，"今晚我不回去了……"

"我换件出门的衣服，你洗洗手吧，等我一会儿。"林梅婷不等他说完，转身推着轮椅进了卧室。

陆雨伸手看了一眼，急忙说："不脏，我帮你吧。"说着跟在林梅婷身后，"你替我去拿上笔帘和水果，就在餐桌上，给我准备鞋，其他就别添乱了。"林梅婷随手关了卧室的门。

陆雨心花怒放地哼着曲子，拿好东西，靠在门厅柱子上望着卧室门。五六分钟的样子，林梅婷再出来已经画了淡妆，穿了件淡蓝色羊绒大衣。女人真神奇，几分钟就能容光焕发，像变了个人一样。陆雨暗自感慨，更加珍爱林梅婷，自然地蹲下来给林梅婷穿靴子，林梅婷随手摸着陆雨的头发，头顶都有些稀疏，看得到头皮了。"你换个染发剂吧，我改天买了快递给你吧。"林梅婷心疼地说。

陆雨上高中就有很多白发，后来干脆白色、灰色、黑色掺杂，太难看了，不得已，就一直染发，到如今也有二十年了，且是油性皮肤，养成日日洗头的习惯，难怪头发掉得多……

他有些难为情，抬头看着林梅婷说："好吧，换个染发剂也好，万一变了秃子……""胡说八道，快走吧，快迟到了。"林梅婷打了陆雨一下，预备去开门。

陆雨赶紧站起来开门，推着林梅婷走出来。二人愉快地上了电梯，下到地下车库，陆雨扶林梅婷上车，刚坐好，身后有人说话："你们这是要出去？"

两个人有点意外，回头看，"李医生啊。"陆雨先叫了一声。

林梅婷的前夫出现在车旁边，手里提着不少东西，看着林梅婷，不语。"不是说下午来吗？现在我们要去看美术展，你有没有兴趣？"林梅婷显然有些意外，略略有点尴尬。

"下午有个手术，临时安排的，我就上午抽空过来，顺便看看你的腿恢复的情况。"李医生也有点尴尬，三个人互相看着，不知该怎么处置。

陆雨更加尴尬，他觉得自己是个彻头彻尾的第三者。

62

林梅婷定定神，对前夫说："我们来不及了，快迟到了。不如你自己上去，我们吃过中饭才能回来。"她从手提包里拿出钥匙，递给李超。

陆雨没奈何地转到车的另一侧，坐上车开始发动。李超似乎有话说，小声对着林梅婷说了两句，轻轻关上车门退后两步，林梅婷看了陆雨一眼，说："走吧。"

车出了车库，快速地行驶，悄无声息。陆雨闷头开车，貌似全神贯注，内心却如打翻了五味瓶。林梅婷轻轻叹了口气，不说话，低头看手机，刷朋友圈。似乎心不在焉，可她也不知该说什么，原本愉快默契的气氛，像被倒进冰块，迅速冷却，安静到让人莫名尴尬。

怎么开口？说什么？难道他能抱怨什么？林梅婷又没有做错什么。陆雨无比懊恼，心里像压了一块石头，出气都不顺畅。

林梅婷更无辜，怎么解释？需要解释吗？就算解释，能够消除陆雨的顾虑？解释就是掩饰，可掩饰比尴尬更令人尴尬。于是，两个人只有用沉默应对，彼此心照不宣地回避。

说回避不如说是逃避，林梅婷无数次想过，她与陆雨不合适，无论爱情多么诱人，都没有长久的未来。他有婚姻，比她小 6 岁，这无论如何都是障碍，无法逾越。

在这个前提下，她与李超也好，和其他任何男人也好，都犯不着向陆雨解释。

陆雨何尝不明白，他没有立场要解释，再完美的解释，对他而言，又有什么区别。说到底，爱是最没有力量的，除了眼中的火花，心里的牵挂，世俗的约束和责任全然没有。

没有约束和责任，爱就是空洞的词汇，看似高大上，实则虚无缥缈，抓不住，摸不着。

走快速路，不过40分钟就到美术馆。美术馆矗立在城东高地上，四周是庄稼地，空旷而冷寂。名曰陌上，是刚刚开业不到半年的崭新的美术馆。整体四层，豁亮宽敞，林梅婷的八人书法展在二楼，观者不多，稀稀拉拉几个人。

陆雨推了轮椅，两人并不多交流，与接待的负责人打了招呼，就默默地一幅一幅作品去看。有草书、行书、隶书、篆书，还有小楷、大字，也有别具一格的书信小札。陆雨其实很多字不认得，糊里糊涂的，要是平时，他就让林梅婷去读，而这次，他兴致不高，林梅婷也表情怏怏的，两个人都不刻意冷淡，也不去刻意营造气氛。有一搭没一搭地说着话，看完二层展览，上三层看了中央美院画家的写生展览。到11点就结束了，主办方要留吃饭，两个人互相看一眼，心领神会地婉拒了。林梅婷说，有些累了，还是回家休息。陆雨说，下午约了人，要提前离开……

期待已久的约会，就这样草草收场。陆雨有种欲哭无泪的别扭感觉，而林梅婷拉着脸，有种拒人于千里之外的冷。

两个人各怀心思，在雾霾未散，阳光朦胧之中，无法自拔。爱与不爱，最大的区别在于，爱需要两个人的回应，一个人动心叫暗恋，不是爱。而不爱，只要一个人就够了，两个人不爱，就可以叫作心心相印，一拍即合。

陆雨还是稳稳开车，悉心地送林梅婷回家。进门，看到一堆礼物，一些高级营养品，一些年节食物，还有一大捧玫瑰花。就那么炫耀似的，占据了客厅最显眼的位置。陆雨莫名觉得屋子太热，空气太闷，呼吸不畅。他下意识开了加湿器，倒了杯水给换好衣服的林梅婷。

"中午想吃啥？我来做吧。"陆雨问。

"不太饿，你先歇会儿吧。把李超拿来的东西收拾一下，看看有啥能用，你走的时候拿走一些。我一个人别糟蹋了。"林梅婷从轮椅上下来，坐到沙发上。

她已经可以走动，只是不能太吃力。所以平素坐轮椅多，轻微的活动还不碍事。陆雨也倒了杯水，坐在林梅婷身边，将她的腿搁在自己腿上，慢慢地按摩。"小腿垂的时间长了，不太好，还是要多卧床。"他不想让之前的事情影响他们的关系。好容易见一面，或者，春节前，他就能出来这一回了，那么久的分离，让他决定放低姿态。

林梅婷放下手中水杯，"要不中午陪我喝杯酒？！你看看红酒柜，有瓶西班牙的红酒，据说味道特别好。我一个人没舍得喝。"林梅婷这么说着，将身子靠在陆雨肩头，做出撒娇的神情。

两个人不再别扭。互相亲吻了一下，陆雨开始抓紧时间将李超带来的东西归类处理，该放储物间的，该放冰箱的，该扔掉包装的，三下五除二，清理完毕。总算眼前清净了，心里也舒坦了。

人真是奇怪，常常爱自欺欺人，明知道矛盾存在，可就是不说破，暂时省事，避免冲突，但长久而言，不过在累积怨气，早晚会忍无可忍，会爆炸，会不可挽回。

陆雨离开林梅婷家，已经下午4点多。他觉得有点累，心累，那份不舒坦仍在，当然，思念也在。他们之间有爱，却没有未来。

陆雨去附近超市，买了一堆食物，给左奶奶送过去，安慰了几句老人才回家。耽搁来耽搁去，到家都下午6点了。苏瑾正在客厅地上做瑜伽，听见开门声，定定地看着他，眼中带着一丝怀疑。"怎么现在才回来？刚回来就不着家。"苏瑾语气明显不爽。

陆雨懒得解释，敷衍了两句，进卧室去了。家里的气氛一样冷飕飕，并不比外面暖和多少。陆雨叹了口气，早早上床睡下。儿子还没有回来，可真是跑疯了。这个年纪多好，无忧无虑，他都有些嫉妒没心没肺的儿子了。

昨夜的寂寥，白天的尴尬，现在的猜忌，让陆雨欲哭无泪。他有很多话要和苏瑾商量，可两个人根本坐不到一块儿，她的冷淡，让本就无奈的陆雨，无所适从，心灰意冷。

等陆雨睁开眼时，苏瑾正怒气冲冲地看着他。夜已经很深，外面的鞭炮声此起彼伏，陆雨家的暴风雨即将到来！

"妈打来电话，问我们哪天回去？过年回老家的事，你怎么不和我商量就决定了？你太不把我当回事了吧。"苏瑾见陆雨睁开眼，连珠炮一样倒出来。

原来是这事。母亲太心急，这么晚打电话问这事。陆雨翻身坐起来，按按发胀的头，耐着性子回答："前几天就是和妈说了想回去过年的事，并没有定下来。刚才回来，就想问问你的意思，回不回去你说了算。"

陆雨下床，披着睡袍进了卫生间。

等他出来，苏瑾头顶气压好多了。"我和哥哥一家约了过年去海南，明天晚上的飞机，过了初五回来。还没来得及和你说呢。"苏瑾轻描淡写地说了，看着他，"你又不会和我们……"她欲言又止，言下有意。

陆雨怎能读不出来，自己在苏瑾眼中又无趣又寡淡，一起玩耍怕彼此扫兴呢。苏瑾哥嫂前几年就在海南买了房子，平时出租，过年就一家人去度假。陆雨前年跟着去过一趟，房子不大，人多，拥挤不说，人家一家人欢欢喜喜，他老觉得自己多余，想想母亲孤零零一个人在老宅，心里就不落忍。

"你们好好玩吧，我带小丰回老家，今年初二要给父亲上坟……"陆雨懒得计较，倒头睡下，懒懒地说。

"小丰也要去，他有同学一家也去海南，约好要一起玩呢。"苏瑾的话让陆雨顿时没了睡意，压抑到心口像压了一块石头。

63

林梅婷在年前去了深圳，苏瑾和儿子去了海南，陆雨去报社，看了看都市报的同事，聊的无非是几个月没有发工资，年终奖一毛钱没有，连烤火费也是一毛没见……朝不保夕，前途未卜。

不仅楼道里没人，办公室更是寂静无声，没有高声语，更无欢笑声。陆雨见了几个故人，中午请大家在附近吃了点饭。饭吃得不多，连喝酒都没了兴致。曾几何时，他们是日日在一起混着的铁杆兄弟，是荣辱与共的同事挚友。如今，走的走，散的散，留下的也是勉强混日子。全无往日朝气，怎能不令人叹息！陆雨自己的事刚刚有了眉目，本来想说出来，犹豫再三，还是不要刺激大家了。

一顿饭，就这样并不尽兴地结束了。陆雨内心像天空一样蒙着一层纱，不透亮，不开阔。

到腊月二十八，陆雨买了过年的东西，开车回到故乡。母亲在腊月前，从大姨家回了老宅，平素再怎么方便，过年还是要回到自己的家才好。

房子在秋末收拾过一次，粉刷了墙，重新装修了厨房和卫生间，窗户也换成双层玻璃，不仅隔音还防盗，密封效果非常好。但家具还是以前的，母亲坚决不肯换。"能用呢，干吗浪费钱。"陆雨见母亲坚持，再说老家具还行，母亲也用惯了，不换就不换吧。

陆雨的表姐夫帮忙收拾了小院，就20平方米不到的地方，一棵枣树，几盆绿植，房檐下两口黑色的小缸，就把院子占满了。小缸可是母亲的宝贝，每年秋天都要做雪里蕻酸菜，还有苤蓝、萝卜等腌菜。自打陆雨记事就这样，家家户户在冬天都靠这些菜过冬，到春天万物复苏，野菜冒芽，才能去挖野菜，结束没有绿菜叶的日子。

母亲听见门外儿子回来，欢欢喜喜地迎出来。身上系着围裙也顾不得取下，手里边儿搓着粘的干面，脸笑得花儿一般，站在小院门口，等着儿子一家下车回家。等看到儿子开后备箱提了东西，锁车走向她，母亲才意识到，儿子是一个人回来过年的。她顿时有些尴尬，低头更用力地搓着手，说："回来了就好，带什么东西啊，家里都有，都有……"她勉强让自己镇定，掩饰着失落和难过。

这不是明摆着，儿媳妇和孙子不肯回来。儿子心里一定也不痛快，过个年，一家人都不能团团圆圆，她还有什么盼头啊。

陆雨从母亲的身上能看出所有的掩饰，母亲越掩饰，越让他难堪。他张嘴不知如何解释，再冠冕堂皇的理由，都无法平复母亲的忧伤和失落。

母子俩小心翼翼地说着话，小心翼翼地一起下厨做饭。母亲显然准备了很多过年吃的东西，不大的厨房，摆满了半成品的食材……"一会儿吃完饭，拿一些给你大姨送过去吧。咱娘俩吃不了这么多……"母亲的话说得断断续续，陆雨低声答应着，转移话题说自己在北京的事。

知道儿子到了京城报社工作，母亲高兴不已，惊讶了半天，也不问为何去北京，就急匆匆要去打电话，"不行，要第一时间给你大姨说，她不定怎么高兴呢……这可是我们家的大喜事！"母亲是健忘的，有了这个喜事，一扫刚才的烦恼，开始筹划让陆雨的朋友们初几来家里聚聚。"也应该请你大姨一家子，你平时少回来，趁过年把该请的人都叫上，反正东西准备得多，别浪费了……"母亲的话，陆雨并不热心应答。不是前些年了，在家请客太麻烦，不如在饭店订餐方便。何苦让动过手术的母亲辛劳？！

看着母亲忙碌着，陆雨莫名地烦躁。他为自己不能给老人家想要的生活而自责。母亲的晚年不能和他住在一起，过年也不得团聚。独居了30多年，母亲内心的煎熬，只有陆雨能理解，那是一日一夜积攒起来的痛。作为儿子，他竟然到了中年，还要母亲忍下去，可谓不孝。他几乎无法抑制地鼻子发酸，眼睛湿润。

除夕之夜，母子俩开着电视聊了许久，说父亲和儿子多些，母亲说早不恨他了，反而老是想起他的好来，想起一家人在一起的好时光。

初二一大早，远在蒲城的弟弟陆天、妹妹陆秀两家人都来了，与陆雨会合后，回村里给父亲上坟。带了礼物看了叔叔婶婶，却没有留在村里吃饭，中午大家赶回平陶家中吃饭。

这是陆天和陆秀第一次来家里。除夕之夜陆雨就做通了母亲的工作，母亲的思想没那么僵化，她都能原谅背叛了她的丈夫，有什么不能原谅并没有错的孩子们。

陆天和陆秀自然高兴，能被哥哥的家人认可，才是真的认祖归宗啊。陆雨让陆天提前做通他母亲的工作，别产生什么误会。陆天说，母亲也同意，让兄妹俩顺道去看看很多年不怎么走动的小姨，亲戚们就该多走动才对啊。

人太多，陆雨母亲家不大，平日里冷冷清清，一下子添了六口人，显得特别拥挤热闹。吃饭时更是你一句他一嘴，每个人都很欢快，陆秀更是勤快，嘴甜，引得陆母喜欢得不行，陆秀的小丫头鬼机灵，逗得陆雨哈哈大笑，他已经很久没有这般舒畅，没有如此开怀大笑。

陆母一再挽留，陆天、陆秀答应在平陶住一晚再回去，下午陆雨带大家逛古城。古城每到过年，都会迎来大批游客，来此过古色古香的中国传统年。两个孩子最开心，好吃的，好看的，好玩的，还有拥挤的人流，都让古城的年与众不同。陆雨第一次享受在人群中拥挤的感觉，因为身边有他的至爱家人。

晚上，像中国许多家庭一样，孩子们玩电脑，大人们斗地主，陆母开心地烧了一壶水，让陆雨给大家续水，老人看了会儿电视，早早睡了。

房子小，陆秀和嫂子带着两个孩子住陆雨的卧室，陆天、大强在客厅，沙发上一个，折叠床上一个。陆雨睡母亲的卧室。

一家人并不专注打牌，不断被打断。玩得稀里哗啦，无非有个事干，大家可以坐在一起闲聊。到凌晨两点才散，顾不得挑剔，都匆匆去睡。

陆雨幼年时一直与母亲睡。成年后再没有与母亲一起睡过。他轻手轻脚进了卧室，憋着气小心地和衣躺下，唯恐惊扰了母亲。

母亲翻了个身，说："我早就醒了，睡够了，你安心睡会儿。"

陆雨不知如何安慰母亲，把身子扭到另一侧，嗯嗯地回复着母亲。可母亲毕竟醒了，不断翻身，弄得陆雨睡意全无。问："妈，你平时睡不着怎么办？"

"回忆过去，你小时候的事，家里的亲戚朋友，厂子里的事……人老了觉少，也没啥人说话，熟人越来越少了，只能回忆过去的事。"母亲打开话匣子，对陆雨唠叨着，一直到天光发亮，太阳露出头。

吃过早饭，陆雨带陆天他们去双林寺和镇国寺，都是国宝级的文物保护单位。中午饭是在城边的一家小饭店解决的，虽说没有城里酒店的饭菜高档，但家常菜只要干干净净，吃起来别有滋味。因为是当地农家特色，孩子第一次吃到，难免新鲜，吃得很是欢喜。

饭后，陆天一行人告别陆雨返程。

陆雨回家补了一觉，到黄昏被几个老同学叫醒，一起去离县城30里外的横坡村，那里是个生态旅游地，是当地人采摘度假的去处。其实周围很多村子都在发展乡村旅游，有的挖鱼塘吸引钓鱼高手，有的建设游乐园，吸引孩子们游玩。今年春节，这个村子投资百万，做起了灯展。冬季是生态旅游的淡季，没有什么吸引游客的地方，吃饭住宿山里太冷，没有优势，倒是趁春节，做个别致的灯展，既宣传了村子，又赚了人气，门票收入多寡其实并不重要，能打破冬季没客人的魔咒才是胜利。

陆雨和同学在村里的宾馆住了一晚，本来就是吃饭，有几个喝大了酒，没法开车，其他人也不好丢下他们，没法子就全部住下，又玩了一宿。次日上午，吃过早饭方归。

64

这个冬天，平陶就没正经下一场雪。而干燥的空气和雾霾，成了一些老年人的劫难。

冬季天气寒冷，特别是年头年尾，据调查，每年老人和病人去世，大多数是集中在寒冷的冬天和炎热的夏天，太冷或太热，老人和病人的身体都很难撑得住。更何况，是个干燥的冬天。

陆雨去村里上坟时，听叔叔说，从腊月初八开始，村子里先后有四个老人走了。

真是一个令人忧伤的冬季。

初三、初四两天，出奇的冷，那种干冷，刺骨的冷。到初五，天气逐渐回暖。陆雨就想躺在老宅的炕上，陪母亲说说话，可初五下午他必须赶回云中，苏瑾和儿子要回来，他要去接机。

母亲万般不舍，又不能说出口，一会儿装这个，一会儿拿那个，磨磨蹭蹭,到吃罢中饭,实在不能耽搁了,陆雨才拉着母亲的手,说十五前还要回来,过了元宵节才去北京。母亲这才放下心,眼巴巴看着儿子开车离去。

陆雨边开车,边鼻子发酸,母亲孤零零的样子,让他有些恨自己,又无可奈何。不孝啊!

到龙城机场下高速,离航班落地不到半小时,陆雨将车停在通往机场快速路的口上,接机的车辆常常会在这里等候,为的是不进或者迟进机场停车场,免得收费了。陆雨开了一路,正好停下来打个盹儿。这几天呼朋唤友地吃喝,还真是不轻松。过年孩子们最开心,老人们也开心,就是他们这样中间的,上要孝敬老人,下要照顾孩子,中间要应付亲朋故旧,应酬就不是轻松的事。

刚闭眼几分钟,手机铃声响了,是都市报的同事大陈打来的。因为当年进《都市报》时,他们是一批,共患难下来的,相处得比别人要融洽。"你在不在云中,金燕萍的老母亲去世了,明天早上我们几个要去看看,你去不去?"

原来又是个丧事!陆雨只叹要命啊。

原来,金燕萍的母亲是腊月二十九去世的,因为第二天就是除夕,按照习俗不能办丧事,只好推到正月初七出殡。过了初五,很多动土、搬迁、出力的活计才能做。也不方便通知别人,只好按下不提,到初五才开始准备后事,通知亲朋好友,准备火化等事宜。

金燕萍原先也和陆雨是都市报的同事,大家志趣相投,加上金燕萍性格开朗,与人为善,采访能力强,大家甚是投缘。

燕萍在半年前,以自己腰椎间盘突出为由,辞去了职务,专心做一名普通记者,报社内部的事基本不去理会,倒也落了个清闲自在,无拘无束。

传统媒体在长期的运营中，经营模式单一，服务对象单一，出版方式单一。虽然，目前一些老年人还保留了传统的阅读习惯，让传统媒体不可能被替代，但不可否认，读者群体在减少，失去阵地，也是无可避免。

传统媒体，特别是纸媒一些有经验的记者，在这种情况下，流失严重。一般而言，经验丰富的记者，储备了一定人脉，知识结构多样化，对一些行业也有宏观了解，转型并不难。但在总体经济萧条的大环境下，成功转型的人屈指可数。金燕萍也不例外。

她曾经以腰伤为理由，请了3个月假，到一家民营公司去帮忙。本来就是朋友，以为可以彼此默契，大展宏图，奈何谋事在人成事在天，虽然谈不到输，也没有赢，为了不至于将来朋友都没的做，她主动撤下来，理由当然是自己身体有亏，母亲年迈要照顾……

但真正的理由是，创业，不是想象的那么简单。陆雨看着金燕萍跌跌撞撞走来，如同自己经历了一般。他干脆就不去尝试创业，老老实实做自己擅长的记者本职工作。

金燕萍母亲80岁了，平素她和弟弟都很忙，母亲单独过，就雇了一个保姆，她有空就过去看看。元旦陆雨回云中，金燕萍就没有出来见面，说母亲不太舒服，连续去了三家医院，检查结果都是不同的病，这个病好了那个病又出来，拖拖拉拉几个月，久病床前无孝子，弟弟是个男人，弟媳妇干脆靠不上，金燕萍老公就更甭指望，女婿能算半个儿，只能在外头去办点事，要床前伺候，是连半个手指头也顶不上。就苦了金燕萍一个人，好在女儿上了大学不用照顾，还有保姆帮忙，金燕萍脸色还是很差，腰病越发严重，到严重的时候，她与母亲一人一张病床，在一个病房里，也不知道谁在照顾谁。

"这时候才真的体会到，姊妹兄弟多了的好处。孩子少了，到晚年，太受罪了，孩子受累，大人受罪。"金燕萍曾在电话里不止一次地抱怨。

陆雨感同身受。

想想，自己儿子是独生子。将来要照顾四个老人，那可如何是好？！

人，生而不易，且行且珍惜。

65

不过十五都是年。初五之前的年，多半以家庭为主，走亲访友，家族聚会，联系亲情为宗旨。过了初五，同学聚会，朋友聚餐增加，各种名头的聚会纷至沓来。

中国的人情关系，在春节这个传统节日里，体现得更加浓烈。许多亲戚平素并不联系，甚至论年来算见面的次数，有些老同学、老战友，更是每到过年，或者谁家有个红白喜事才聚会。但比较起日日厮混的同事、同行，他们才是春节见面要维护的对象，而同事之类以工作关系为前提的，反而摆不上这个席面。

不是同事之间寡淡，而是春节是谈情的节日，是可以暂时放下工作，摈除职场烦扰的时候。从商场上的强人、办公室的老总、政府机关的官员等身份中脱离出来，回归于自己的节日。回到故乡，就是被念叨小名、原名的时候，还有自己都淡忘了的绰号……

陆雨的大舅哥一家和丈母娘要过了正月才回来。那晚，只苏瑾和儿子回来。一家人在城市初五礼花的绽放中，回到了家。

陆雨的第一个聚会竟然是参加丧礼。以前很少遇到的老同事，在金燕萍家就碰面了，便不好走掉，中午一起吃饭，聊了一些新闻圈的事。远走北京多年的大唐，还是一副愤世嫉俗的样子，性情不改，特立独行。

"这个破烂地方,这几年出的都是些什么破事,把老祖宗的脸都丢尽了。就拿环境污染来说,偷偷往河流排放废水的,仍不乏其人。他奶奶的,每天歌颂母亲河,唱着高调,干着损事,也不怕有报应……"大唐做调查记者小20年,经验丰富,采访扎实,写出了许多轰动省内,甚至轰动全国的大事件。在目前的舆论环境下,他的一些言论必然令部分官员不舒服,甚至结下梁子。

有些媒体人学乖了,懂得变通和回避风险,新闻职业的那份情怀,是在能够生存,能够保护自己的前提下实现的。靠情怀去工作,万万不行,以为只要有了情怀就能为所欲为也是万难办到。

看着慷慨激昂、滔滔不绝的大唐,陆雨和其他人互相看了一眼,都沉默了。"还是喝酒吧。"有人打破沉闷的气氛,试图转换话题。

大唐见无人响应,有些愤愤不平,喝了几杯白酒,就匆匆离开。道不同不相为谋,他的义愤陆雨明白。但大家又不是二十岁的毛头小伙,也不是刚刚做记者那阵子,怎么说也是人到中年,现实才是最应当关注的。记者,虽然需要激情和情怀,但更需要包容和豁达的心。

在座的老记者,稍稍受了一点影响,随即,开始以良好的职业心态,重新调动情绪,讨论在哪里买房子,孩子上哪所学校好,跳槽到北京、深圳的好处和弊端……

生活的柴米油盐,对谁都是一样的。记者岂可免俗?

当外界对记者从崇敬到唾骂,从避而远之到妖魔化,很多记者仍不得不顶着压力,继续前行。原因不光是对这份职业的挚爱,还有除此之外别无所长的困惑。和陆雨一样顺利跳槽,脱离省级都市类报纸的泥潭,是他们的荣幸,而不能否认的是,社会的每一次变革,都会有人要做出牺牲,付出代价。

这次纸媒被逼到了悬崖边,媒体人也被逼得喘不过气来。

陆雨的另一场聚会比较高大上，是在云中城西数一数二的五星级酒店举行。召集人是陆雨的大学同学，一个成功的企业家。从县城走出来的石青海，有着山里人的憨厚外表，更有着小户人家没有退路的坚韧品格。上学时的谨慎和谦和，如今在他身上荡然无存。

经商二十年，他已经用金钱和优渥的生活，洗涤了身上的青涩和穷酸。结了三次婚，离了两次，还不算没有名分的。如今是五个孩子的爹，儿女成群，房子多套。可谓"人生赢家"！这位石总，最可炫耀的还不是这些，是这些女人至今对他不离不弃，死心塌地。离婚无非少一套房子，结婚无非再买一套房子。他的"理论"常常让陆雨汗颜，一样的人生，不一样的精彩啊。

中国有个词很耐人寻味——房事。男女之事用这两个词来代替，隐晦而生动。在房子里才能做的事，自然是关起门来过日子，其中很多隐秘，不足为外人道也。但随着房价居高不下，节节攀升，房子之事，成了国人发家致富的重要渠道。城中村改造就成就了一批千万级的富翁，一夜暴富，不再是神话。买房、卖房也曾在北上广颇为盛行，成就了不少人，隐形富豪比比皆是。没有一个行业，如房地产一样，十年升了好几倍，且房子造再多，都无法满足国人趋之若鹜的心情。

房子，是大多数人刚性的需求。封建地主们有了钱回乡盖房子、置地，如今是有了钱满世界买房子。除了炒房，还可以自住，北上广不必说，繁华上档次。海南风景美，冬季住几个月养生。二、三线城市房子便宜适合投资……政策上再限购，再提出房屋空置率太高了，也无法遏制大家买房的欲望。

陆雨除了羡慕，都根本不敢去质疑和评论。因为，这是典型的"吃不到葡萄说葡萄酸"的心理。有句话说，劳动致富。陆雨从小就坚信这条。可他的劳动，辛勤付出，何尝有致富的迹象？古人还说，"劳心者治人，劳力者治于人"。陆雨一直认为，自己是有文化的，应当属于劳心者，上可采访名人官员，下可关注弱势民生，一会儿激情澎湃谈梦想人生，一会儿悲天悯人讲公益奉献，可他悲哀地发现，自己就是个劳力者，从来都是治于人的那个。

人最悲哀的，不是"劳力者治于人"，而是自以为是"劳心者"，满心欢喜，以为是治人的那个，到最后发觉，弄反了，搞错了。那个愚蠢啊，怎一个惨字了得！

石总为人仗义疏财，很有哥们义气。同学中有人有事，他多多少少都会出手帮衬，博得了很多同学的赞美。每到过年一定请大家吃一顿，临走还会送每人一个小礼物，不贵重，但有心意。陆雨实在对人家没什么抱怨，他也觉得，人家就是自己学习的榜样，是自己望尘莫及的仰望。

今年，石总送的礼物是一盒茶叶，上好的普洱，饭桌上就开了一盒，让大家喝了，一齐赞叹好茶。陆雨年轻时原本不喝茶，主要是影响睡眠，当然还有价格，前些年普洱被炒到天价。一斤上千块，还是真假难辨，一不留神就买了假茶叶。后来在单位没事干，就养成了一边喝茶，一边写稿子的嗜好。随着年龄增长，更加喜欢喝茶，但也不拘什么茶，不怎么挑剔。

酒足饭饱，个别人提前离席，各种理由。有回家照顾老人孩子的，有赶趟去赴另一个宴的，有身体不适要提前休息的。前几年饭后还会有唱歌环节，余下的人再组一个局，一直玩到深夜才散去。这次大部分人却没了兴致，没人硬留大家，走的人多了，余下三两个人也扫兴了，不到3点就散了。

当年大学毕业留在省城的本来就不多，总共不过20个，有几个后来去了大城市，有两个几年前就去世了，一个出车祸走了，一个得了白血病，还有一个瘫痪在床好几年了……也不过40岁出头，状况就开始不断，还有个同学妻子乳腺癌，手术后一直在恢复，平时都离不了人。还有几个需要吃药、打胰岛素，唉，身体在这个年纪，就开始出毛病，提醒人类生命的脆弱。

　　看上去志得意满的石青海，就是典型的"三高"人群，大腹便便，肥头大耳，算是吃出来的毛病。陆雨自己的颈椎病也很严重，腰也不太好，天阴了就隐隐发疼，医生说吃药不顶事，要加强锻炼，合理运动。

　　多事之秋，在人生而言，中年可不就是秋天，可不就是叶子发黄的景象。所幸秋日阳光最美，天高云淡，果实累累！

第十四章　八卦的心

66

　　春节长假，是大家盼望很久的假期，也是感觉过得最快的假期。刚刚大包小包，千辛万苦回到老家，父母兄弟还没有亲够，亲戚朋友还没有聚遍，转眼，就又要大包小包，长途跋涉地离开。

　　面对分别，春节让人在短短一周的时间，经历了期待、兴奋、满足、急促、无奈……从初七开始，很多店铺正常营业，一些单位正常运转，但不过十五都是年，就有人可以多停些时日，把假期延长。

　　陆雨当记者这么多年，第一次可以偷懒，过了十五再去上班。但稿子是要交的。这就是记者的命！无论放了几天假，稿子总是要交的。

　　就拿过年来说，腊月二十五六，陆陆续续就有家在外地，离得远的记者离开，因为最末几天各机关单位的工作新闻，几乎都没有了，从春运第一天开始的过年回家报道，无非汽车站、火车站、机场等，新闻单位提前几天就开始策划，对各处返乡情况做了实地调查，将当年春运的情况做了各种体现，高速交管部门的信息也会固定发布。到临近年关，基本就是一些小动态，不会有太多变化。而年节市场，也是从腊月二十三就开始各种市场分析和调查，到腊月二十五六，基本也就那个样子。加上从元旦之后开始的，本年度的一些时事回顾和本报新闻策划等，版面内容也在减少，一些时效性不强的稿件也能提前积攒，以备过年前后陆续安排。

当然，报社也会留下足够的人手，来应对突发事件，编辑力量更是不能忽视。一些提前踏上返乡之路的记者，也会发来旅途上的趣闻和新闻事件。记者这个行业，就是放而不假，休而不息。看似回了家，脑子里还要思谋稿子，思谋接下来的采访。

当然，报社各部门也要提前做一些春节期间的策划安排。比如，农村的春联变化，家乡风貌，压岁钱的使用，你幸福吗？拜年方式的演变，我家的守岁或年夜饭，各地社火活动……反正与春节有关的话题就是那么些，各家报社都会让记者带着眼睛去发现，带着脑子去思考，到每年初七上班，就要根据预先的安排，"交公粮"。

因此，做了新闻这一行，无论人在哪里，都要全线开动"雷达"，发现新闻点，带着疑问和好奇去问、去听、去探究，从而写出人人心中有，个个笔下无的作品。这才是一个职业记者的素质。

每个行业或有不同，也没有什么好与不好，更没有什么好抱怨的。与那些全天候在街头执勤、巡逻的警察和驻守边防不能回家的军人相比，记者算是相对自由的职业，很多坚守岗位的人，岂不是更辛苦，更无可选择。

陆雨从业二十年，从无抱怨，他乐享这样的状态。而今年，因为年后要办调动手续，他被批准可以推迟去报社，心里说不出的满足。

从初八开始，他晚上都坚持写作两个小时。年前与一个做公益的朋友聊天,陆雨从事志愿者服务快五年,几乎把所有的业余时间,都投入到公益当中,两年前联合十几个志愿者,成立了一家云中雷锋服务队。目前也有三四十人,周边辐射出来的志愿者不下百人。

陆雨抽空也参加蓝天救援队,为紧急事故提供救援。他所了解到的志愿队伍,光在省城就不下百支,有的是在民政部门正式注册的,有的是民间自发,为周边群众提供日常帮助服务的,有的是全国性的公益组织,云中下设的志愿团体……

陆雨认识的孤寡老人边奶奶,就是通过社区,得到社区志愿服务站的帮助,每周至少有一次上门服务,收拾家务,购买生活用品,陪老人聊天,进行心理辅导等。陆雨通过他们认识和了解了很多公益组织,偶尔也参与其中,做一些力所能及的事。但平日里太忙,他很难坚持下来。趁着过年闲暇,他走访了几个优秀志愿服务组织和个人。

他愿意用这种宣传和正能量传播,让社会更和谐,群众更幸福。

能留到正月十五后再上京,还有一个重要原因。自然是因为林梅婷。林梅婷初六回到云中,虽然不必按时上班,但她还是有些不太踏实,初七上班第一天还是打车去单位,二十多年来,她每年都会早早进入工作状态,开始一年新的开始。

今年比较特殊,之前因病请假了,实质性的工作由其他人代理,到正式上班还有点时间。来林梅婷办公室的,聊的都是闲事,集团里的趣闻轶事,中央级媒体改革的风声等。到下午,林梅婷没有开碰头会就回了家,算是过了年露了个面。

下午5点多,陆雨去超市采购一番,赶着回去给林梅婷做晚饭,林梅婷脚伤没有好利索。

陆雨一边忙着收拾厨房,一边与林梅婷拉着家常。"樊小美你认识吧?以前是晚报的,后来跳槽去了经济报。"林梅婷吃着水果,随口问。

"认识啊，以前跑经济口，开会常常会遇到，听说后来承包了一个商业周刊，做得挺好，赚了点钱……"陆雨说完，补充了一句"人长得也漂亮，年龄也不小了，有40岁？"

林梅婷看了一眼低头干活的陆雨，"是很漂亮，徐娘半老。年根底下，被老公捉奸在床，闹得很厉害，还惊动了派出所……"陆雨有些吃惊，抬头看着林梅婷，"真的？以前在一起不像那样的女人，性子直爽，做事大气，很讨人喜欢。"

"不会你也动过心？"林梅婷揶揄地看着陆雨。

"有过想法，就是没胆子。后来听其他同行说，到外地出差，会和男同事住在一起，生活作风比较开放，但人是不错的。"陆雨笑笑，继续忙完手里的活。

因为是晚饭，两人吃得都不多，陆雨煮了十几个素饺子，一份蒜蓉西蓝花，一份芹菜拌花生，几片熟牛肉，一份水果沙拉，两杯红酒。他利索地收拾餐桌，不去理睬林梅婷探求的目光。

女人真是个奇怪的生物，她能本能地觉察到男人下意识的反应。你越想掩饰，就越容易出现破绽，也即所谓心虚吧。而对于女人，很难不会打破砂锅问到底，除非她根本不在乎你。

此刻，一向高冷不屑的林梅婷，坐在餐桌对面，还不忘好奇地，不怀好意地盯着陆雨，像极了八卦的少女。

"算了，怕了你了。"陆雨边举杯，边安抚林梅婷，意思是说，他会满足对方的好奇心。

"五六年前吧，有一回参加经贸委的活动，去北戴河吧，因为省内跑这个口的，就我们几个人，彼此也熟悉，晚上没事，就饭后散步喝酒，一直玩到12点吧，她主动让我送她，那时也没有多想，反正都住得不远，我把她扶到房间，她让我坐一会儿，还拿了一袋话梅给我吃……"

陆雨喝了口酒,"小美说等她去趟卫生间,我再走。我没觉得有什么问题,关键是,她大开着卫生间的门……我都能听出来她小便的声音,冲澡的声音。中间,她还湿着头发,从卫生间探出头来,叮嘱我开了电视看。"

"后来呢?"见陆雨停了话头,林梅婷像听说书一样,就想知道下回分解那段。

"没了,后来就是现在这样,相忘于江湖。很久没有联系了。"陆雨轻描淡写几句,怎么可能打发掉八卦心蓬勃的林梅婷。"不会吧,坦白从宽,你和你樊妹妹到底怎么啦?"林梅婷装出有些急了的样子。

陆雨卖关子,"真没下文,这些年我每次想起来,都后悔死了。人家不关门就是给我机会,我怎么就紧张地迈不开腿,要是那时我冲进去,一定……睡了她没有问题吧……"陆雨坏坏地看着林梅婷。"满意啦?还有什么想问的?失望了吧。"

林梅婷若有所思,又心不在焉地说:"听说腊月二十六,她和一个男的去男的的旧房子里过夜,被对方老婆叫了她老公,带了不少人去捉奸,当时就闹得进了派出所。她辩解说,只是去谈合作……"

"那或许也是实话,现在做周刊就是搞经营,拉到业务不容易,和做公关、卖楼、推销汽车一样,恨不得插根草,跪在街头卖了。"陆雨不无感慨地说。

林梅婷干了杯中酒,起身慢慢走到客厅沙发上坐下。陆雨问:"我扶你过去?""不必,几步路,李超说,还要锻炼走路,否则时间长了,肌肉会萎缩,就是适量,不能太用力,免得再拉伤。"

67

樊小美三十有八,人长得漂亮,身材有些胖,或许说丰满更恰当。是陆雨大学低两届的学妹,因为在省城新闻圈,一半以上毕业于陆雨的母校,物以稀为贵,他们便不提校友这档子事。她老公在铁路建设局工作,常年在外地施工,她一个人带孩子也是不容易,后来听说,老公和同一个单位的女的好上了,同出同进,在他们那个项目点上也不算什么秘密。

常年在外作业,地方多半偏远,除了雇来的当地民工,负责工程的就他们几十号人,业余时间除了打麻将,连上趟馆子,也要开车去趟临近的镇子,来回少说二三十里地。漫漫长夜,也是难熬,于是,在相对封闭的生活环境下,产生点暧昧,有点绯闻,对大家来说也不稀罕,习以为常。甚至有些公开搭伙过日子,离开工地又各不相干,回归家庭。

樊小美可不那么好糊弄,三下五除二,打听清楚老公有了相好,换了两三个工地都在一起。樊小美老公的工地在邻省的大山里,除了项目上的三五十号人,其他人本来就很难知道此事,她不依不饶,闹得人尽皆知。关键是把自己气得半死,跑到女方家去闹事。

女方也有老公孩子,人家人多势众,矢口否认,樊小美并没有讨到什么便宜,更加气急败坏地回家,老公更得理不饶人,否认一切指控,反正樊小美又没有去过工地,更没有捉奸在床。婆婆一家子指责她没事找事,放着好日子不过。

那个悲催。周围的人好像商量好的,都在抹稀泥,都在当和事佬。而最可怕的问题是,自己胆子小了,潜意识里就没了底气,闹归闹,正经谈到离婚,她竟然心头一片茫然。奔四十的女人,年老色衰,孩子大了,离了婚怎么办?还会找到可心的人?

樊小美有个哥哥,在老家临县,母亲去世多年,父亲娶了继母,她与那个家庭几乎没有啥关系,突然遇到离婚的事,她才开始盘算,谁会站在自己一边,谁会帮她说话。她被孤立的感觉吓呆,儿子、老公肯定不放手,而自己除了一笔钱什么也捞不到……于是,她先自我和解,开始妥协和退让,无非是睁只眼闭只眼的事,老公还是那个老公,一切如常,眼不见为净。

有多少家庭,用自欺欺人的方法,"幸福"地过着日子。樊小美从绝望中走出来,不再抱什么希望,也就放纵了自己,她开始对抗寂寞,用身体的出轨满足心理的渴望。

这不是一般性欲能够满足,像一片无边无际的板结的土地,渴盼一场场大雨、暴雨、绵绵细雨……与身体的需求相较,内心对爱的盼望,就如同无底洞。圈内传言,她和报社好几个人有暧昧关系,但时间都不长,最长的就是和车队的一个老司机,起初就是普通的接送,开会出差,后来就是偶尔留宿,反正家里空荡荡的,孩子上了初中就住校,一周回来一次,还时常直接去奶奶家。樊小美不该抱怨,这是多少人羡慕的、轻松的日子,比起上有老下有小的那些人,她是无忧的,老公单位效益不错,工资高福利好,婆婆一家经济条件都好,她父亲也不需要她接济,可樊小美的心啊,像140平方米的房子一样,空洞无物,黑漆漆的没有亮光。

有句话,心如平原放马,易放难收。既然已经开始宽衣解带,樊小美就无所畏惧,老公知道又何妨?别人议论又能怎样?

樊小美的老公也听到风传,为此两个人吵架是常事,因为离得远,打电话都是带着火药味,回来了在人前装作恩爱两不疑,只两个人时就变本加厉地吵,彼此捡最难听最不堪的话怼对方。

两个刺猬在一起，能有什么好？但家庭就是这样，即便互相伤害，即便彼此不满，但家庭的利益当前，他们所谓的婚外感情，都不过是毛毛雨，谁都没有当真。于是，吵了闹了就过去了，日子继续过，彼此提防又彼此离不开。他们没有傻到觉得婚外的那个人，能许给彼此未来。

这次被捉奸，实在是被客户老刘的老婆逼的。

老刘和樊小美认识小十年，发生关系也不止一两次了，他不过玩玩，她也不过玩玩，他就爱她这一点，通透、直爽。她也喜欢老刘的简单，不说含糊话，不做拖泥带水的事。

老刘的老婆可不是吃素的，早发现了不对劲，找老刘公司的人盯着，一出门就告诉她，盯梢不是一次了，有些落空，有些只拍了照片做证据。老刘老婆铁定了要离婚，让曾经与她白手起家的负心汉，净身出户。

樊小美不过是对方瞄上的猎物，当然是之一。可悲的是，樊小美还不知死活，骗从工地上回来过年的老公说去做美容。老刘老婆是下了功夫的，老刘在外头养了女人，几年了，房子在哪，樊小美干吗的，老公哪个单位，叫什么，电话多少？女人被逼急了，比克格勃还厉害，比福尔摩斯还有智慧。

老刘老婆以前发了几张樊小美与老刘进酒店、吃饭的照片，樊小美老公可以假装没有看见，可人家发来酒店房间号，信誓旦旦能捉奸在床，一种屈辱感让这个男人怒火中烧，他愤怒地跑去捉奸，过去这些年樊小美对他的辱骂和践踏，终于可以全部找补回去，且是排山倒海一般地还回去，岂不快哉！

林梅婷讲完自己听来的捉奸场景，看着有些愣怔的陆雨，问："你咋了？想啥呢？"

"没有，就是觉得好端端的，怎么想到去捉奸，以后日子还怎么过？除了老刘老婆那样有心机的女人，樊小美应该不想走离婚这一步吧。"陆雨心里真实的想法是，担心自己的妻子苏瑾会生出捉奸的想法，那他要如何面对？

至于樊小美，与他没有丝毫关系，何必为他人的生活去瞎操心。男人的功利自私本性，最形象的说法是"提起裤子不认账"，何况陆雨没有沾染樊小美，更加不必挂怀。

林梅婷说："我离婚十年，不，是十一年，太理解樊小美。你不知道，一个渴望爱而得不到爱的女人，内心的虚妄和胆怯。宁愿承受无耻的羞辱，也期待能灌满欲望的无底洞……"陆雨坐在林梅婷身边，抱着她轻轻安慰。他不知怎么接话茬，不知从一个出轨的女人，怎么就联系到自己，怎么又拨动了林梅婷内心不可触碰的弦。

在自然界的蝴蝶效应，在人际交往中，一样适用。回家的路上陆雨百感交集，仿佛被捉奸的事早晚发生到自己身上。

呸呸呸，唾三口，晦气。

68

陆雨摇着头，不让自己将捉奸的事与自己联系在一起。他从没有想过，这样龌龊的事，有一天与自己近在咫尺。苏瑾若知道自己和林梅婷的事，会不会也生出这个念头，而一旦东窗事发，他又当如何面对？

老刘老婆早就不想过了，捉奸的目的就是多分割财产。到了那一步，用钱能摆平的就不用情来掺和。

最终事情的结果如何，林梅婷不知，陆雨也不便打听，一个大男人八卦去深究人家隐私，也是自己都要唾弃自己了。

其实，事情的结果又有几个人关心，除了当事人，在外人眼中，不过一桩茶余饭后的谈资，不消多久，就会扔到脑后，忘得干干净净。

以苏瑾的骄傲，她绝对不会做出捉奸这样有失体面的事。陆雨一边安慰自己，一边有些后怕，拿出手机仔细检查了一遍，短信、微信、微博、电话记录，包括百度地图的路线也一一清零。然后，长出一口气，安心回家。

陆子丰过了正月十五才开学，但他和同学约了去拜访下一学期的代课老师，初十就走了。他会越走越远，而作为父亲，陆雨觉得自己所做有限，除了支持、鼓励和祝福，就是默默看着他渐渐走远的背影。

苏瑾的生活还是老样子，与闺密们的各种业余活动丰富多彩，去晋北古都大同看灯展，去壶口瀑布去看冰瀑，去晋东南古村去看蜡梅……辛苦工作了20多年，为家庭、为工作付出青春和汗水，到如今，是应该享乐人生，为自己打算的时候。"再不游玩就老了""再不折腾就老了""再不文艺就老了"……有多少如她一般的中年人，提早做些晚年的准备，开发兴趣，游山玩水，丰富人生，她们在中年脱胎换骨。

一些中年夫妻，等孩子一上大学，婚姻就分崩离析，开始完全不同的人生规划。因为，谁都看到了危机，即将步入漫长晚年的危机感，让他们开始思考，重新尝试不一样的生活方式。

苏瑾与陆雨虽然不至于要分开，但矛盾显而易见，在苏瑾眼中，陆雨是不开窍的，冥顽不化的老脑筋，不仅跟不上时代发展的步伐，还是一心往后退的乡巴佬。

夫妻之间原有的差距，在相同的学历基础上，加上爱情的促进，似乎没有多大距离，就是平等的三观相同的夫妻。可是，过着过着，在很多问题上，陆雨展现出对农村生活的眷恋，对以家乡菜为代表的事物的迷恋，都仿佛被埋藏压制了许久，在中年之后破土而出，重新占据了他的心田。对乡土文化，对乡邦典籍的莫名兴趣，都是乡愁的突破口。而出生在大城市，一直生活优渥的孔雀女苏瑾，却怎么也不能理解。莫非，陆雨柱在城市待了几十年，越活越回去了？苏瑾对此百思不得其解。

对自己根的思考和回归，是陆雨中年最大的改变。人变得宽容大度，不去太计较，开始理解别人顺带放松自己，记仇这件事，表面看是对他人的伤害，但记仇本身很累，辛苦的还是自己。当然，前提是，事情不关乎尊严。

林梅婷这夜竟少有的没有睡好。回顾自己的单身经历，她不得不说，被人背后指点的事也不少，可这些是非对一个单身女人，并非全是坏事。至少，证明自己还有魅力，能够在男性主导的社会中游刃有余。时间会改变很多，例如心态，年轻时的意气风发，高傲到觉得离婚是下一次选择和开端，但身边不乏优秀的男人，不是已经成家，就是自己瞧不上，一来二去，除了收获了几枚蓝颜知己、男闺密，还真没有人肯为了她离婚。当然，甜蜜的爱情她不缺，甚至床笫之欢也不是难事，可情感会淡，会平稳到没了欲望。她还是她，他们还是他们，在婚姻这条路上，年轻时的梦想和期待，到如今早已不抱任何希望。她不过也是人家的红颜知己。

所幸，林梅婷的蓝颜知己不多，且素质高，她有困难都会拔刀相助。

李超过年值班，过了初六才轮休去了英国。他不说，林梅婷也知道，李超是去看妻子了。说到底是夫妻之间再有分歧，时间长了都可以消弭。随着年纪增长，李超的脾气也该改改了。她对李超并不抱什么希望，但还是莫名惆怅，有些酸酸的味道。

她觉得那些所谓浓浓的爱，也胜不过一纸婚约的踏实。

她最近在追剧《三生三世十里桃花》，电视剧拍得很唯美，画面美轮美奂，人物也是童话一般美妙。像一帧一帧美图过一般，人物身材修长，脸上光洁，背景仙气缭绕，加上营造的气氛，仿若进入蓬莱仙境。

男主角夜华简直是完美男人，长得帅气，出身尊贵，智慧与能力一流，还极度痴情。无端地爱上一个凡人，不会做饭不会照顾孩子，不懂很多事还不听话的凡人，等了300年，痴情不改，等到一个性格完全不同的上神，竟然不顾一切再次自虐，没有原因的各种牺牲和心甘情愿，让人看着，比韩剧还有毒。

这样的男人到哪里去找？

看罢一声叹息。觉得自己面容再姣好，才思再敏捷，在现实社会也是枉然。"女人干得好不如嫁得好"，林梅婷青年时期从来不信，女人要靠自己，干得好了，自然能遇到优秀的人，自然家庭和美。走到知天命的年纪，她不得不承认，再辉煌的事业，也抵不住家庭的圆满。而这些于她而言，怕是无法得到了，一则实在遇不到称心如意又单身的男人，二则自己独身太久，很难为了另一个人改变自己的生活方式，除非他肯为了她改变。然而，那个他存在吗？对方也该是50岁上下，一个男人到了这个年岁，能为了林梅婷改变，且自身还相当优秀？

可能吗？她除了叹息，无计可施。

陆雨会是那个人吗？不会，第一不够优秀，第二他家庭稳定，第三宁缺毋滥，林梅婷还没有到为了家庭而放弃原则的地步，她有她的骄傲，哪怕为此孤守一生。

人，是有宿命的，不仅是出身的宿命，还有自身性格的宿命。如之奈何！

第十五章　各安天命

69

　　两人不爱，或者说不是最合适的两个人，却拉着手不肯放松。人真是矛盾的生物，林梅婷自己都大摇其头。莫非在她心里，陆雨从来都是替代品，是鸡肋一般的存在？！她思来想去，不得而知。

　　她突然想到，人生就像打扑克，原本觉得手里有很多牌，捏着好几张大牌，打来打去，手里所剩不多，虽然不尽如人意，但真的要将全部的牌扔掉，就此结束，心中还是不舍。无论输赢，在中年，她还没有做好洗手认输的准备。李超的若即若离也好，陆雨的体贴入微也罢，王青云的赏识提携也罢，不过都是浮云，是有了今朝没有明日的浮云。

　　她渴望抓住点什么，心里发虚。当年的自信自负有多少，如今的心理落差就有多少。

　　是不是更年期？她心里一凛，哦，岁月最无情，如同长跑的中转站，一个阶段一个阶段地告诫你，离终点不远了。

林梅婷是个积极的人，她收敛心情开始为3月正式上班做些准备。

　　过去的两年，对青山省来说，变化是翻天覆地的。中央的反腐行动一直在行动，青山省官场洗牌，新一轮的政治生态即将建立。林梅婷自信，自上而下的改变即将来临，对媒体人而言，无疑是一个新的阶段。社会和生物圈一样，看似风马牛不相及的事物，在某些环节上却有着千丝万缕的联系。

　　官场是染缸，人生何尝不是个大染缸！

　　陆雨办好调动手续，离开云中时，去看过林梅婷。陆雨买了一大堆东西，一大捧玫瑰花，一枚新款香奈儿的胸针。这是相处以来，陆雨送给林梅婷最贵的礼物了。恰好是情人节前夕，意义更加不凡。

　　林梅婷内心没有兴奋，只有叹息。但表面上表现得又紧张又重视。她抱着一大捧玫瑰花，在屋子里来来回回找花瓶，摆放在不同的地方，拉着陆雨去看放在哪里最好。把胸针别在不同的衣服上，穿了这件换了那件，让陆雨一一评价，看似热闹而忙碌，却像冰上燃灯，透着凉意。

　　当两个人的关系到了用演戏遮掩的地步，也就到头了。他懂，她也懂。

　　一向并不懂这些奢侈品的陆雨，肯花在他看来不必要的钱，不是为了单纯地取悦林梅婷，而是藏了一份补偿的心理。他去北京之后，怕不会时常回云中，两人见面少倒是小事，但激情之后对未来的不确定，才是扑灭他们感情火焰的那把扇子。

　　看着这个痴痴爱着自己的男人，林梅婷心如刀绞，没有未来，再多的痴再多的情，不过就是一声叹息。好在，她确信，他们彼此珍惜对方，并会一直真诚祝福！

　　林梅婷庆幸，她遇到了可以信赖的男人，虽然没有未来，虽然从此各奔东西，但依然不能否认，爱曾经那么温暖过彼此，在丙申年的冬天，他们顶住了雾霾,扛过了凛冽,迎来了丁酉年的初春。

据说,城南公园的迎春开花了。林梅婷能够想象,那一墙的黄灿灿的花,迎着阳光,自由绽放,一阵风过,落了一地金黄色的花瓣。她曾经很多次走过那堵花墙,在少人经过的路上,一遍一遍幻想,觉得那个他在路的尽头,正在朝她走来,或者就在她身后,仿若听到一声轻唤,猛回头,不过是一个老者领着一个幼儿,蹒跚而来……

缠绵的话,说了一下午,到霞光消散,天色转暗,陆雨才依依不舍地离开,他明白,再多的甜蜜无非两个字——保重。他不能给予她任何承诺,自始至终,他都只能看着她,不能再前进一步,除了所谓的真心,他什么都没有,无奈,才是生活最现实的模样。

转身,松手,任彼此渐行渐远。

天下没有不散的筵席。陆雨知道,这一天迟早会来,但他害怕,不敢面对分别。他总有一种不好的预感,林梅婷走了,就会像父亲一样,自此从他的生活中消失,再无瓜葛,即便再见,也只是熟悉的陌生人。

京城,成为他未来的战场,3天后,报社要开一次全体大会,目前能探听到的内容是,中央级多家媒体即将全面实施事业单位性质,央视过去许多年的"劳务派遣"性质的记者,即将结束尴尬身份,全部转为正式"台聘"……

新一轮的媒体变革即将开始,如一轮明月,照亮了山川平原,润浸着中华大地。

无数个像陆雨一样的媒体人,仰着脸,期待下一个新政的早日降临。

70

张斌,是林梅婷久没有联络的男人。再痴情的人,走得太远,离得太久,都可能淡得似有若无。情,是并不牢靠的东西。林梅婷阅尽千帆,深以为然。

林梅婷的女儿李小汀在德国,和张斌所在的城市直线距离 200 公里左右,小汀去留学后也曾拜访过张斌,反馈给林梅婷的信息是,叔叔待她特别好,质朴谦和,真诚热情,就像看着她长大一般。这是张斌的人品使然,林梅婷心怀感念。

张斌说 4 月要回国参加一个国际性的会议,希望能到云中见见林梅婷。微信视频,林梅婷隐约觉得,张斌在暗示什么,在小心翼翼地传递着什么,没有说破,隔着一层窗户纸,就那么朦胧,影影绰绰。似乎一直在谈当年,谈当年的人和事,谈当年的情感和遗憾,但又透着对今天的映射。

爱这件事,可以简单到,三个字就能说明白,也可以一转念就丢开,像孩子的玩具,丢开手就忘记为了得到它,曾哭天喊地,撒泼打滚的情形。爱,最有情,也最无情。来去匆匆,无可约束。

张斌说,古话说,破镜可重圆,况且他们从没有破镜,不过是走散了,兜兜转转了半辈子,又回到原点,所幸,他一直在等她,而她恰恰值得他等……

林梅婷绝对没有想到,这会成为她人生的一次转折。李小汀向张斌详细谈了林梅婷的现状,给了张斌一个强烈的信号——林梅婷依然单身,感情并无所属。

隔着上万里的天涯,林梅婷闻到了海水咸咸的味道,闻到了乞力马扎罗雪山的风,闻到了散发着薰衣草味道的阳光,她的心顿时安静下来,静谧,安详,一切那么刚刚好。

林梅婷刚看了一部电影《一只狗的使命》,里面讲体察男女有爱,可以通过气味来识别。而鼻子在感知世界的能力上,远胜于眼睛和耳朵。

鼻子的嗅觉能力最强的时候,自然是彼此有了爱慕。林梅婷觉得这个春天涌动着一丝暧昧,是她期待了很久的,说不清楚的,莫非就是那个词——思春。

有的人相处再多时间也是枉然,不过是片刻欢愉,几分情意。就像赶上同一班车,上车的地方不同,下车的地方各异,挤上同一辆车,就是一段缘,擦肩而过的微笑,并排坐着的交谈,恰如其分的玩笑,友善幽默的赞美……一生那么久,总会遇到喜欢你的人,赞美你的人,也会有你喜欢且欣赏推崇的人。当然,也有气味不相投,气场不合拍的人,也有不入流的人渣、败类。但能否走到尽头,除了真心,还有一些靠缘分。玄而又玄的,不光是人心,还有老天爷。

似乎与谁在一起,除了要靠自己的选择,还要靠冥冥中的那点点缘分。到了知天命之年,林梅婷心中透亮了。

李超在国外待了一个月,回国后,来看过林梅婷。替她检查了伤,说恢复得很好,可以自由行动了。就是出行注意不要太吃力,防止二次受伤。临走,他说,他想再要个孩子,小汀长大了,他也该为过去做个了结……

林梅婷频频点头,拼命地附和,迎合着李超,"太好了,就该各退一步,夫妻之间嘛,就不能太较真对错……"她急切地盼着李超离开,她实在担心自己会失态,会不理智,会有失风度。

她说任何一句不好的话,都是大煞风景的事。人家是夫妻,有天大的矛盾,也是可以床头吵架床尾和的,她算什么?凭什么吃醋?可就是不舒服，还是眼不见为净，大家各自安好吧。

前夫，在很多女人心中是无法忘记的，走出前夫的阴影，需要一段更美好的婚姻。林梅婷摇摇头，想象着自己心中充溢着春日的阳光，走出原有生活的轨迹，开启春的旋律。

"草长莺飞二月天，拂堤杨柳醉春烟。儿童散学归来早，忙趁东风放纸鸢。"耳边传来诵读声，林梅婷难掩激动，展颜微笑。那份少年洒脱自己只有羡慕的份了，林梅婷觉得还是韩元吉的那首《纸鸢》更符合她的心情，"排风决起闹群儿，势力由来一线微。天上鹓鸾徒似耳，却惊遮日傍云飞。"

春，确乎是个奇妙的季节。几场风过，干枯发黄的草就冒出绿意，柳树梢头鹅黄色的招摇，藤条上的嫩芽欢欣鼓舞地露出来，湖水涟漪，鸟儿鸣叫，好一派冬去春来人间图景！

71

夏天来的时候，总是热热闹闹的，一幅铺天盖地的景象。

在五一节前，林梅婷收到一份快递，是一本书，书名《向左向右》，作者是陆雨。书是崭新的，散发着淡淡的油墨香。书的扉页写着：天空虽不曾留下痕迹，但我已飞过。签名：你的陆雨。

《向左向右》，是一本短篇小说集，是陆雨近两三年作品的结集，在书末的跋中，他写道：人到中年的无奈，不是冲破什么，而是找寻什么。很多因忙碌而摒弃的，都该在这个阶段回归。比如，爱和爱的能力。现实教给我们妥协，也教育我们退让，但至少我应当守住本真，不忘初衷……或许，此生只能与你相忘于江湖，请相信，每一次飞过梅园的鸿雁，都会洒下一缕阳光，几多雨露……

泪水模糊了她的眼睛，林梅婷忍着鼻子的酸楚，一次次中断，停顿，在思念变成牵挂的岁月里，她感念于曾经与陆雨在一起的美好。她一次次捧着书，一遍遍抚摸那些文字，仿佛在抚摸着陆雨，又似乎在告别，不仅是身体的远离，更是精神的分割。在无关皮相，无关权势，无关年龄的一段感情里，她收获了足以慰藉余生的情意。

虽然，不可与人言说。但那又当如何，爱了，就是可堪慰平生的大事。

现实与爱，常常并无瓜葛，能够兼而得之，都是幸福的人。人这一生，有多少妥协，就有多少现世的美满。而所谓的爱，不过是刮过心田的风，凉爽舒适，却了无痕迹。

张斌4月回到云中，林梅婷专程休假，自驾带他从青山的南边走到北边。说起来，他们都是青山人，林梅婷做记者多年去过的地方不可谓不多，但过去那种逛名胜古迹的游玩，已然过时，走走停停，休假式的休闲方式，才是旅游的本真意义。

张斌越发随和淡然，比年轻时更绅士，为人低调，做事周到。一路上，他们就是走村串巷，看古建访名士，住干净的小旅店，吃当地特色饭菜，有说有笑，分开二十多年，竟然依旧默契和谐。

有人说，要想了解一个人，就和他去旅行，在旅行种种不可预测的状况中，去观察和了解一个人，看清他的本质。林梅婷高高在上这么久，到基层采访，不是当地陪同，就是跟着记者同行，自己这样随心所欲地走，多年以来，还是第一回。

摆脱了身份的束缚，忘记了世俗的角色，她身轻如燕，自在极了。张斌笑得也很放松，两个人从故乡聊到大学，从孩子聊到未来，没有禁忌的相处，才是对的感觉。婚姻就该是这样，虽然不够激情满满，但彼此了解，互不猜忌，有共同的爱好，共同的未来规划，夫复何求？

他们相约，在暑期，等李小汀放假，林梅婷就飞去德国，和张斌一家一同去荷兰度假。被称为荷兰威尼斯的羊角村，位于荷兰北部，有着700多年历史。这里没有汽车，没有公路，只有纵横密布的河网，176座小木桥连接着各户人家。当地人的出行工具，是最古老的撑篙小船……那里仿佛是时间停滞了的童话世界。

羊角村？是的，在青山的大山深处，也有一个羊角村。林梅婷做记者时去过，是个山清水秀，人人爱唱小曲的小村庄。每到年节农闲，四邻八乡的人就会自发组织起来，载歌载舞，歌颂爱情亲情，歌颂美好生活。

"亲圪蛋下河洗衣裳，双腿腿跪在石头上呀，小亲圪呆。小手手红来小手手白，搓一搓衣裳把小辫甩呀，小亲圪呆……小亲亲来小爱爱，把你那好脸扭过来呀，小亲圪呆，你说扭过就扭过，好脸要配好小伙呀……"林梅婷也会唱几句，大山里质朴的爱情深深触动着她，是啊，"好脸要配那好小伙"。谁说爱情没有附加值，没有门槛，好的爱情，是要好脸配上好小伙，是要彼此相配，彼此成全。

还有一首流传很广的民歌："桃花来你就红来，杏花来你就白。爬山越岭寻你来呀，啊格呀呀呆……"当地人将民歌也唤作"开花调"。熟练的民间艺人可以"做甚唱甚，想甚唱甚"。不仅植物可以开花，其他东西也可以开花，石头、笤帚、门搭搭、窗帘、玻璃……总之，一切用来作比喻的东西都可以开花。

花，开花，开满树的花，那种很绚烂芬芳的花。林梅婷从来没有过的干劲，放下，转身，她开始元气满满，再次焕发工作狂的魅力，投入到新的工作规划当中。

青山日报报业集团对各子报的改革，终于千呼万唤始出来，有了进一步的重组方案。鼓励集团高层领导选择子报子刊去挂职或者分管，新一轮的报业大换血即将开始。青山省在文化领域的转型也在紧锣密鼓地进行，一些生存有问题的报刊，在几轮专家论证和评估之后，被停刊解散，人员分流一部分，还有一些鼓励大家自谋生路。在互联网和自媒体时代，早转型比坐以待毙强，起码媒体从业者的尊严还在，起码媒体人的精气神还在。

都市报，还是在劫难逃，在第一波风浪下，首当其冲被宣布无限期休刊。2017年5月1日，青山报业集团正式对外发布，青山都市报全部采编人员整体转型，就地创建新媒体集群——青山财经。成为单纯精准的财经类融媒体，定位与晚报和行业类报纸完全区分，进行差异性竞争，并吸纳上海、深圳等地纸媒转型模式，对重点客户进行定制性服务，打造高端企业宣传平台。

不久，外界风传，有企业正在与青山日报报业集团接洽，意欲与青山财经进行战略合作，注资一千万元，打造一个以青山为中心的，服务中西部市场的，全新的财经类新媒体。

其实，还有全球赫赫有名的人物，一边在预言报纸末路将近，一边疯狂地买进了100多家社区报。这个人就是有着"股神"之称的投资家巴菲特，他坦言购买报纸不是"心肠软"，而是从财务角度来看，报纸此时的投资收益率非常高。

林梅婷也认为，未来信息将通过移动终端传输，不管是互联网还是报纸，都将只是新时代信息传输方式的一种。而新闻绝对不会死，更不会消亡。她坚信，不同媒介方式，都将适应于不同人群，而新闻人要做的，就是找到出路和方式，为自己的客户做好服务。

在集团组织的各子报竞聘会上，她积极报名去青山文旅报去当社长。

她的理想是，在5年内，改变报纸被动的、任人宰割的命运，如同精准扶贫一样，在兼具新闻理想和人文情怀之外，实现与旅游产业的合作，在经济上实现一次飞跃，让媒体人扬眉吐气，最起码要让从事新闻工作的人，能够有尊严地工作生活。

她坚信，新闻不会死！

端午节前，林梅婷被正式任命为青山文旅报社社长兼总编辑，同时，仍兼任青山日报报业集团副总的职务。节后，她就要搬离青山日报报业集团大楼，到位于河西的青山文旅报办公大楼去上班了。

"离家倒是近了。"看到陆雨发来的祝贺微信，林梅婷这样回复。

人这一生，总要学会离开，才能转变，或许这种转变会迎来一番新天地。"学着剥离，学着舍弃，更要学会成长和成熟。"张斌说他完全支持林梅婷，为了坚守信仰，不忘初心，所有的世俗的负累，都值得舍弃。

是的，在新闻职业这条路上，她愿意一个心眼走到底，哪怕山穷水尽，哪怕雾霭茫茫。

后记　那年冬天

2016年冬天,是段难熬的时光。北方各地PM2.5数值频频爆表,雾霾笼罩下,空气压抑而沉闷。

糟糕的天气背后是糟糕的心情,我长时间处于亚健康状态,导致腰背疼痛,内分泌紊乱……女儿上高三,我们在学校旁边租了房子,我辞去职务,选择去一线当记者;父母年迈,三天两头去医院,各种理不顺的事情扑面而来……自然也是纸媒的冬天,先后二三十家报纸休刊、媒体人离世的消息更是不断传来,兔死狐悲,物伤其类。

但再多的苦难,都不是人们作恶的理由。作为媒体人,我们配得上光环和荣耀,也应当扛得住重压,当得了顶梁柱。

照顾孩子一日三餐,抽空才去采访写稿,公公在此时来家里小住,我日常还要奔波于租住房和家之间……晚上等孩子下自习,开始用手机尝试写小说,日码一两千字,倒不觉得辛劳,反而成为释放压力的一种方式。

2016年11月,我的长篇传记文学《布衣将军:一个女记者笔下的傅作义》与团结出版社签约;2016年年底,我以30多万字的全年工作量,位居全报社第一名,被评为2016年度先进工作者,表彰之外还有一笔奖金……

这些都让我灰暗的心透出一丝光亮。

人到中年的不堪，是我写这本小说的初衷。家庭、婚姻、工作、未来，在中年，让我有了另一番理解，身处其中，无处喊疼，不能叫苦，只能咬着牙往前走，且必须心怀希望——这是我给自己中年开出的药方。

2016年过去了，但困难并不会就此结束。中年是个过程，老人要离去，孩子要长大，而自己注定身心疲惫，仍要披挂上阵去战斗。逃无可逃，不如不逃，坦然接受，乐在其中。

请允许我再一次，感谢生活的恩赐，感谢家人的陪伴！

2019 年 5 月 20 日